STEPHEN
CLARKE

A YEAR IN THE

MERDE

巴黎,賽啦!

史蒂芬·克拉克
林嘉倫／譯

目錄

September | Septembre | 九月

Dimanche	Lundi	Mardi	Mercredi	Jeudi	Vendredi	Samedi
1	2	3	4	5	6	7
8	9	10	11	12	13	14
15	16	17	18	19	20	21
22	23	24	25	26	27	28
29	30					

冤家路窄

法國人為什麼那麼討厭只會說英語的人士啊！
（尤其是我）

一年之始不是一月，這一點每個法國人都知道。只有笨拙的英語人士才會認為一年之始在一月。

一年其實是在九月的第一個星期一開始。

巴黎人休完一個月長假，就在這時候回到辦公桌，然後開始盤算十一月的期中假[1]要去哪。

這時候，法國的各種計畫也開始進行，從美髮到核電廠都是。所以我才會在九月第一個星期一的早上九點，站在香榭大道一百碼外的地方看著別人玩親親。

我的好友克里斯勸我不要去法國。他說，那裡的生活方式很棒、食物美味，還有政治完全不正確的女人穿著正點內衣。

可是他向我警告，跟法國人相處會生不如死。他老兄在法國銀行的英國分行工作了三年。

「法國足球隊在世界盃淘汰那天，就把我們英國人給裁掉了，這絕對不是巧合。」他告訴我。

他的理論是，法國人就像被惹毛的女人，早在一九四○年代，他們就試著跟我們說愛我們，但我們只會嘲笑他們的腔調和大鼻子戴高樂將軍。而且從那時起，我們除了用噁心的食物毒害他們、試著把法語趕出地球表面之外，什麼都沒做。難怪他們會把難民營蓋在英法海底隧道入口附近，並且在我們發布牛肉安全公告好幾年後，依舊拒絕吃我們的牛肉[2]。克里斯說，他們永遠都想報復，所以不要去那裡。

1　戲指八月暑假和十二月新年假期之間的休假。
2　英國在1990年代爆發狂牛症，在1996年牛肉禁止出口，然後於1999年宣布再次開放出口牛肉。但是法國和德國依舊禁止進口英國牛肉，直到2006年歐盟才完全解除英國牛肉出口的禁令。

我跟他說，抱歉，我一定要去看看法國女人的內衣。

一般而言，如果你調職主要是為了看當地的女性內衣，我會認為那根本就是自討苦吃。不過，我的一年工作契約在一開始就讓我覺得大有可為。

我找到新老闆的辦公大樓（那是座宏偉的十九世紀建築，用乳金色的石頭雕刻而成），因此闖入了性愛天堂。

等電梯的人在親親，飲水機前也有人在親親，甚至連櫃檯的接待小姐都倚在桌邊跟另一位比我早一步踏進大樓的女士大玩親親。

哇，我心想，如果這裡爆發嚴重的流行性臉部皰疹，那大家不就得在臉上戴保險套了。

當然，我知道法國人向來喜歡搞吻頰禮，但萬萬沒想到是這麼喜歡。我想知道，公司政策是否規定員工上班前都得在脖子上塗滿銷魂香水。

我慢慢走近接待櫃檯，那兩個女人已停止親親，開始交換最新八卦。這家公司顯然認為櫃檯小姐不需要很迷人，因為那位櫃檯小姐長得有點男性化，看起來還比較適合罵人，而不是微笑。她當時正在抱怨一些我聽不懂的東西。

我對她展露最熱忱的新人笑臉，可是沒人理我。我在「沒錯，我在這裡，而且不介意有人詢問我到這裡來做什麼」的位置上站了足足一分鐘，依舊沒動靜。於是我跨步向前，滔滔不絕吐出事先背下的通關密語：「Bonjour, je suis Paul West. Je viens voir Monsieur Martin.」

那兩個女人喋喋不休地討論午餐計畫，接著做了至少六次「我再打電話給妳」的手勢後，櫃檯小姐才轉身面向我。

妳好，
我叫保羅‧偉斯特，
我找馬丁先生。

「*Monsieur?*」居然連聲抱歉都沒有。

我重複了我的通關密語。或者說我試著用法語再重複一次。

「妳好，我……」我做不到，我腦袋壓抑著滿滿的憤怒和混亂成一團的語言。「……保羅・偉斯特。」我說，「馬丁先生。」誰說需要動詞的？我勉強擠出配合的笑容。

櫃檯小姐（名牌上寫瑪麗安，但個性像食人魔漢尼拔）噴了一聲。

我幾乎聽得到她在想什麼：這傢伙不會說法語，大概以為戴高樂是大鼻子。混帳。

「我來打給他的助理。」我想她是這麼說。她拿起話筒、按了號碼，同時還從頭到腳打量了我一番，好像覺得我不夠格見她老闆。

我很納悶，自己看起來真有那麼糟嗎？我已經使出渾身解數，打扮出巴黎的英國人該有的時尚感，穿上我最好看的鐵灰色Paul Smith西裝（也是我僅有的一套），白閃閃的襯衫，看起來就像用吃漂白水長大的蠶製成，Hermès領帶超會放電，如果我把它插進巴黎地鐵系統，足以供應地鐵的全部動力。我甚至還穿了黑色絲質平口內褲，以便在暗地裡增強自尊。法國女人可不是唯一懂得怎麼穿內褲的人。

所以我絕不能忍受這種睥睨的眼光，尤其是，我的穿著比大樓裡的多數人還要稱頭太多——男人看起來像呆伯特[3]，女人穿著單調的郵購裙子，而且大多數穿著太過舒適的鞋子。

「克麗絲汀嗎？這裡有位……？」櫃檯小姐瑪麗安斜瞅了我一眼。

3　即Dilbert，漫畫人物。該漫畫以美國辦公室為背景，主角呆伯特為資訊部門的工程師，永遠穿白襯衫，繫著翹起的領帶。

那表示要我做點什麼。但做什麼呢？

「你的名字是？」瑪麗安問，翻了翻白眼，還在最後一個字裡注入怒氣，表示對我如烏龜般的遲鈍感到絕望。

「保羅．偉斯特。」

「爆羅．威絲，」瑪麗安說，「馬丁先生的訪客。」她掛上電話，「在那邊坐一下。」她放慢說法語的速度，像在跟老人痴呆症患者說話。

老闆顯然把迷人的員工都留在自己辦公室，因為帶我上五樓的助理克麗絲汀身材高駣、膚色很深、體態優美，深色嘴唇的笑容足以在二十步外融化男人的褲子。在電梯裡，我離她只有幾英吋，向下望就是她的雙眼，鼻端聞的都是她身上的香水味，帶點肉桂香，聞起來很可口。

你會在這種時候想著：拜託，電梯故障吧，卡在兩層樓間吧，我才剛上過廁所，耐得住等。只要給我一、兩個小時，好讓我對這位受困的觀眾施展魅力。

麻煩的是，我得先教她說英語。當我試著跟她聊天，她只會露出令人暈眩的微笑，並用法語道歉，說她一個字都聽不懂。儘管如此，這裡至少有一個似乎不討厭我的巴黎人。

我們進入走廊，那看起來像哥德式宅邸裝了雙層玻璃書架，一點都不搭調。雖然鋪滿東方風格的長地毯，不過卻在邊緣露出窄窄一條亮光老地板。走廊的天花板和牆壁裝飾了大量混亂的骨董石膏像，不過原來的門已被拆下，換上七〇年代的染色玻璃門。最後，像是為了遮掩風格間的衝突，走廊上擺了一堆綠葉植物，足以讓人打一場叢林野戰。

克麗絲汀敲了敲玻璃門，有個男人喊：「進來！」

我走進去，新老闆就在那裡，背景是高聳入雲的艾菲爾鐵塔。他站了起來，從桌子旁繞過來向我打招呼。

「馬丁先生，真高興再次見到你。」我邊說邊伸出手要跟他握握手。

「請務必叫我尚馬利。」他的英語帶點口音，但很流利。他握住我的手，順勢把我拉過去，距離近到我以為我們就要來個法式吻頰禮了。不過並不是，他只是想拍拍我肩膀而已。「歡迎來法國。」他說。

見鬼了，我心想，現在有兩個人喜歡我了。

就董事長來說，尚馬利看起來像相當酷，雖然已經五十幾歲了，但深色的眼睛依然年輕有神。雖然髮線開始後移，但他把頭髮剪短，向後梳，所以沒什麼影響。另外，他身上是寶藍色的襯衫和金色領帶，瀟灑而有型，何況他還有張友善且坦率的臉龐。

你
＝
您
＝

他請克麗絲汀泡些咖啡，我注意到他用「*tu*」稱呼克麗絲汀，而她則用禮貌的「*vous*」來稱呼他。我一直搞不清楚這兩個字的差別。[4]

「坐下，保羅。」尚馬利說，同時把語言切回英語，「一切都好嗎？你的旅途和飯店還好吧？」

「喔，好啊，很好，謝謝……」房間有點陽春，不過有第四台可以看。

「很好，很好。」當他看你的時候，你會覺得在他眼中，你的快樂才是世界上唯一重要的事。全球暖化算什麼，今天最重要的議題，就是保羅到底喜不喜歡他的飯店房間。

「這裡的人似乎都很快樂，互相親來親去的。」我說。

4　法語中有「你」和「您」的分別，英語則沒有。

「啊，對啊。」他看看外頭的走廊，顯然在查看是否有路過的人在法式舌吻。「不瞞你說，現在是返鄉時節，我們就像從外太空返家一樣。對我們巴黎人來說，凡是距離拉法葉百貨十公里以上的地方，就像外星球。我們已經有一個月沒見到同事了，很高興再看到他們。」他輕哼了一聲，好似在闡述一項個人觀點。「嗯，其實並不總是那麼快樂啦，只不過我們無法不彼此接吻罷了。」

「男人之間也這樣嗎？」

尚馬利大笑，「你覺得法國男人很娘嗎？」

「不，不，當然不是。」我想我挑起敏感話題了。

「很好。」

我感覺要是克麗絲汀此刻也在這間房裡，他會立刻脫下褲子，用她來證明自己的男子氣概。

他拍拍手，好似在清除空氣中的雄性激素。「你的辦公室就在我隔壁，望出去的視野都一樣。很漂亮，對吧？」他朝窗戶伸出一隻手，介紹他的特別巨星；這巨星還真當之無愧。「即使在巴黎工作，也不一定能享有艾菲爾鐵塔的景致。」他得意地說。

「太美了。」我說。

「是的，很美。希望你跟我們在一起很快樂。」尚馬利說，此刻他大概真的這麼想。

當我在倫敦第一次見到他時，他讓他的公司「VD肉品」[5]聽起來像個溫馨大家庭。他是大家最喜愛的叔叔，而不是教父或老大哥。大約十年前，他從父親手上接下食品處理事業。他老爸創立這家公司，一開始只是殷實的肉商，如今則擁有四間

5　VianDiffusion，法文原意「肉品散布」。

「工廠」（基本上就是大型食品攪拌機：從上游養哞哞叫的牛，到下游販賣絞肉），外加一間總公司。多虧法國人對漢堡（愛國的法國人稱之為 *steak haché*）有奇大的胃口，他們的生意做得還挺大。當尚馬利聘用我時，我覺得他是想為公司拓展屠宰以外的業務，而我的新「英國」任務，就是要讓大家忘記他血淋淋的出身。或許那就是為什麼他會這麼溫暖地迎接我。

這時候來看看其他同事是否也像他這麼愛我。

「尚馬利，有件事想請教。」在他帶我（幾乎是架著我）沿著走廊走到會議室時，我說：「我要用『你』還是『您』來稱呼大家？」因為我還搞不清楚怎麼使用它們。

「啊，這很簡單。以你的職位來說，可用『你』來稱呼跟你共事的人，除非那人看起來比較年長，或者你們彼此還不熟。而大多數人也會用『你』來稱呼你，但如果他們比較年輕資淺，或者跟你還不熟，就會用『您』來稱呼你，懂嗎？」

「呃，懂。」其實似懂非懂，就像洋蔥湯糊成一團。

「不過在你的小組裡，每個人都說英語。」

「英語？我不是該試著融入大家嗎？」

尚馬利並未回答，他最後一次推了推我的手肘，我們來到會議室。那間會議室位於這棟建築物的底部，兩端都有窗戶，一面看得到艾菲爾鐵塔，另一面則是庭院和玻璃辦公大樓。

會議室裡還有另外四人，一對男女擠在靠近庭院的窗邊，另一對則靜靜坐在長橢圓形桌旁。

「各位，他就是保羅。」尚馬利用英語介紹。

我的工作夥伴轉身面對我，那兩位男人，高個子的大約四十歲，一頭濃密金髮；另一位較年輕，瘦巴巴的，頭已經禿

了。至於兩個女人，一位三十歲左右，有一頭蜂蜜色金髮，馬尾綁得很緊，突出的下巴讓她美麗不起來；另一位大約三十五歲，有張親切的圓臉和棕色大眼，穿著鑲邊的粉紅色上衣。

我和大家一一握手後，就立刻忘記他們的名字。

我們坐在桌旁，我和尚馬利坐一側，四位新同事則坐在另一側。

「好啦，大夥，到了令人興奮的時刻。」尚馬利宣布，「我們現在呢，就像英國人說的，要開枝散葉，要飛向新的地平線。我們知道我們可以在餐飲業闖出一片天，法國的速食業少了我們的牛絞肉就無法生存，現在我們要用全新的英國茶室來賺取更多的利潤，所以請來一位行家來加入我們。」他得意地指指我，「大家都知道，保羅曾是法國咖啡連鎖店『*Voulez-Vous Café Avec Moi*』在英國的行銷總監。保羅，你成立了幾間咖啡館呢？」

「在我離職時共有三十五間，不過那已是兩週前的事，誰知道現在又開了幾家。」

我只是開開玩笑，但是會議室的每個人都目瞪口呆望著我，深信這種英美式實力。

「沒錯，」尚馬利說，感同身受地沉浸在我的成績中，「我看他們經營得很成功，就想聘用他們的行銷主管，才去倫敦把他砍頭過來。英語是說砍頭嗎？」

「獵人頭。」我說。

「沒錯，謝謝你。我相信保羅也會為我們在法國的全新英國茶室，帶來跟他在英國的法國咖啡館在……呃……英國……同樣的成功經驗。保羅，你可以接著介紹一下自己嗎？」他顯然為自己最後這句話感到有些累。

「當然可以。」我用充滿同事愛的眼神注視對面那排人，告

訴大家：「我叫保羅‧偉斯特。」我看到他們都在練習念我的名字。「我曾參與成立『*Voulez-Vous Café Avec Moi*』的工作。去年七月，而且就是在七月十四的巴士底日，在倫敦和英國東南部開設五間咖啡館，然後又陸續在三個階段內，以每次十家的規模，在英國各大都市及購物中心設立分店。我帶來一份報告，讓大家可以看看完整的過程。在那之前，我替一家小釀酒廠工作，那是家啤酒公司。」看到他們蹙眉，我又補充：「大概就這樣子。」

「你非常連親。」瘦巴巴的小夥子說，雖然語氣不帶指責味，但也相當惱人。

「其實不會，我已經二十七歲了，如果我是搖滾明星的話，早就死了。」

那小夥子做出道歉手勢，「不，不是，我不是要皮品，我只是……欣賞額已。」他的腔調很奇怪，不像法國人，我聽不出來。

「啊，我們都很欣賞保羅，那是一定的。」尚馬利再次讓我感覺到他對我有同志情愫。「大家介紹一下自己好了，」他說，「伯納，請你先開始。」

伯納是那位健壯的高個子，留著平頭和整齊的金鬍髭，看起來像個腳有毛病而提早退休的瑞典警察。他穿著黯淡的藍色襯衫，打了條說紅不紅的領帶。他大可在額頭刺上「無趣」，不過這麼做對他太過刺激了些。

伯納緊張地笑笑，開始說話。

「喔交……伯納，喔夫責……構通……呃……」

該死，我心想，尚馬利不是說會議會以英文進行嗎？為什麼有人可以說匈牙利文呢？

來自布達佩斯的伯納繼續用無人聽得懂的語言說了好幾分

鐘，然後呢，我們從他臉上流露的嚴重便祕表情可以看出，他準備發表某項重要談話：「七待跟你……一七……工奏。」

等一下，我心想，我並不會說任何中歐語言，但是我聽得懂這句話，他期待跟我一起工作。真是滿嘴胡謅的金魚。他說的是英語，天哪，但是並不是我們知道的那種英語。

「謝謝你，伯納。」尚馬利帶著鼓勵的微笑。他是不是挑了最爛的人，來突顯他自己優異的英文能力？希望如此。「下一位，馬克。」

馬克是那位禿頭的瘦子，穿著深灰色襯衫，領口未扣，也沒燙過。後來我發現他在美國南部待過幾年，講著一口怪腔怪調的英語，讓他聽起來像喝了太多保樂酒的郝思嘉。

「喔……係茶……雞訓科雞。」他說。

「係茶……雞訓科雞。」我表示贊同地複述，同時納悶他到底在說什麼，不管怎樣，他提到了茶，還算有關聯。

「對，癲腦……吸統。」馬克確認道。

「喔，資訊科技啊。」我說，他瞪了我一眼。「你的英文很棒，」我立刻補上一句：「你在美國待了多久？」

「喔在橋枝呀走立大鞋，賭了衣年的演究所，後來在亞特男大的爆險公司工左了霧年，膽任雞訓科雞部門的網安管理員。」

「網安管理員。」我同意道。

「好了，馬克。換史蒂芬妮？」尚馬利司儀又說話了。

史蒂芬妮是下巴突出的金髮女人，她的法語腔很重，文法很可怕，但是我的耳朵已漸漸習慣了。史蒂芬妮是公司主要肉類處理部門中「扶責菜溝的」（採購），而且她現在「狠高欣」能為計畫中的「因國茶室」連鎖店擔任「扶責菜溝」的工作。

要她說英文顯然就跟要她聽英文一樣累人，在她簡短說完

話後，對尚馬利擺了個臉色，彷彿是說「我已經做了五十下伏地挺身，希望你覺得值回票價，你這混帳虐待狂。」

「謝謝你，史蒂芬妮。換妮可。」

這位女子一頭深色短髮，聲音相當輕柔，但是話說得很清楚。她是這家公司的財務主管，也是本企畫案的財務主管。

「妮可，妳去過英國，對吧？」我說，「而且從妳的口音聽來，妳應該還滿常去的。」辦公室文化的第一守則：隨時諂媚你的財務主管。

「沒錯，我的丈夫曾是英國人。」她一邊說話，一邊若有所思地微笑。喔，老天，真想知道她是死了老公還是離了婚？但這時候還不適合問。6

「別被妮可騙了，」尚馬利說，「她看起來和藹可親，實則鐵石心腸，她就是我們財務狀況這麼好的原因，她才是我們真正的老闆。」

妮可瞬間紅了臉，彷彿這裡面有不可告人的祕密。尚馬利讚美她的專業能力，妮可卻想撕開自己的緊身上衣，要他讚美她的乳房。或者只是我想歪了？

「你們的英語都比我的法語好太多了。」我說，同時特別看看史蒂芬妮和伯納，這兩位患有語言障礙的同事。「我還買了法語教學光碟，我保證會**立刻**開始自學。」

他們親切地笑了笑。

既然我們這時已經算熟了，我決定告訴他們我的點子。不過也沒什麼大不了的。

「我想我們可以為這項企畫案定個工作名稱，」我提議，「只是暫時的名稱，讓我們有一個團隊的感覺，好比說『Tea Time』

6　英文原句使用過去式was，可以表示老公已經死亡或夫妻已經離婚。

之類的。」

「喔，」伯納說，一面坐直身子，「不行，喔們意今有了民字：My Tea Eez Reesh。」

我皺起眉頭，其他人笑了起來，我轉身向尚馬利求救，他則轉頭看別處。

「My Tea Is Rich？拿它當茶室的品牌名稱？那不算名字啊，」我大膽提出，「它根本不具任何意義。」

「呃……」伯納的英語雖爛，卻很會發單音節的字，「My Tea Eez Reesh 這民字恨油趣啊，恨有因式油默。」

「英式幽默？可是我們不會那麼說。」

「喔。」伯納轉身向尚馬利求救。

「有啦，典故應該出自『我的裁縫』。」尚馬利解釋。

「你的裁縫？」我覺得自己好像身處超現實電影中，一會兒達利就會從窗戶飛進來，褲子裡還會伸出長長的棍子麵包。

「My tailor is rich.」尚馬利說。

「真的嗎？」我心想難不成達利現身了，可是一如往常我只看到窗外的艾菲爾鐵塔。

「『My tailor is rich』是很典型的英語表達方式。」

「並不是。」

「可是法國人覺得是，這句話曾經出現在很久以前的英語教材之中。」[7]

「好啦，好啦，我想我支持你。」我說，其他人盯著我看，

7　即 My Tailor，最早出現在法國暢銷漫畫 Asterix 系列之「Asterix in Britain」一集中，主角問其英國表哥的衣服是否很貴，英國表哥說：「My tailer is rich（我的裁縫很有錢）。」後來 Assimil 出版社於 1960 年於歐洲出版的英語學習教材「English without Pain」中，「My tailor is rich」就是書中第一句話，成為歐陸國家中一句耳熟能詳的英文。英文中 rich 可指有錢，也可指咖啡或茶很濃郁香醇，所以「吾茶芬芳」及「我的裁縫很有錢」都是使用 rich。

好似我終於聽懂這個笑話，還笑了出來。「這就像my postilion has been struck by lightening 一樣。」[8]

我的馬伕被閃電打到

「呃……？」這回輪到法國同事一臉茫然。

「那出自**我們**英國的古老語言教材。」我說，「好啦，我現在懂你們的意思了。」我露出頭上冒出燈泡的那種微笑，每個人都點頭，雙方的誤解冰釋，問題解決了。「但是那依舊是恐怖的名字。」我的意思是，為了他們好，也為了企畫案能成功，我還是得告訴他們。

「哦！」

「你真的想用『Tea Time』嗎？」尚馬利看起來並不怎麼熱中，「它實在有點普通。」

雙人午茶

「才不會呢。它只是暫時的，我建議我們可以先做市場調查，然後再決定最後要用的品牌名，不過在這期間我們要選個簡單的臨時名稱。如果你們不喜歡，那『Tea for Two』如何？」

「不行，」這次換史蒂芬妮有意見了，「遮個也很噗通，我們要油趣的名稱，就像巴納說的，要有因式油默。」

茶的咖啡館
取笑咖啡

「那麼……呃……我們可以用『Tea's Café』嗎？」馬克說。

「Tease Café?」我又聽不懂了。

「對啊，也就是Tea加一撇s，再加Café。」馬克解釋，史蒂芬妮點頭，覺得是好點子。

「Tea's Café？可是那也不是英文。」

「那是啊，」史蒂芬妮反駁，「你們油很多名字都有一撇s，

哈里酒吧｜自由女神像

像是Harry's Bar，Liberty's Statue。」

布魯克林大橋

「Brooklyn's Bridge.」馬克說。

特拉法加廣場

「Tafalgar's Square.」伯納補充。

---

8 英國皇室時代出版的外語句型教材中，出現過「My postilion has been struck by lightning」這種不實用的句子。

「不是……」

「Roll's Royce.」伯納又繼續舉例。[9]

「才不是！」他們到底是從哪裡學來這些鬼扯淡！

「法國人覺得這種用法很有英國味。」尚馬利又再扮演口譯員的角色，「香樹大道上有家美國咖啡館就叫Sandwich's Café。」

「沒錯。」史蒂芬妮附議，還用手指戳戳桌面。

「好，可是那並不是英文，」我得堅持下去，「就像你們稱露營區為『un camping』，說停車場是『un parking』一樣，你覺得那是英文，但其實並不是。」

「哦。」史蒂芬妮向裁判尚馬利尋求仲裁。是因為我在批評法國語言，所以要向我舉黃牌以示警告嗎？

「每個國家都會改變其他國家的文化，」尚馬利說，「當我在英國時，每家餐廳都有草莓焦糖烤布蕾，可是焦糖烤布蕾就焦糖烤布蕾，還加什麼草莓？難不成棍子麵包也加草莓、卡門貝爾乳酪[10]也要出草莓口味？」

法國同事點頭贊許尚馬利堅定公正的裁決。

「對啊，就像你們因國人把溜橙汁加進香檳裡，」史蒂芬妮說，「呷賽啦。」

其他人聽到他們的國罵一出，臉部表情同時抽動了一下。

「可是你們也有把黑醋栗酒加進香檳，調成皇家基爾酒啊。」我之前在旅遊指南讀到這件事，這時卻希望自己從沒讀過。那幾位法國人聽了我這英國人自以為是的伶牙俐嘴，不禁

9　這裡舉出的幾個名稱，英文原文的正確說法其實並未使用一撇加s的所有格。自由女神像是Statue of Liberty，布魯克林大橋是Brooklyn Bridge，特拉法加廣場是Trafalgar Square，勞斯萊斯是Rolls Royce。

10　即Camembert，為法國諾曼第半島特產的乳酪。

緊蹙眉頭。

尚馬利試著為當時的情況緩頰。「我們會做市場調查，會對這些名字和其他名字做測試，列出我們所有的建議。」

「很好。」我點頭如搗蒜，就像擺在車後座的亞爾薩斯塑膠裝飾品，急切地接受這位法國外交官的聰明點子。

「伯納或許可以安排一下這件事。」尚馬利建議。

伯納笑了笑。他非常適合這項任務，透過他雙眼表露的無趣目光，可以看出他很有自信，能夠說服受訪者支持他的點子。

「好啦，這場會開得很有建設性。」尚馬利說，「十足的英式風格，讓大家達成決議。」

決議？我們連共識都沒有，所以決定付錢給顧問公司，還打算賄賂他們，要他們同意那個最爛的點子。我覺得一點建設性也沒有。不過這是我生平第一場法式會議，我還有很多地方要學習。

■　■

出了辦公室，我融入巴黎社會的情況也同樣令人沮喪。

尚馬利付錢讓我住的飯店，位於凱旋門西邊約一公里處，八線道的公路旁，那裡其實並不算是巴黎。那條路有個浪漫的名稱，叫做「大軍路」，從巴黎一路延伸到新凱旋門商業區的高樓大廈。

飯店是單調的現代建築，用人工石頭蓋成，顏色就像沾了狗尿的雪。我的房間也是這個顏色，照理說應該是雙人房，但是唯一能讓兩人同時站在地板上的方式，就是性交的時候。或許這就是其設計理念，不過我住在這裡時，並未發生那檔事。

總之，飯店位在努伊（Neuilly）這個上流市郊，可是我住

那裡時，一直叫它「努力」。那區很無聊，但有兩、三條商店街，充斥著英國已經看不到的小店，像是魚販、乳酪店、巧克力店、生肉販、熟肉販、馬肉販，甚至還有只賣烤雞的舖子。

所以當我的迷你音響電池又再度失靈，我便想到可以去當地親切的電器行買個電源轉接器。我在某個星期六到處閒逛，終於找到一家店，門口五彩繽紛，擺滿收音機、手電筒，以及其他電子小玩意。

店裡有個沾滿指紋的長玻璃櫃，還有混亂的展示架系統，疊滿各式各樣的東西，從小小的手錶電池到吸塵器、食物調理器等都有。有位老兄就站在箱子堆裡，穿著灰色尼龍夾克，臉色鐵青，就像阿達一族的巴黎表兄。[11]

「早安。」我笑了笑，像事先為我接著要說的爛法語表示歉意。他沒有回笑，只用掛在鐵絲網般眉毛下方的雙眼瞪著我，不停打量我，準備做出難聽的結論。

我也許該提提，我當時並未穿那套 Paul Smith 西裝，就只穿件在波多貝羅路[12]買的橘色花襯衫，上面有像夏威夷油漆工廠爆炸的圖案。我覺得這種圖案讓我看起來很休閒、很親切，特別是配上衝浪褲以及跟消防栓一樣紅的運動鞋。我早就注意到在努伊很少有人會這麼穿，但那天是暖和的秋日，而我也沒想到這種穿著會影響我購買電器用品的運氣。

「我……」我開口，忽然想到我不知道音響、電源主線、插頭、轉接器的法語怎麼說，而且坦白說，我連電的法語也不會。要是在英國，如果你想買電器品，只要到大型量飯店自己拿就好，再不濟，頂多用手指指就可以。

---

11 阿達一族即 Addams Family，為一齣黑色喜劇。這家人思想邏輯怪異，行徑也古怪，全家都怪里怪氣的。

12 即 Portobello Road，倫敦一處市集所在地。

「我有台音響……」我大膽說出口，最後兩字還做出法語腔調：「傭翔。」那位電器師傅看起來並不困惑，這點鼓勵了我，不過他看來也不怎麼感興趣就是。我繼續冒險闖入語言的荒野中。「我有台英國的傭翔。」我臉上堆著充滿歉意的笑容，真不好意思，我已經盡力了，還請多包涵。「我有台英國的傭翔，可是這裡……」我試著配合情況，讓自己顯得無助，雖然這麼做並不困難。可是那位師傅看起來依舊無動於衷，沒有要伸出援手的樣子。我決定豁出去，啟動我的語言機關槍：「我需要轉接器，好讓我的英國音響插入這裡的插座。」我用英語解釋，措詞完美，還配上大量手勢。

我老覺得法國人很喜歡做手勢，不過這傢伙顯然不是默劇大師馬歇·馬叟的粉絲。

「說法語。」他語畢還不忘「哼」一聲，彷彿那是努伊的俚語，意思是「你這無知的英國蠢蛋」。

「要是我會說，我早就說了，你這惹人厭的王八羔子。」我如此告訴他，可也沒因此就好過些，因為他一定聽不懂我在罵什麼。

他只是對我聳聳肩，作為回應，好似在說：「不管你的問題是什麼，都是你的問題，不是我的。這種情況教人難過，但也很有趣，因為從你的表情看來，你是那種習慣讓自己居於下風的白痴蠢蛋。附帶一提，你身上那件襯衫醜斃了。」那一聳肩說明了一切。

我絕對沒辦法贏得聳肩比賽，也買不到電源轉接器，便步出商店。

我還走不到一碼的距離，身體頓時停住不動，像打太極拳般，兩隻膝蓋都彎了起來，一隻腳抬得老高。

有一小塊黃褐色的狗大便沾到我漂亮的紅色運動鞋鞋頭。

「狗屎！」

不知道是出自我的幻想，還是真的聽到那位電器師傅大喊：「不對，你要說『賽啦』，你這無知的老外。」

我開始明白，巴黎有點像海洋。假如你是鯊魚，海洋就是你生活的天堂，裡面有大量新鮮的海鮮，一旦有人惹毛你，你就把他們咬成兩半。或許並非人人都喜歡你，但是你可以落得耳根清靜、自在愉快。

然而如果你是人類，就會鎮日漂浮在海面，任海浪拍打、任鯊魚捕食。

所以當務之急，就是盡快進化成鯊魚。

而且進化過程中首先要做的，就是學習說流利的鯊魚話。

雖然我有法語DIY的光碟，但是我覺得尚馬利的助理克麗絲汀也許會想為我上幾堂一對一的課。畢竟你也可以替自己找條有可愛魚鰭的鯊魚。

克麗絲汀——這還真是個爛點子。

我並不是那種認為愛情就像網球可以你來我往截擊得分的男人。不過我在感情上也沒什麼豐功偉業，那也是我一聽到法國有工作機會，就想離開英國的原因之一。我當時在倫敦跟一位叫茹絲的女人約會，但那場戀情根本就是自我毀滅的過程。我們會打電話，安排見面時間，然後就等著看誰會先提出取消約會的好理由。最後我們見面會大吵一架，（或是）來場驚天動地的性愛，然後又兩個禮拜互不往來，然後又打電話，諸如此類。我們兩人都同意，我之所以想移居海外，代表我倆的關係

真的不怎麼樣。

　　我第一次跟克麗絲汀搭電梯那一天，距離我上一次的驚天動地已有兩個禮拜。不過我並不需要靠流竄在血液裡未開封的荷爾蒙，就看得出她實在美艷動人。她留著一頭長髮，沒做什麼造型。大多數法國女孩的髮型都很自然，如此可讓她有機會擺出嬌羞的誘人姿態，像是把散亂的髮絲塞到耳後，或是把額前的頭髮往後撥。她身材苗條，大多數法國女孩也都如此，不過她的纖細。並未讓她失去該有的線條和凹凸，而且她還有雙令人驚為天人的眼睛，近乎金色，看起來就像在說她不認為我是那種鐘樓怪人。每當我走進她的辦公室，她就會對我眨眨她長長的（真）睫毛，而且我發現我走進她辦公室的次數，遠比開茶室所需跟她見面的次數還要多。

　　我那爛透的法語會逗她笑，而且只要能逗她笑，即使得羞辱自己，都能讓我快樂老半天。

　　「妳是我的老師。」我上班第一個禮拜的某一天對她胡謅道。

　　她笑了笑，我假裝受到冒犯。

　　「不行，我要說法語。」我告訴她。

　　她又笑了，還回了些我聽不懂的話。

　　「妳可以跟我學英語？」我提議，「我們……呃……」還盡可能用手比出語言交換的動作，可我的手勢卻有點像是在進行婦科檢查。

　　儘管如此，我那狀似子宮的手勢並未讓她退避三舍。我們那天晚上下班後，就到香榭大道一間貴得離譜的地下雞尾酒吧喝酒。在這種酒吧裡，人人都正襟危坐在菲力浦・史塔克[13]設計的扶手椅上，好讓別人看你。

13 Philippe Starck，巴黎名設計師，其作品以建築、家具、室內設計為主，是全球的時尚代名詞。

我將身子傾向克麗絲汀，我們英法夾雜著說話，談論倫敦和巴黎的生活。而我就像隻鴿子，輕柔愛戀地呢喃低語。[14]

我們椅子才剛坐熱，而我也才用指尖輕撫她身體，她就突然像灰姑娘一樣要離去。

「我的電車。」她說。

「不行，不行，地鐵太太那個了。」我抗議道，想說地鐵載她回家後，還要過很久一段時間，她才會變回南瓜。

她搖搖頭，拿出一小張折起來的市郊火車路線圖給我看，她住在市區外好幾哩的地方。

「那就來我家。」我大方向她提議，那是我在光碟詞彙表中找到最棒的句子，聽起來就像接吻一樣。

她輕輕噴了一聲，用她深色的唇輕拂我的嘴，長長的手指撫過我的下巴，讓我被自己勃起的陰莖釘在桌子上，得靠聯合國大會決議才有辦法解除武裝。

我實在不懂，我在倫敦下班後帶去喝幾杯的英國女人，泰半不是斬釘截鐵說我不是性感先生，就是早已緊緊鉗住我耳朵。不過我那時或許都是跟鉗耳朵型的女孩約會。

我隔天早上第一件事，就是帶咖啡到她辦公室給她。

「今晚，妳要……？」我讓她自行填空，看是要上會話課，還是要做點更帶肢體動作的事。

「喝一杯嗎？」她做出決定，用手比了喝酒的動作。那至少算是答應了。

「晚上七點酒吧見嗎？」她口齒清晰地說。

---

14 在英文，把各種語言混在一起講叫做pidgin，發音類似鴿子pigeon。另外，英文中鴿子的叫聲coo，亦有說話充滿溫柔愛戀之意。

到酒吧見，保持神祕。很好，我心想。前一天我們一起離開辦公室，在走廊引起不少人異樣的眼光。

那天晚上七點見面時，克麗絲汀對英語會話並不怎麼感興趣。她用法語問我結婚沒，有沒有小孩住在倫敦。

「怎麼可能！」我向她保證。

「為什麼沒有呢？」

「呃……」我的法語不足以描述我跟茹絲差勁的感情關係。

她做出媚人的眨眼動作，然後灰姑娘又在八點準時離開。

我真的不懂法國女人。難道她們喜歡玩心理前戲？還是只喜歡精神性交？

她們想要被人撲倒？（我可不這麼認為，我從未遇過有哪一國的女人會喜歡橄欖球達陣式的誘惑。）

或者這是法國女人用來表徵英法關係的方式：她在我面前晃著她的性感身影，但是得跟我保持距離，以免感染狂牛症。

我在一份我委託的報告中尋找答案，這份報告是關於法國人對英國人的看法。

報告中並沒有提供明確答案可以解釋克麗絲汀為何不跟我上床，不過讀起來還頗有趣。法國人看到「英國」，最常聯想到的事物，除了狂牛症和足球流氓之外，還有女王、莎士比亞、大衛·貝克漢、豆豆先生、滾石合唱團（以上都是正面的印象，令人驚奇），當然還有茶，這個被視為時尚又文明的飲料。法國人顯然沒見過英國海灘咖啡館的十六歲實習生把乳白色的馬尿潑到塑膠杯中（我很清楚乳白色馬尿的事，因為我**就是**那位實習生）。法國咖啡館一杯茶的價格，平均是一杯濃縮咖啡的兩倍。

真是他媽的貴，我心想，為什麼以前沒人開間英國茶室？為什麼我沒有一支更厲害的隊伍跟我合作？

其他組員應該也讀過這份資料及其他報告，不過每當我問他們有何意見時，他們只會說：「非昌……油趣。」他們根本連看都沒看。而且我敢說，他們對此企畫案也沒任何貢獻。秋天才剛開始，他們就已經像枯死的木頭。

看來我必須跟尚馬利談談，看能否把史蒂芬妮、伯納、馬克調去執行他們真正在乎的案子，只要能遠離我的茶室都行。

他們當然會恨我，但是我別無選擇。

我告訴尚馬利有件棘手的事要找他商量，但他堅持我們那天中午一起用餐。他說那天是出去吃午餐的重要日子，但並未多做說明。

我們在十二點半離開辦公室，沿路「用餐愉快」之聲不絕於耳。他們向我們喊出「用餐愉快」的樣子，就像在對我們說「耶誕快樂」。彷彿每天的午餐時刻都像在慶祝。有何不可呢。

街上逐漸聚攏一身勁裝的上班族。在鄰近香榭大道的地方，有許多Chanel或Dior之類的精品店，賣些太陽眼鏡、包包、裙子等，不過都是中年人在穿。那裡還有一群群鬧哄哄的年輕祕書，穿著設計師的名牌牛仔褲。她們就像克麗絲汀有一頭長髮、打扮自然，緊身上衣吸引西裝男士大刺刺行注目禮。連尚馬利也不例外，他一邊走路，目光也不斷在她們臀部和胸部間來回游移。

兩位穿著名牌花呢獵裝的時髦女性經過我們身邊。巴黎確實有養馬人士，但天曉得在這座擁擠的街道迷宮裡，他們到底把馬兒安置在哪兒？也許就在地下車庫吧。

「為什麼今天出去吃午餐這麼重要？」我問。

「你會知道的。」他一邊故弄玄虛，一邊對著路過的肚臍咧嘴微笑。

街角有間典型的巴黎小餐館：六張擺在外頭的大理石面圓桌及藤椅，還有從大樓突出來的玻璃矮牆陽台。

尚馬利在最後一張露天空桌旁拉把椅子坐下，完全無視於另一位以為自己也要坐這裡的男人所發出的抱怨。

「我們真幸運。」尚馬利說，「晴天的巴黎，所有露天座都會客滿。當然也要那間餐廳好吃才行。」

兩份封上塑膠套的菜單送上來。服務生是個看起來不太耐煩的灰髮男性，穿著典型的服務生制服：白襯衫、黑褲子、黑色背心，背心上有好幾個裝滿零錢的口袋。他駐足的時間剛好足以讓他咕噥完我聽不懂的 *plat du jour*。他伸手指了指貼在菜單上的藍色便利貼，就朝別張桌子奔走過去。不管 *plat du jour* 是什麼，我都辨識不出上面的潦草字跡，除非今日特餐真的包括「*crétin dauphin*」[15]，不過我覺得不可能。

「你要找我討論什麼事？」尚馬利問。他已經看完菜單擺到一旁了。

「呃……」我試著閱讀菜單並集中思緒。

服務生忽然又走了過來，低頭瞪著我們。尚馬利對我微笑，要我先點菜。

「呃……」我繼續。

服務生嘆口氣，旋即走開。他已經討厭我了，難道我的英式「呃」讓我露出馬腳？

「這份報告非常……」尚馬利停下來，眉頭皺了起來，「你

15 菜單上寫的是 *gratin dauphinois*，指焗烤千層馬鈴薯。

們怎麼說啊……可有大為？」

「呃……」我們在桌子這裡已待了三十秒了。

「還是大大有為？」

「大有可為。」

「馬莎百貨的報告大有可為呢。他們真笨，把在法國的店關了。法國人很喜歡英國貨呢。」

「對，呃……你要吃什麼？」我都糊塗了。

「*Chèvre chaud.*」他說。

「*Chèvre?*」

「是母的……就像羊一樣，可是頭上有……酒？」

「頭上有酒？」

「還是角？」

「啊，山羊。」

「沒錯，就是山羊。」

熱山羊？

服務生又過來巡視。

「熱山羊。」我說，如果送來的是羊角，我會給尚馬利吃。

「我也是。」尚馬利說。

「那要什麼魚呢？」服務生問。（魚？你們吃山羊配魚？）這就是為什麼我通常都在員工餐廳吃午餐，你只要把你要吃的東西放到餐盤上就行。

「一杯Leffe，」尚馬利說，「那是一種啤酒。」他解釋道。

原來如此，魚其實是*poisson*，而*boisson*才是飲料。

「好吧，我也來一杯。」我說，那就入境隨俗吧。

服務生沒記下任何東西，拿了菜單就走。

我心想，如果巴黎人真的有兩小時午休時間，那他們在點餐後還有一小時五十九分鐘的空閒，是誰說美國人發明速食的？

熱的？

「我們要討論什麼？」尚馬利問。

「是關於小組的事。」我開始說。我這時已陷入萬丈深淵，別無他法。「這個小組⋯⋯」我曾努力想過要怎麼委婉表示「我不要他們」，不過還沒想到答案。

「我不需要他們。」我說。這聽起來比**不要**好多了，對吧？

尚馬利緊張地笑了笑，往後靠在椅背上。服務生拿來兩套裹了黃色餐紙的餐具，刀子呈鋸齒狀，而且很尖。

希望尚馬利不會拿起他的刀子對準我的頸動脈下手。

「你不**需要**他們？」

「還不需要。我需要有人研究地點，有人依據我們**應該**要看過的報告進行顧客市場調查，看大家對英國茶室有什麼期待？他們什麼時候會吃什麼？還要有人提出名稱和商標的建議，但這些都不是伯納、史蒂芬妮和其他人可以勝任的。」

尚馬利依舊前後晃動，但並未伸手拿刀。或許時機未到。他嘆口氣。

「法國公司的運作，並不像英國或美國公司。」他說。

服務生拿來兩大杯充滿泡沫的啤酒。

「你們有薯條嗎？」尚馬利問服務生，他有可能聽到，也可能沒聽到。「你說的沒錯，」他告訴我，「只是財務主管妮可必須審查所有案子。還有馬克在我們開始著手倉儲系統等事情時，會變得非常有用。我讓伯納和史蒂芬妮加入，是因為我不知道要叫他們做什麼。他們有工作做，可是不夠多。我並不是要糟蹋你的案子，而是想要多多仰仗你。希望你可以整頓他們、激勵他們，或者有必要的話，大可忽略他們，他們會自己找事做。」

「唔，他們會自己找事做？那他們的薪水也要從我的預算上扣掉嗎？」

尚馬利大笑。「你很有趣。如果你們英國人員工效率差，你可以炒他魷魚。可是在法國不一樣，他們會找來勞工督察、向他們申訴，然後你得付他們一筆損害賠償，不然工會就會發動罷工，這樣就真的賽到極點了。而伯納和史蒂芬妮替我們公司工作至少十年了，即便不發生罷工，你知道我單是開除他們就要支付多少損害賠償嗎？而萬一發生罷工，員工就會關掉冰箱，那牛肉就會發出怪味了。」

「我不是要你開除他們，而是⋯⋯」我要怎麼表達「讓他們消失」呢？

服務生端來兩個盤子，上面堆滿閃亮亮的萵苣，再疊上塗了白起司的小塊烤土司。沒有羊角。如果他搞錯我們點的菜，我也不會抱怨。

他放下盤子，祝我們用餐愉快，就轉身離去。

尚馬利向服務生要他的薯條。

「我只有兩隻手，先生。」服務生說。**他只有兩隻手**。如果我沒聽錯，服務生剛才很有禮貌地叫尚馬利別煩。

「那你覺得這位服務生如何？」我在服務生再度走開後問道，「難道你不會開除他嗎？他這麼討人厭。」

「討人厭？」

「是啊，就是粗魯、蠢蛋一個。」

「啊，**蠢蛋**，沒錯，我知道那個詞：你這白痴的法國蠢蛋。」尚馬利想到他曾經被英國人侮辱過而笑了起來。「喔，服務生在午餐時間總是這麼匆忙，他們知道如果我們不高興，就不會給小費。」

我想我才不要僱用蠢蛋替我的茶室工作。雖然我得承認這傢伙速度夠快，但仍是個超級大蠢蛋。

「而今天他比平常還要匆忙。」尚馬利說。他一面露出難解

的笑容，一面攤開餐具。

　　他似乎真的把蠢蛋視為理所當然，也不覺得我們即將在馬路中央用餐有什麼大不了的。路邊停靠的車子距離我們不到一碼，每個經過的路人無需轉頭，就可以對著我們的盤子吐口水。而且要是尚馬利忽然拿起刀子揮了揮，就會替無辜的路人開腸剖肚。

　　「我們晚點再討論小組的問題，」尚馬利說，「下個月再說吧。用餐愉快。」

　　「用餐愉快。」我回他，儘管他早已讓我沒了食欲。

　　我稍微試了口我的食物，頓時胃口大開。這時才明白，原來山羊指的是羊奶乳酪，不是死山羊，而且還挺好吃的。熱熱的奶油塗在酥脆的土司上，萵苣撒上脆脆的核桃，再淋點油醋調味，就是簡單的一餐。

　　嚐了口沙拉醬後，一股暖意流淌心底。我在秋日的陽光下，坐在咖啡館外頭的街道上用餐，無視往來的車輛和找不到座位而罵聲連連的人群。雄偉高樓上雕刻的神像和動物，還有撐起石製陽台的古典廊柱，看起來似乎不再藐視我了；商店櫥窗擺滿奢華服飾、大瓶香檳、足以讓銀行破產的桶裝松露塗醬，這些也不再像外星宇宙。有那麼幾秒鐘的美妙時光，我感受到對巴黎的**歸屬感**。

　　「我希望工作上其他方面還可以吧？」尚馬利問，我看得出他真的希望一切沒問題。

　　「是的，還好。嗯……我的名片上有點小問題。」那天早上我收到一盒名片。

　　「什麼問題？」

　　我決定不提我的名字被印成「保羅．尾斯特」的事，轉而把焦點放在更重要的事上：「嗯，由於我們一直無法決定臨時

名稱，所以名片上印的是總公司的標誌VD肉品，對吧？」

「怎麼了？」

「這麼做在法國也許沒問題，可是那大大的紅色『VD』二字，卻可能讓英國人大倒胃口，而我們有些供應商就是英國人……」

尚馬利不安起來，「VD是什麼意思？」

我向他解釋VD即venereal disease，性病的意思。

尚馬利詫異地笑了出來，被一塊卡在喉嚨的土司噎到。他啜了口啤酒，用紙餐巾擦擦眼角的淚水。「但我去倫敦拜訪你公司時，沒人說這名稱有問題。」

我心想，沒錯，是沒人提出來，但我們私下都笑翻了。

「幸好你現在告訴我，」尚馬利說，「我們才剛開始要把肉品出口到其他國家，還打算把標誌改成VD出口商。」

「幸好。」我同意道，「所以你不覺得我們名片上需要點真正的英文？像是Tea Time或Tea for Two？」

「嗯……或者My Tea Is Rich？」

這時候輪到我被土司噎到。

服務生過來把帳單塞到我們小小的調味料組底下，說了些我聽不懂的話，然後就離開了。

尚馬利咧嘴微笑，用餐巾擦擦嘴。「就是這件事。」他說。

「什麼事？」

他解釋說服務生想要結帳，因為他跟巴黎其他參加工會的服務生（也就是穿黑色背心的傢伙，而且奇怪的是，他們都是男的[16]），從此時起要罷工**十三個小時**。令人莫名其妙的是，他們還是從午餐吃到一半的時候開始。他們要罷工，是因為儘管

---

16 法國服務生幾乎都穿著同樣的制服，即黑色背心，且大部分為男性。在法國，女性是不拿重物的。

法國的帳單包含百分之十五的服務費，但是服務生還是需要小費才能賺到像樣的薪資，而且自從使用歐元以來，小費就變少了。在歐元流通前，標準的午餐小費是一枚十法郎硬幣，但是現在許多人只留下一枚一歐元硬幣，大約值六‧五法郎。即便每家咖啡館在轉換歐元時早把價格無條件進位，但似乎還是補償不了損失。

服務生回來收錢。

「可是我們還沒吃完。」尚馬利抱怨，突然一副憤恨不平的模樣，「我們還想吃甜點和喝咖啡。」

服務生又重複說了一次他們要罷工。

尚馬利做出我所見過最大的聳肩動作，甚至比電器行的男人還厲害。他的肩膀、手臂、整個胸腔都向上移動，擺出一副事不關己的模樣。

「這不是我們的問題。」尚馬利說，這句話是巴黎的通關密語，似乎也在反問服務生為何只在服務上罷工，收錢時就不會。

服務生並不想來場理性辯論，他一臉怒氣，打量著尚馬利。

「好吧，你們要什麼甜點？」他用協和噴射機的速度說出甜點清單。我唯一聽得懂的是焦糖烤布蕾和巧克力慕斯，便立刻選了巧克力慕斯。

尚馬利點了某種塔類的東西。服務生狠狠瞪我們一眼，就走開了。

「還要兩杯咖啡。」尚馬利在服務生的背後大喊。

我們大約在二十秒鐘後，取得我們點的東西。服務生也如期拿到他的錢和小費，當然還是一歐元。其他桌的客人也試著要求跟尚馬利同樣的待遇，但是服務生只是對他們大吼，完全不加以理會。

我了解到我正經歷一堂巴黎生活的重要課程：不必費心讓

別人**喜歡**我，那是英國人才會做的事。你只要讓他們曉得，你才不鳥他們的看法。唯有這樣，你才會得到你要的東西。我一直想讓別人喜歡我，原來我錯了，如果你太常微笑，別人反而會以為你是智障。

所以我要是想擺脫我的組員，就得硬起來。

但要對大家凶狠，唯一的障礙就是他們都超級禮貌到不行，人人行禮如儀。馬克和伯納每天一見到我就跟我握手，每天早上都會說「*Bonjour*」，並問候我「*Ça va?*」當我們分開，他們還會祝我「*Bon journée*」，下午時道「*Bonne après-midi*」，晚一點就說「*Bonne fin d'après-midi*」。如果第一次見面是在下午五點以後，他們會說「*Bonsoir*」而不是「*Bonjour*」。如果有人正要回家，分開時則道聲「*Bonne Soirée*」。還不只如此，星期五會說「*Bon weekend*」，星期一會祝「*Bonne semaine*」，其複雜程度就像東方語言一樣難懂。

一旦打完招呼，就沒剩多少時間可以討論為什麼大家沒有閱讀報告，為什麼沒有做出決定。

於是我決定要開始行動，讓他們知道，放任鬆散的好日子已經結束了。

有天早上我去見人力資源主管，據說可以在這裡解決名片問題，要他們在新名片上把我的姓名寫得跟我的列祖列宗一樣，再把公司的性病標誌改成「Tea Time」。

克麗絲汀告訴我她沒有訂購名片的權限，這件事完全由人力資源部集中管理。

日安｜還好嗎？

今日愉快｜午安

傍晚愉快

晚安

晚上愉快

週末愉快｜本週愉快

我找到人力資源部的辦公室，敲敲門，垂到膝蓋高的百葉窗把門上的煙熏玻璃擋了起來。

「進來。」有個女性聲音說。

我在裡面看到瑪麗安，就是那位頭髮如鋼刷的櫃檯小姐。她坐在桌子後，桌上空盪盪，只放了電腦和一小盆看起來像龍葵的東西，不過那大概是某種紫羅蘭吧。

「喔，妳也是人力資源部的啊？」我說。

「不，我也是櫃檯小姐。」瑪麗安開始抱怨起來，說她從早上九點到十一點以及部分下午時間是櫃檯小姐，而且覺得像她這種能力足以勝任人力資源部的人，不應被迫去做櫃檯接待的工作。在她發洩完這首波牢騷後，我的腦袋已經放棄翻譯。她抱怨某件事令人憤慨也無法忍受，不過她說的話都變成單調的抱怨聲，某種B大調抱怨交響曲。

妳怎麼不去換家需要全職抱怨母牛的公司？我很想這麼問她，但這絕對不會讓我更快取得新名片。

我把我的名字和「Tea Time」用清楚的大寫字母寫下來。

「你得等到下週結束前才會拿到。」瑪麗安說。

「**下週嗎？**」我抱怨道。

「下週的**最後一天**。」她強調。

「好吧，我星期五來拿。」

「喔，保險起見，最好到下下週一再來拿。」瑪麗安說，對差勁的效率還頗得意哩。

不過還算有收穫。再過十天，我就會有張小紙片可以證明，我決心要贏得這場名稱戰爭。咱們英國人可不是這麼好打發的。

■　■

在體驗我全新「重視我」的制度中，要處理的下一件事，就是克麗絲汀。隔天早上，我跟克麗絲汀一樣很早就到公司。我大步走進她的辦公室，把咖啡放到她桌上，並在她雙唇印上濕濕的吻。不是那種橄欖球達陣式的吻，比較像是半強迫的嘴對嘴探戈。

那個吻就像喚醒科學怪人的怪物。她的舌頭有如牙醫的手指，開始在我的上顎探索。這是道道地地的法式舌吻。克麗絲汀激烈地喘氣。

「跟我來。」她說，拉著我穿過走廊，進入女用化妝室。

她鎖上門，接著我們穿著衣服的身體立即互相磨蹭，像檢查扁桃腺般深入對方嘴裡。

我才剛想到，該死，為什麼沒在夾克口袋隨身帶個保險套時，她便停止吻我，用雙手捧著我的臉。

「哦！」她又用力在我唇上撞下去，然後向後退一步，漂亮的臉上帶著深沉的悔意。妳在後悔什麼？我納悶，我們根本還沒幹下蠢事呢。

「怎麼了？」我問。

「我們必須停止。」

「為什麼？」

「我有 *petit ami* 了」她說。

Petit ami？我真想知道那是什麼，難道是陰道過小的委婉說法嗎？

小朋友

她看出我一臉困惑。「是未婚夫」，她補充道。

「沒問題。」我想說，「我不是那種會吃醋的人，我們繼續吧。」但是法語要怎麼說？只好又向她靠過去。

「不行，這樣不好。」她說，又一副後悔模樣，還伸出手來，好似要把我推開。

這麼做太**瘋狂**，她解釋說她二十五歲，想結婚，想要小孩，她的未婚夫是個好人，她不想因為跟個只在巴黎待一年的英國人發生關係，而失去她的未婚夫。

　　「可是……」我試著想要找出比「來點英式性愛當然不會危害妳的感情生活」或是「別擔心，我不會告訴他」更有說服力的論點。

　　「可是，為什麼……？」我終於問了，還一邊指了指自己淤青的嘴唇。

　　她對我露出惹人憐愛的痛苦表情。「一切都是錯誤。」她說，可怕的錯誤，她要我原諒她。「謝謝你。」她又說。

　　「謝我什麼？」我也沒那麼自負，以為舔舔我的扁桃腺就足以挑起她的瞬間高潮。

　　「謝謝你這麼有英國風度，你是紳士，讓我親你，又沒有……」

　　才怪，我想告訴她，我才不是什麼見鬼的英國紳士。如果她說的紳士指的是那種「沒有想馬上跟妳上床」的意思，那麼就我所知，唯一的英國紳士是還未到青春期的英國少年。等他們一長出陰毛，就會完全變個樣。克麗絲汀並不知道我們英國人已經長進許多，才不像珍‧奧斯汀筆下的女主角，答應跟男伴到森林散步，還能擔保他們不會大幹一場；就連戴安娜王妃生前也跟她的馬術教練靠在樹上來一腿，不是嗎？況且這時候在我腦袋和內褲裡發生的風暴，可稱不上紳士啊。

　　「原諒我，我的英國紳士。」她溫柔地說，然後留我獨自待在女用化妝室，只剩下無路用的勃起陰莖陪伴我，心想幸好勃起的陰莖可生物分解，因為我經常連用都沒用就隨意棄置。

「去你的，達西先生[17]，」我對著天花板說，「去你的，休‧葛蘭[18]，你們老是這麼**彬彬有禮**，那我們英國男人要怎麼上壘得分啊？」

還好服務生的罷工讓我覺得自己稍微受歡迎一點。

經過前半天的混亂，咖啡館老闆被使來喚去，還受到大呼小叫，服務生罷工的地方（大多是比較高級的餐廳）開始雇用臨時工。

突然間，服務顧客的，換成效率極差但長得可愛的學生。他們放下在難聞速食店櫃檯的低薪工作，歡欣鼓舞地在這邊賺小費，而且還不需要戴棒球帽。

當穿黑背心的傢伙要激動鬧情緒時，店家不但沒有畏縮不前，反而請來像艾蜜莉[19]或拉丁情人學徒的人來服務你、對你微笑。

他們搞不清楚每道菜的原料，還會摔破盤子、弄混帳單。這就像在英國，我們認為餐廳服務生是臨時工作，很適合那些完全不適合的人來做。

不過這也算福氣，就像你看了一輩子的柏格曼電影，發現居然也有蒙帝派森這種東西。[20]

這些年輕的菜鳥服務生，一發現我的法語講得彆腳，反而

---

17 Mr. Darcy，為珍‧奧斯汀小說《傲慢與偏見》中的男主角，為內斂、有禮的英國紳士。

18 知名英國演員 Hugh Grant，常在銀幕上扮演彬彬有禮、靦覥而又體貼的男人，是全球許多人心目中典型的英國男人形象。

19 電影「艾蜜莉的異想世界」（*Le Fabuleux Destin d'Amélie Poulain*）的女主角，在片中她是咖啡館女侍，長相清秀可愛。

20 柏格曼（Ingmar Bergman）為瑞典籍的電影大師，風格沉鬱。蒙帝派森（Monty Python）是英國老牌喜劇團體。

樂不可支，跟我說起英語。儘管這樣不利我學習法語，但是我很開心地發現他們**喜歡**跟我說話，甚至還因此拿到好幾個電話號碼。當然都是女的。

原先的服務生眼見這些兼差年輕人賺走他們小費的一個禮拜後，才意識到他們可能搞砸了，於是那些穿黑背心的又回到平常的工作崗位，而他們的便利貼字跡比以前更潦草，在餐桌旁巡視的時間縮短到打破世界紀錄。巴黎的生活又回復正常，一如往昔。

沒有什麼能讓這城市匆忙的日常生活偏離軌道太久，即便是法國的核心產業（食物）鬧罷工也一樣。

我又要再度適應被人討厭的生活了。

壓倒我的最後一根稻草是名片。

九月最後的一個禮拜，遲了好幾天，個性難搞的瑪麗安才拿名片給我。

我瞧瞧透明名片盒裡的名片，我的姓名已改過，很好。

然後原本寫著VD的地方，換上了新的名稱：My Tea Is Rich。

My Tea Is Rich？那該死的混帳！

瑪麗安在一旁等候，顯然是要看我有何反應，好讓她事後有八卦可聊。

「謝謝。」我說，冷靜得像名英國軍官，而且這名軍官的中士才剛交給他一把左輪手槍，讓他轟掉自己的腦袋，以免面對投降的恥辱。

我確定在瑪麗安還看著我的時候，連開都沒開就把那整盒該死的名片丟進垃圾桶裡。

October | Octobre | 十月

Dimanche	Lundi	Mardi	Mercredi	Jeudi	Vendredi	Samedi
		1	2	3	4	5
6	7	8	9	10	11	12
13	14	15	16	17	18	19
20	21	22	23	24	25	26
27	28	29	30	31		

踩到賽

我走訪了巴黎各區
也踩到了各類狗屎！

大家都知道法國人愛吃蝸牛，也就是田螺。

他們最喜愛的蝸牛料理法，就是直接把活生生的蝸牛拿來烤。在料理蝸牛前，他們會先在蝸牛身上抹鹽巴，讓牠們泡酸性澡，然後蝸牛為了保護自己，便把身上的黏液都吐出來。也就是說，人類迫使這種生物拉屎，好淨化其體內的穢物。因為連法國人也不想吃蝸牛屎。

這麼殘酷的行為，說法國人喜愛卑微的蝸牛，就顯得奇怪。不過很少人清楚（甚至也很少蝸牛知道），法國早已向這種祭五臟廟的軟體動物致上最高敬意：法國首都其實就是一隻巨型田螺。

我是直到十月的第一個星期六才意識到這一點。

那天早上灰濛濛的，是那個季節第一次需要穿套頭毛衣的早晨。突然間巴黎人走路走得比平常還要快，好似他們都很害怕在抵達百貨公司前，裡頭的東西就賣光。我當時坐在一家咖啡館外，眼送秋波。

我那深情的眼神並非針對女人，雖然路過的女人依舊健壯得符合奧運水準。

我當時其實是在注視對街秋意盎然的景致，那是我以前從未見過的蔬果攤販，放眼望去完全看不到保鮮膜，所有蔬果都是當季的。一大把蘿蔔，上面的葉子還在；我忽然想到我從未看過蘿蔔葉。那裡還有成堆我認不出來的東西，大大的白色球莖，上面的牌子寫著「fenouil」，我查查我的口袋字典，那是茴香，沒錯；我雖然吃過茴香，但只在鮮魚餐廳的一小塊烤魚上見過。這種東西就跟堅硬的白色人類心臟一樣大，頂端突出一段被截斷的綠色動脈。茴香旁邊則是一大籃有紅白斑點類似豆

莢的東西，上面標籤寫「*Eccosser*」，字典裡意思最相近的解釋是「蘇格蘭人」；不對，蘇格蘭人只有在成為足球經理後，才會變得滿臉通紅、布滿白點，而這種東西看起來比較像某種豆子。那裡還有成堆高得嚇人的新鮮紫色無花果，以及成串多汁的小葡萄；那些葡萄看起來像真的，上頭還沾有泥巴，顯示它們的確曾經生長在新鮮空氣中的葡萄藤上，不像英國超市裡亮麗光潔的實驗室葡萄。

當我坐在那裡流口水時，其中一位果菜販把身子靠到擺設出來的蔬果旁，把手伸入一堆野菇中，捧起整把粗糙的巧克力色牛肝菌菇，而且上頭還帶著根。如果你對野生蕈菇心懷遐想，那畫面就很情色了。

我把目光從食物上移開，專注在旅遊指南上的巴黎地圖。那張地圖為巴黎的二十個區分別著上不同顏色，而這是我第一次注意到，這二十個區是以螺旋狀的方式排列，從中央一小塊長方形的第一區開始，接著是第一區上面稍微大一點的第二區，然後往右邊是第三區，在其下是第四區，然後再往下一點越過河流是第五區，以此類推，一連串螺旋狀排列的數字，一直延續到這座圓形城市東北邊緣的第二十區。

巴黎的分區非常清楚地形成蝸牛殼，而蝸牛肉大概很久以前就被吃掉了。

我在地圖上掃視著名地標，第一區有羅浮宮，第二區呢？看來什麼都沒有，上面有團灰色塊，標出某個有趣的地點，寫著「*Bourse*」，我在口袋字典查了一下，字典的解釋是：「皮包；證券交易所；（非正式）陰囊」。哈，這裡是巴黎知名的陰囊區。

第三區有龐畢度中心；第四區有孚日廣場，旅遊指南形容這裡是「令人垂涎的時髦十七世紀廣場，原本是皇家長槍競技場，法王亨利二世在這裡意外被英國騎士蒙哥馬利伯爵用長槍

穿身而過。」這是法國人恨我們的另外一個原因。

第五區有先賢祠，「一座大型古典陵墓，法國人把他們的知名作家都葬在這裡。」這些作家只是智商過高而已，就這麼對付他們，我覺得有點嚴苛。

蝸牛繼續旋轉，揭露出一連串我從未去過的名勝景點。

到目前為止，我都一直懶得探索我的新家鄉。嗯，我其實已經盡責地參觀過主要景點：羅浮宮（這是當然的）、聖母院、龐畢度中心，而且都是站在外頭看看而已。但我第一個月的大半時間，不是在工作，就是四處閒逛，替我的血液灌滿咖啡因和酒精。

如果你跟我一樣，光靠一罐啤酒和寬螢幕電視的足球賽實況轉播，就能找到暫時的幸福，那麼你可以到巴黎任何一間**英國酒吧**，為你的夜晚和週末注入一劑喜樂。你可以在酒吧點菜（不會有受到黑背心侍者攻擊的危險），說英語（讓人暫時不受羞辱），而且還可以吃到典型的英國酒吧食物，像是印度咖哩烤雞肉。

我對異文化採取這種敬而遠之的態度，唯一真正的藉口，其實是對疾病的恐懼。綜觀歷史，曾有許多疾病讓醫學界困惑不已。有些疾病甚至好幾百年來都被視為不必接受醫學治療。舉例來說，中世紀治療癲癇症發作的方式，就是把某位孤獨的老寡婦活活燒死，而她只不過剛好鼻子長瘤外帶養了隻黑貓，就慘遭不幸。[1]

我自從搬到巴黎，就開始出現醫學教科書似乎完全未曾紀錄的症狀。我並不知道這件事，但是就快要病發了。

我喝完咖啡，若有所思地看過蘿蔔葉，然後便到第二區的

---

[1] 中世紀有獵殺女巫的行動，把一切錯誤怪罪給女巫。鼻子長瘤和養黑貓，是大家對女巫的刻板印象。

行人徒步區蒙特格街遊蕩。那裡有滑溜的白色鋪面道路、咖啡館和情色食物攤販，接著便去看看那間與陰囊同字的證券交易所。那裡並不是粉紅色的，也沒有長出毛茸茸的東西，而是用石頭蓋成的希臘式建築，就跟字典說的一樣，是棟古老的證券交易所。

證券交易所周圍的街道相當忙碌，充滿橫衝直撞的機車和沒有耐心的汽車。這裡雖是辦公大樓區，但也不表示週五下班後，就看不到兩隻腿的人類。我跟著匆忙的車陣向東走，到了一處交叉路口時，忽然來到聖丹尼街，那裡沿路都是妓女，而且她們厚顏無恥的程度，也只有曼谷的妓女可以相比。我還記得有次在曼谷一家酒吧，有個未成年少女坐在我膝蓋上，不斷問我：「先生，要不要我替你吹喇叭？」我馬上落荒而逃。

不過這些巴黎女人都是成年人，更像成熟的無花果，快要脹破她們的熱褲和半開的上衣。她們眉毛都拔得相當凶，因為塗了太多口紅，嘴唇已經失去感覺。口味任君選擇：黑人、黃種人、白人、十九歲、三十歲，唉呦，還有五十歲。

到處都有男人用眼神在物色、詢價，然後消失在門後。

這裡不像阿姆斯特丹有玻璃櫥窗隔著，她們根本就在你伸手可及之處。女人站在人行道上，試著挑起男人的欲火。要不是我這麼害怕得愛滋病，肯定會獸性大發、進去大戰個幾回合。

我從主要街道轉入一條小巷，慶幸自己逃脫了誘惑，後來卻因為踩到白色鋪面道路中央的一大坨狗屎而打滑。那坨屎就像對著我那被性欲醺到麻木的警覺心大喊：「我在這裡！」

我怎麼會沒看到呢？

我聽到笑聲，有位五十幾歲的妓女就站在前方幾碼的門口。她看起來像瑪麗蓮·夢露的蠟像待在暖氣過熱的蠟像館。

她用沙啞的嗓門唱著，「賽啦，人們看著她沿著明亮的海

灣跳舞。」[2]

我聽得懂「賽啦」，感覺她唱的是某種吟詠身體排泄物的經典法國民謠。我要過幾個月後才發現，她其實開了個相當聰明的玩笑，改編一首名叫《海洋》的老歌。這種事只會發生在法國這麼有智慧的妓女身上。

你看，這就是我的毛病，我的雙腳有種不尋常的能力，可以瞄準距離最近的狗屎踩下去。

我愈想探索巴黎，就會把鞋子搞得愈髒。

根據我在網路上找到的文章，不是只有我這樣：每年巴黎有二十萬隻狗在街道上製造出十五公噸的狗屎使得六百五十位巴黎人得以踩到其中一點狗屎樣本而摔得四腳朝天最後被送入醫院。我心想，二十萬隻狗耶，比成吉思汗的蒙古大軍還多呢。

我開始武裝自己。

我來到折價商店，替自己添購許多便宜到不行的北韓製帆布鞋，以便週末穿來走路。我穿著這些帆布鞋，踩了一天的狗屎後，就把它們扔到飯店外的垃圾桶，雖然很不環保，但這也是為飯店的地毯著想。而且櫃檯人員也很仁慈，假裝沒看到我只穿著襪子走過。

為了不在上班途中受到狗屎的玷污，我替自己配備了一大包以細繩封口的垃圾袋，讓我可以套在鞋子上，充當免洗高統鞋。是的，地鐵上的人開始對我投以異樣眼光，而且我還得在瑪麗安的八卦眼看到之前，及時把垃圾袋取下。儘管如此，這

2　出自法國歌曲「*La Mer*」（海洋），原本歌詞是：「*La mer qu'on voit danser le long des golfes clairs.*」（海洋，人們看著她沿著明亮的海灣跳舞），由於海洋（*La mer*）和屎（*la merde*）的法語發音只差一點點，所以海洋被改成屎。

麼大費周章還是值得的。

不過這麼做只是治標不治本。我除了與真正的狗屎奮戰外，也開始挑戰那些與狗屎沒什麼兩樣的人。

舉例來說，像在工作場合，我便去質問伯納是否毀了我的名片。這顯然是伯納做的，不是嗎？My Tea Is Rich 是他的心肝寶貝，而我處心積慮想要讓這計畫流產。

「喔？喔嗎？」他回答，並展現他單音節的天分，說起話來就像威利狼卡通裡的法國版嗶嗶鳥[3]，「不，喔沒做這鞋名片，不是喔。」

在他壓抑自己勝利的微笑時，髭鬍跳起舞來，看似相當滿意自己能不理會我的指控，還得意到連他在看的運動雜誌都沒藏起來。

「如果你在看那種東西，我希望那表示你有時間研讀我交待下來的報告？」我不假情面地問。

「嘖個嗎？哦，喔看嘖個，是因為它油喔們的大廣告。」他攤開雜誌，露出尚馬利頂級牛絞肉的全頁廣告，上面有位耳朵腫脹的知名法國橄欖球員，在咬了一口半生不熟的牛肉漢堡後，擺出性高潮般的表情。

「很棒吧？嘖位橄欖球員為喔們拍廣告，因為他似喔的朋友。」伯納對於我這種毫不保留地躍入這場人際關係陷阱的笨拙姿式感到性致高昂，高潮的程度不下於那位橄欖球員。

在工作之外也是，我打電話給服務生罷工期間認識的一位女服務生，邀請她跟我在星期日出去吃早午餐。但在我們見面

3　華納兄弟的卡通。威利狼一直想吃嗶嗶鳥，但是嗶嗶鳥都會把威利狼整得灰頭土臉。

前，她寄給我一封可怕的電子郵件，附件中有「幾行對我非常重要的句子」。

我打開附件，從中拼湊出來的意涵，大概是關於某種靈體拜訪一位女人，向她解釋，悲傷其實是歡樂，反之亦然。

我的腦袋說，喔，天啊，千萬別接近這屎頭屎腦的人；然而我的跨下卻說，沒關係，沒關係，快去找她。

她是位高姚的金髮學生妹，隱藏在寬鬆衣服下的身材保證姣好。她那白皙的肌膚、可愛的彎鼻子，讓你只想在上面輕咬，而左臉頰上的美人斑似乎在說：「親這裡。」她的臉蛋看起來好像這輩子還沒見過什麼叫做化妝品，而且是那種不知道自己很漂亮的人。這個我喜歡。她名叫愛麗克莎，會說流利的英語，而且正在學攝影。還有什麼更好的理由可以讓女孩叫你把衣服脫掉呢？

所以我並未把她和她的電子郵件刪除，反而胡言亂語地回答她，跟她說看到她只會給我帶來歡樂，不會傷心（沒錯，這就像無病呻吟，抱歉），然後我心裡繼續幻想我們接下來的雙人攝影課程。

經我要求，我們約定在十八區的蒙馬特碰面，也就是艾蜜莉的男友用望遠鏡看她的地方。

我搭了超級現代化的纜車（幾乎垂直的鐵軌）上山，抵達婚禮蛋糕型的淡象牙色聖心堂。我遲到五分鐘，但幸運的是，愛麗克莎跟大多數巴黎女人一樣，遲到十五分鐘。

我們親吻彼此的臉頰來打招呼。她穿著表面磨損的舊夾克、領子鬆垮的毛衣、膝蓋破洞的牛仔褲，散發出一股低調的情欲。她的膝蓋還滿漂亮的，肩上掛了台照相機。

我則散發出一股**低度使用**的情欲，而且即使巴黎山丘上的風有點大，我還是把襯衫稍微打開，展露出男子氣概的胸毛，

希望這些胸毛適合攝影。雖然我的胸毛並不多，但是我所有的胸毛她都能一覽無遺。

「很高興再次見到妳。」我告訴她。

「嗯。」她同意道，看起來像在打量我身上的感光度。

然後我們轉身背向祕魯鼻笛樂團，他們正在娛樂成群的觀光客，而觀光客則在拍照、俯瞰巴黎的屋頂。

在梵谷的時代，蒙馬特只是鄉間的山丘，畫家到這裡尋求靈感、新鮮空氣和便宜的酒。現在蒙馬特已被劃入都市，但感覺上還是化外之地，主要是地勢高的關係。那裡可以俯瞰雜亂不堪的灰色鋅製屋頂，而這種景色大概一百年來從未改變。除了我們右側的艾菲爾鐵塔隱身在一叢葉子黃澄澄的栗子樹後，在低低的天際線上其實沒什麼突兀的建築，要一直到城市邊緣的大樓區才有。市中心有纏繞在龐畢度中心外牆的藍白管狀物，當然還有那棟蒙帕納斯大樓，活像一把黑色玻璃匕首刺入巴黎的心臟。不過撇開這些不談，巴黎看起來像是由一百萬間浪漫閣樓組合而成，讓波特萊爾[4]可以此草創詩作。我忍不住笑了出來。

「這實在是老掉牙的景色。」愛麗克莎抱怨。

我納悶那是什麼意思，我的**歡樂**等於她的**悲傷**嗎？

「對我來說不會老掉牙，這是我第一次來這裡。」

「嗯。」她發出含糊一聲。

我把視線轉離老掉牙的景色，催促自己讓她繼續說話。她**喜歡什麼**？

4　Charles Baudelaire，十九世紀法國詩人。

「妳覺得艾蜜莉怎麼樣？」我向下方距離大約一百英呎的街道做出看望遠鏡的動作。

「哦。」她聳聳肩。「居內是位聰明的導演[5]，但我比較喜歡『黑店狂想曲』[6]，你有沒有看過？」

「沒看過，那部電影在講什麼？」

「那部電影在**講什麼**？」她向後退了一下，顯然這部電影太好看了，所以**什麼都沒講**。我又失禮了。「艾蜜莉那部電影有太多特寫鏡頭，」愛麗克莎聽起來有點惱怒，「電影有一半時間都花在特寫奧黛莉‧朵杜[7]的眼睛。」

「不過她眼睛很可愛。」我試著開玩笑。

「是啦。」她惱怒地說。

我忽然恐慌了一下，我心想，或許愛麗克莎以為我邀她出來，是為了討教當代法國美學，而不是吃些上床前的小點心。

但在閒逛過一個小型藝術市集之後，我們的對話變得比較流暢。市集上賣的都是世界上首屈一指爛的雷諾瓦模仿畫。我們聊了一下我來巴黎的原因、她去英國發生的事（她在英國當過一年攝影助理），還有再稍微談了一下她對當代法國美學走向的看法（顯然是朝著迪士尼風格的荒煙蔓草走去）。

我發現她並非咄咄逼人，只是說話直率而已。她將曼妙的軀體藏在鬆垮的夾克底下，把溫柔的個性藏在坦率的意見背後。這大概嚇跑了許多男人，感謝老天。

來到紅磨坊附近，我很自然又踩到一塊乾巴巴的狗類排泄物，那玩意兒就像某種噁爛牌的有毒可可粉，埋伏在樹下，迫

5　「艾蜜莉的異想世界」，導演為尚皮耶‧居內（Jean-Pierre Jeunet）。

6　Delicatessen，導演是尚皮耶‧居內及馬克‧卡羅（Marc Caro），這是一部黑暗、怪誕的超現實主義電影。

7　Audrey Tautou，法國女星，飾演艾蜜莉。

使我擺出自編的康康舞動作，抬腿狂踢樹幹，好弄掉鞋子上的可可。我真是有夠蠢，居然穿了非韓國製的時髦運動鞋。愛麗克莎對這種窘境倒是處理得很好，至少比我好多了。她站得遠遠的等我咒罵完畢，再帶我到一條水溝旁的一灘水，讓我清洗鞋子上的污垢。我原本硬撐出的冷酷外表一夕崩潰，但這似乎沒讓她打退堂鼓，而且在某種程度上我還很高興她見過我最狼狽的模樣。這多少化解了我們之間的猜疑，不過前提是狗大便能讓空氣變得乾淨。[8]

在我們喝著鮮榨柳橙汁，吃著新鮮無花果和熏鮭魚炒蛋時，她鼓勵我談談自己有什麼障礙，而我則搬出自己的理論來解釋：我的障礙其實是種潛在的心理問題，一直到我踏上巴黎獨特的人行道之後才綻放出來。

「這是一種識字障礙。妳知道識字障礙吧？」

「知道。」愛麗克莎點點頭，手拿一顆熟透的紫色無花果剝著皮。這真是一個令人痛苦的象徵。

「我在某種意義上具有識字障礙，或說色盲。有人看不懂字詞的意義，有人分辨不出色彩的差異，而我則看不出狗大便。我有識屎障礙。」

「你是否被大便附身了？」愛麗克莎剝開包著無花果的**皮**，以她的伶牙俐齒一口咬下去享受這絕佳滋味。

「大便附身？或許吧。我從沒看過別人在擦鞋，你有看過其他人擦鞋嗎？」

「很少。」愛麗克莎想了想。至少她看起來比較在乎我說的話了。我要是對英國「女友」茹絲說出這種DIY心理學的鬼話，她一定會指控我想煩她，好讓她把我給甩了。除了新世紀運動

8　讓空氣變乾淨的原文為「clear the air」，同時也有「化解猜疑」的雙關意。

奉行者[9]，我們大多數英國人都採用「看在老天份上，不要抱怨了」這學派的心理治療。

「你確定這不是因為你們英國人很自以為是，走路時用鼻子看人？」

「妳是說我們都用鼻孔瞪外國人嗎？沒錯，妳或許說到了重點。」

愛麗克莎看來很高興能幫助我意識到這一點。她拿起另一顆無花果，剝皮動作比前一顆溫柔。

「真遺憾，你來巴黎的時機不對。」她眼角閃過一絲幽默。

「時機不對？」

「對啊，因為罷工啊。」

「罷工？」

「沒錯，那個……怎麼說呢？就是掃馬路的人啊。」

「清道夫嗎？」

「對，他們要罷工，就從星期一開始。」

「明天嗎？」

「是的。」

「不會吧。」

「沒錯。」

愛麗克莎焦慮地打量我，我納悶自己這種精神緊張的狀態已經持續了多久。

「他們為什麼要罷工？」我盡可能把淚水往肚裡吞。

「那是他們的……你知道……」她用手臂做出掃地動作，

9　New Age Movement，著重神祕體驗和自我潛能開發的當代思潮和生活方式。

「刷子嗎？」

「掃把。」

「對，他們想要正經點的掃把。」

這是真的，清道夫的掃把看來有點蠢，就像現代版的巫婆掃把，一根鋁棒加上一束綠色塑膠條，而不是傳統的白樺細枝。

愛麗克莎說，清道夫希望把他們的招牌掃把換成比較不丟臉的款式，比如長得像巨型電動牙刷的肩背式全自動掃地裝置，但市政府當局拒絕，所以清道夫決定罷工。而當雙方在爭論塑膠掃把條和巨型電動牙刷的相對成本高低時，街上的灰塵就愈積愈多。

我可以確定的是，過不久，就會輪到我摔個狗吃屎跌入法國的救護車上。

我抬頭看到愛麗克莎在笑。

「怎麼了？」

「你讓人發噱，英國人，你真的很……你知道吧，很像休葛蘭。」

「休葛蘭？」我對克麗絲汀的欲望魅影又躍然蹦出，魅影的臉孔是集各家跟女主角上床失敗的英國男演員之大成。

「沒錯，你知道的啊，他那種困惑少男的氣質，相當……動人。」

「動人。」

「對，就像是……該怎麼說呢？就像小狗狗一樣。」

「小狗狗。」所以我現在變成流浪狗啦，我心想，最好是把我送走，替我打針，讓我死掉算了。

「你待會兒要做什麼？」我結完帳後問愛麗克莎。

「幹嘛？」她眼角又出現那抹小小幽默，我們這位愛麗克莎有點愛作弄人。

「我想我們或許可以⋯⋯」還不到可以說「上床」的時候，我還算上道。我苦思某個不具威脅也不老套的事，可以讓我們一起做。

「⋯⋯四處拍照。」我對她的相機點點頭，「妳知道的啊，我們可以四處逛逛，尋找適合拍照的人事物，應該滿有趣的。」

「我通常不會刻意尋找拍照題材，而是順其自然。」

「啊。」我們早上共處時顯然沒出現任何題材。

「不行，我得去看我爸。」

「好吧。」在爛藉口排行榜上，我發現她的藉口只排在「我得回家拔奶頭毛」之後。

「我們可以再見面吧？」

「如果你想的話。」

「太好了，那就今晚吧？我們可以做點更好玩的事。」

她笑了笑，「抱歉，我不行，今天晚上不行。」就是這樣。

我們很快互相磨一下臉頰，道了聲「掰」，她連「再」「見」都沒跟我說。我不怪她，自尊心強的巴黎人怎麼可能看上開口閉口都是狗屎的人？

隔天早上我五點起床，聆聽周遭這一片寂靜。嗯，其實只是沒那麼吵啦。我還是聽得到道路盡頭八線道公路的背景轟轟聲，聽不到的是揮動掃把和路面清潔機隆隆作響的清晨樂章。巴黎有聲勢浩大的清潔機軍團：灑水車、前頭裝了掃把或噴嘴的野戰車、移動式蓄水槽，其強力水柱足以把天安門廣場的抗議群眾沖散。而且拿掃把的人還有一項祕密武器：他們有鑰匙可以開啟街角的水閥，讓水溝裡的水流出去，把晚上堆積的啤酒罐、咖啡館的空菸灰缸、速食店的紙袋以及喝醉酒的人，沖到下個街角的水

溝。在許多街角，你可以看到水溝裡有段捲起來的毯子，我最初還以為是流浪漢的臨時枕頭，結果是清道夫想出來的巧妙系統，用來控制水的流向。而這時候這些毯子都快乾了。

我出門上班，鞋子用雙層黑色塑膠袋套起來，沿路踩著芭蕾舞步。

感覺好像清潔工因為同情清道夫，也一同出擊。人行道上堆著滿滿的垃圾桶，那是大樓門房以為會有人收垃圾而拿出來的。路上還有我平常看不到的各種垃圾，餐廳前有張三隻腳的椅子，麵包店外有一小根酸臭的法國麵包。

我到提款機前提款，那台機器卻把我的提款卡吐了出來，好似那張卡片嚐起來有如酸臭的法國麵包。提款機告訴我：「提款失敗」。我印出餘額收據，看了之後就明白了：我的薪水並未入帳。

有人在喇我賽，而如果他們的賽也想被喇，那我會好好幫他們喇一喇。

我一到公司，就立刻質問瑪麗安。

「沒收到薪水？」她說，「哦，十一點到我辦公室找我。」

她這時在接待櫃檯執勤，而像薪水沒入帳這種急事，得等她換檔到人力資源部工作時才能處理。

「我有沒有可能去找……？」我不知道法語的「會計」怎麼說，我需要的是現金，不是理財諮詢。

「找……？」

「財務的人？」

「十一點到我辦公室找我。」她用那種專門對智障說話的特別法語說，「祝你今日愉快。」

意思是：滾開。

她十一點十五分才出現，手裡拿著咖啡。我們走進她的辦

公室，等她找到放咖啡的杯墊，把羊毛衫掛在椅背，開點窗戶讓空氣流通，然後努力回憶該如何打開電腦後，她坐了下來，開始用她那指甲被咬爛的食指在滑鼠上按了按。

「啊，我知道了。」她對我笑笑（其實是張嘴露出一口灰牙）。我站在瑪麗安那顆看起來有毒的植物旁，希望自己看起來帶有威脅性。「你沒有 *carte de séjour*。」她說，又笑了笑，好似在期望我會感謝她想出這種不知所云的惱人答案。

「*Carte de séjour*？」

「沒錯。」

「那什麼是？」我問道，還搞砸了這個簡短問句的文法，讓瑪麗安不由自主地要把眼球往天花板吊去。

「我也不太清楚，我們以前沒請過外國員工。」

我知道 *carte* 是「證件」的意思。「是身分證嗎？」

「應該是吧。」瑪麗安給人的感覺，就是很想被扔到宇宙無盡的深淵裡。

「我要去哪裡，呃，取得 *carte de séjour* 呢？」

「我不知道。」瑪麗安很用力地聳聳肩，冷漠地噘了噘嘴。「我只知道會計沒付你薪水，是因為你沒有 *carte de séjour*。」

「而妳沒說我？」最糟糕的是，我們都是用**你**來稱呼彼此，好像我們是很要好的朋友，會在女用化妝室互相交換化妝心得。

「會計沒告訴你嗎？」瑪麗安問道，對別人這麼沒效率而感到憤怒。

「沒有，沒人說我。*J'ai besoin argent*。」我說。文法不通但聽得懂，「現在要。」

「你要預支嗎？」

預支？上個月的薪水怎麼算預支呢？可是這時候不適合來場法國邏輯辯論賽。

「好，我要預支。」我說。

「我可以打電話安排一下。」瑪麗安撥電話時，看起來就像她忽然明瞭問題即將迎刃而解，心情愉悅了起來，即使這其實並非她的問題，但是因為問題出現在她的辦公室，所以就跟她的私人問題一樣惱人，不過她快要可以擺脫我了。

「他們今天上午就會把支票拿到你的辦公室。」她跟會計人員短暫交談後跟我說，「半個月的薪水。」

「很好，謝謝妳。」

瑪麗安看起來近乎光芒四射。

「你得簽名才能領支票，」她說，「你有沒有身分證明？護照？還是 *carte de*⋯？」

我腦海頓時浮現美妙的暴力畫面，把人力資源部員工的大頭埋到土壤和花盆碎片裡噎死。

克麗絲汀四處打電話，打聽如何替我申請**居留證**。

我在她辦公室愉快地坐了半小時，當她在公家機關的電話總機間辛苦地打聽消息，我也一面因她的髮香而陶醉了起來。

她向我解釋她列出的地址和文件。

情況似乎是，身為歐盟公民的我，必須到中央警察局辦理，而中央警察局就在西堤島上的花市隔壁，從聖母院沿著塞納河走就到了。聽起來沿途風景優美。

我只需要攜帶護照、工作合約、三張大頭照、最近一期的電費帳單，以及自一九九五年起所有那些差點把我給吃垮的結婚證書，而且所有文件都要影印在中世紀的羊皮紙上。沒問題。

克麗絲汀告訴我，好消息就是公司允許我請一天假，去處理這堆無聊的繁雜手續。我心想這做法很文明。

「不要再那樣看我了。」克麗絲汀說，她看到我眼裡的感激之意，以為我起了欲念。是有點欲念啦。

「哪樣？」

「那樣！」克麗絲汀笑了笑，要我走開。

「去工作吧！」

法國女人怎麼有辦法不理會性挑逗，卻同時又不停調情？老天，連叫你滾開都那麼性感。

全新的一天，全新的法國生活課：他們讓你請一天假的原因，是因為你至少需要三天才能完成。

我隔天早上就去中央警察局，從無人打掃的花市到廣場之間，沿途得閃避隨意丟棄在路上的長型空花箱。

他們用X光和金屬探測器檢查我和我的包包，然後就叫我到旁邊等著被一位坐在防彈隔間內的女人羞辱。她花了半小時處理排在我前面的人，然後嗅了嗅我帶來的文件，向我解釋要影印更多護照頁，還有我不該在大頭照裡微笑。於是我又退回了起點。

第二天早上，她發現我沒有電費帳單做為地址證明，我告訴她那是因為我住在飯店。如此一來我便需要雇主提出證據證明我住在飯店，而且不能在等候室請公司傳真文件過來，她要的是原始文件，用墨水簽過名的才行。反正，文件不齊全也不准踏入等候室。這女人就不能在前一天提醒我嗎？沒辦法，聳聳肩，顯然不行。

終於到了第三天，在我攀越堆積成山的濕軟花箱和碎爛燈泡、踮起腳尖閃過滾來滾去的飲料罐和迎風拍動的報紙後，在她向我道賀說我的文件質量均佳時，我真的感到霹靂無比地

驕傲。他們准我穿過閘門踏入禁域，進入典型單調的官方等候室。裡面有一些由三面牆壁隔出的小隔間，看起來就像某種敞開的蝸牛圖案。

面對這些彎曲隔間的是一排排座椅，大概有四分之一的座位都坐了滿臉倦容的居留證申請者，其中有些看起來跟我一樣，一身辦公室的標準穿著，另一些人則是女裝版。我很好奇我們所有人加起來的請假日到底會花上雇主多少錢。

那裡還有一群沒希望的人，他們看起來好像來這裡試圖說服某人說，歐盟早已增加了十五個新會員國。這麼說聽起來好像我有種族歧視，但是根據第六隔間傳出來的爭執內容判斷，與我想的相差不遠。

「這裡是歐洲，對不對？」留著黑色髭鬚的男人大喊，「我就是歐洲人！」

強化玻璃後的女性公務員眼神變得呆滯，第五和第七隔間的女人將她們手邊正在處理的人晾在一旁，往這個隔間靠過來以表示對她們同事的支持。一陣單音節的字眼劈哩啪啦傳出玻璃隔間。

「呃……喔！」

「喔……啦……呃！」

「不，可是我的確是歐洲人！去呷賽啦！」

那個關鍵字眼有種神奇的強力效果。

「哦！」那個惹惱他的女人把他的資料從玻璃下方推回去，要他把東西帶走。

大鬍子男人喋喋不休地提到人權及其他不相干的東西，但讓他痛苦的人依舊無動於衷。第五和第七隔間的女人再度靠過來，嘴裡又連珠砲吐出幾聲單音節的字。男人說他拒絕離開。最後有名警察進來，不耐煩地用手示意要那受拒的申請人離

開。男子環視房間尋求他人支持，但是我們都避免和他眼神接觸。在政府單位的等候室沒有商量人權的餘地。

過了大約二十四小時，就輪到我了。我也是在第六隔間，死亡隔間。我用有點歡愉卻又不會太歡愉的聲音說了聲「日安」，試著讓自己盡量看起來像歐洲人。把我的文件往前推，同時心裡靜靜祈禱。

那個女人對照我交出去的文件，在一份粉紅色檔案內頁中的一排框框上打勾，然後她翻到我的大頭照，噘起嘴唇。

「你應該要裁剪這些照片的。」她告訴我。

「啊，」我說（心想：啊啊啊啊），「我事先不知道。」

我的聲音暗示了，要是我有機會能把我的照片裁成規定尺寸，並用她喜歡的芳香精油按摩她的腳（如果她准我跪在她的桌下），要我做牛做馬都會感激不盡。

「沒關係。」她拿出剪刀，熟練地把那四張大頭照組成的相紙裁成四小張照片。她把其中一張還給我。「我們只需要三張，不是四張。」

「啊，**妳**不要嗎？」

這句話是用來緩和緊張氣氛的玩笑話，不過她卻停住不動，瞪著我看。

我預見自己上了新聞頭條：**英國男子性騷擾法國公務員遭驅逐出境**。「英國必須退出歐盟，」席哈克總統 10 要求，「我們法國人才能性騷擾別人，你們不行。」

我看著她的深色雙眼（由於長年來必須對付那些被她浪費

---

10 Jacques Chirac，於1995年5月至2007年5月擔任法國總統。

時間而討厭她的人們，這雙眼已成了一潭死水）。我知道這是關鍵時刻。那個大鬍子把事情搞砸了，而我得把它搞好。

我拿起相片說：「我很難過，這張相片不好看。」我對著那張大頭照皺眉頭，然後把照片收到袋子裡。

她點點頭，然後幾乎，**幾乎**微笑了起來。

「拍大頭照禁止微笑，」我說，「真可惜，要不然大家可以不必這麼難過。」

「沒錯，如果能看到微笑，是很好的事。」她微微地笑一下，並狠狠地把我其中一張相片釘到粉紅卡上。「這是你的暫時居留證，你會收到一封信，告訴你什麼時候可以拿到真正的居留證。」

「非常謝謝妳。」

「祝你今日愉快。」

「祝妳今日愉快。」

我蹦蹦跳跳離開那裡，同時親了親那張清新的粉紅卡片。法國：零分，我：一分。至少那天早上的比數是如此。

下午的比賽是否得分，則要看愛麗克莎了。沒錯，愛麗克莎。我之前打電話給她，我們聊得很開心。我告訴她那段繁文縟節的手續，逗她笑了起來，而她甚至還透露，她認為「新娘百分百」中的休葛蘭其實「非常性感」。我拚命回想：到底休葛蘭最後有沒有得到茱麗亞蘿勃茲？在電話中問愛麗克莎這種問題似乎不怎麼禮貌，所以我跟她約了場午餐約會，希望能有好事發生。

她給我個驚喜，她想跟我在塞納河遊船上共進午餐。這是觀光遊船，沿著塞納河在艾菲爾鐵塔和聖母院之間來回航行。

她曾提到巴黎有老掉牙的景色，也許這意謂著某種讓步，也或許她認為我只配得上老掉牙的東西。

我在阿爾瑪橋地鐵站下車，那裡靠近黛安娜王妃車禍身亡的隧道，有些觀光客（大多是二十幾歲的年輕人）站在隧道上方的圓環中間，注視著黃金火焰雕像，那是自由女神像火焰的翻版，被視為已故黛安娜王妃的象徵。兩位一身全白的修女正過馬路要到圓環，她們站在馬路中央驚慌失措，非常有可能跟黛安娜一樣一命嗚呼。

雖然河流又深又綠，但是河水根本碰不到刻在阿爾瑪橋上老士兵紀念像的腳趾。在雨下得特別多的期間，河水會開始拍打他的靴子，如果河水接近他的生殖器位置，巴黎人就得開始堆沙包了。

這裡停靠了兩、三艘塞納河觀光遊船，看起來就像橫躺的玻璃公寓大樓。

愛麗克莎坐在長凳上，瞇著眼注視蒼白的太陽。她穿了一件皮夾克，但這次她真的穿了條裙子，長長的丹寧布裙，遮住她的膝蓋，露出光滑的乳白色小腿。看來，她要一點一點露出她的身體了。

我低身在她臉頰上親了一下。

「你對我的選擇感到訝異嗎？」她說。

我轉身看看那艘醜陋的大船。「對。」

「我這是替你著想，河中央不會有狗。」

兩旁罩著玻璃的遊船出發，沿著塞納河航行。坐起來不太像艘船，沒有搖搖晃晃的感覺，而即使河水湍急，在橋下產生漩渦也不會搖晃。船實在太大了，讓人覺得好像在坐火車。

不過在秋天陽光下，坐在船頂上，陣陣微風從強化的高聳河堤傳來，我們在不受都會忙碌節奏的打擾下，欣賞城市風光。

愛麗克莎拿出兩條鋁箔紙包裹的三明治，撬開兩小瓶冰啤酒，這時錄製好的語音導覽開始播放，首先是法語，然後是聲音不同的英語、德語、西班牙語，最後的語言聽起來像是俄語和日語。

我們朝著市中心和聖母院航行。

「*A votre droite,*」女聲語音導覽說，「*l'Hôtel des Invalides, la tombe de l'Empereur Napoléon Bonaparte.*」

「在你們右側，」歡樂的美國男聲說，「是傷兵院，拿破崙皇帝的⋯⋯」

你可以依據遊客在什麼時候轉頭向右看，而推測出他們是什麼國籍，不過呢，保加利亞人想必整趟遊船之旅都會一直盯著前方。

「裡面是什麼？」我開始拆開半條棍子麵包三明治外層的錫箔紙。

「諾曼第火腿，是維爾的安杜葉香腸。」

日語的傷兵院導覽才剛結束，又輪到法語要大家向左看，還解釋協和廣場中間那根頂端鍍金的方尖碑是埃及總督送的禮物⋯⋯

半條棍子麵包填滿一片片看起來很可疑的棕灰色物質。

「香腸嗎？」我那疑心重重的聲音在「協和廣場」的德語廣播中漂浮著。

「是的。」

我咬了一口，又吐回錫箔紙裡。

「這吃起來⋯⋯聞起來⋯⋯像屎一樣！」

愛麗克莎覺得這實在太好笑。「喔，拜託，不要再提你最

喜愛的話題了，這是道地的安杜葉香腸。」

她解釋了這種香腸的做法，我喝了一大口啤酒，才把我嘴裡的味道清掉。顯然我剛才咬到的是豬直腸。

「你其實可以挑比較不那麼**道地**的東西。」

「啊，你們英國人喔。你們的農場就像工廠啦，都讓食物在無菌試管裡生長。那你試試另外一條三明治。」

「另外一條裡面有什麼？煙熏牛屎嗎？」

愛麗克莎大笑，「你很怕法國，對不對？」

「我怕法國？快點把另外那個三明治打開。」

愛麗克莎拆開另一個三明治，裡面充滿流動的黃色乳酪，臭氣熏天，我忍不住把頭轉開。我跟著一戶亞洲人看看岸上的樹，日語導覽好像稱那棵樹為協和。

「這是荷布羅匋乳酪。」她把三明治拿到我鼻下揮舞，這絕對是英國禁止的那種未殺菌乳酪，而且根據其惡臭來判斷，這種乳酪應該是從牛棚地上刮起來的。「這很好吃，你試試看。」

「好吧，沒問題。」我盡量讓自己表現得像布魯斯威利而不是休葛蘭，愛麗克莎則一直笑個不停。

「坦白說，味道其實並不強烈，你還沒嚐過艾帕瓦斯[11]或蒙斯特乳酪[12]呢，它們很**臭**，但我們很愛。」

「我實在跟這國家格格不入。」

愛麗克莎搓搓我的手表示安慰，還朝我的臉呼了口乳酪味。「你會適應的。」

我拿著啤酒向後一靠，心裡若有所思。

船才剛經過羅浮宮，這時旁邊有兩艘沙洲駁船，美式英語導覽形容那裡是「傳說中蒙娜麗莎的家」。美國阿肯色州的觀光

11 *Époisse*，產於勃根地北部，以強烈刺鼻的臭味聞名。
12 *Munster*，產於亞爾薩斯的知名乳酪，同樣有濃烈的臭味。

客家裡，絕對會因此出現幾本令人困惑的相簿。

「比方說，」愛麗克莎說，「要是你吻了剛吃荷布羅匈乳酪的女孩，就得學會忍受那種味道。」

「那我可以捏住鼻子嗎？」

她捶了捶我的胸，但讓我品嚐了她的唇。我很喜歡，便靠上去多享受幾秒鐘。由於某種原因，成為巴黎老掉牙的一部分（在塞納河上接吻，還有比這還老套的事嗎？）根本不會困擾我。

我摟著她，讓她的頭靠在我肩上，心裡想著，你真是幸運的混帳。我說的都是男人所知最爛的搭訕話，但她還是喜歡我。

我們就保持這個動作，隨著船航行過聖母院高聳的哥德式扶壁下方。

「妳今天下午要做什麼？」我問。

「哦，我得去看我爸。」

「妳爸？又要看妳爸？我是說，他……？」

「對，他有些問題。」

「什麼問題？」最好真的是重大問題，至少是破產或前列腺癌之類的。

「哦，心理問題。我父母離婚了，因為他發現自己是同性戀，而現在他的男友也棄他而去。」

「而妳得去安慰他？」

「是的，如果要我媽去看他，反而不太合適。反正我媽現在人在莫斯科，拍攝有關幫派的紀錄片，誰曉得她什麼時候會回來？」

「沒錯。」我心想，有時候身為生活無趣的英國中產階級，還滿令人欣慰的。

我們行經阿拉伯藝術中心，它的正面是玻璃的現代主義建築，當導覽稱它為哥德式大教堂時，德國人皺起眉頭表示懷疑。

「但我們明天晚上可以碰面，」她說，「我們可以做點吃東西以外的事。」

我又低頭嚐了點二手乳酪。我們漂過一座橋下，上面有個小孩對我們吹口哨，他不覺得我們很老掉牙。

公司這邊，事情也開始變得比較順遂。

我很生氣我們到現在都還做不出任何決定。每個禮拜我們小組會召開「委員會」（會議都稱委員會），而我也都會替每場委員會寫下議程，提醒大家我們需要做出那些決議。此外，每場委員會也都有小組成員談論，讓他們發表一下會議前幾秒鐘在廁所裡想到的任何點子。何不讓所有男性服務生穿上蘇格蘭短裙？或者：我去過一間愛爾蘭酒吧，他們牆上掛了台舊腳踏車，我們何不找也幾台舊腳踏車？

其中一場委員會，馬克建議服務生應該都要戴長禮帽，拿著像「甜瓜帽和皮靴」（*Chapeau melon et bottes de cuir*；這顯然是「復仇者」的法文譯名）中「史堤先生」的雨傘[13]。於是大家開始喋喋不休地討論，當你手裡拿著一盤鮭魚三明治時，雨傘可以用來做什麼。史蒂芬妮甚至還站了起來，拿把尺模仿電視影集「復仇者」的開場片頭。只是她穿著緊身褲，所以在大腿外側跑出非常不像「復仇者」的脂肪團。

如果是在我剛到這裡的青澀歲月，我會很想拿把雨傘，讓他們知道我想把雨傘插到哪裡去，但現在我覺得我可以老神在在地讓他們玩個盡興。

尚馬利似乎也不擔心浪費時間。當他們變成用法語交談

13 電視影集「復仇者」（*Melon Hat and Boots of Laid Air*），主角約翰·史堤（John Stid）為英國情報員。這部影集後來改拍成電影。

時，他甚至還加入聊天的行列，並在對話結束時發出近似性高潮的嘆息聲。我心想，只有法國人可以靠著聽自己說話得到高潮，那是種自助式口交，是DIY吹喇叭。

「伯納，你什麼時候可以交出品牌名稱的研究結果？」我和顏悅色地問道。

「哦，啊。」伯納的金色鬍鬚頓時紅了起來，顯得焦躁不安。

「你諮詢了哪家市場研究公司了嗎？」我事前問過克麗絲汀市調公司的法語怎麼說。

「呃……」伯納向尚馬利求助。

「這是我的錯。」尚馬利說，他這時看起來不那麼像屁股塞了根電動按摩棒。「我告訴伯納不用繼續研究名稱的事了，我很抱歉，保羅，我早該告訴你，可是……」

「你以為我會覺得你是在針對我，其實一點也不會，我是英國人，我們會咬緊牙根接受失敗。」法國人相信這個關於英國人的謊話，好在他們沒看過足球迷因為支持的球隊遭淘汰而痛哭的新聞畫面，或是有人在超市停車場排隊時被別的車子插隊而爆怒的監視器連續畫面。

「所以那些印有My Tea Is Rich的名片是你訂的嘍？尚馬利，就是你，對吧？」

除了我之外，每個人看起來都很不自在，這表示他們都參與了這場騙局。

「沒錯，這是真的。」尚馬利坦承，「可是你在其他方面都很有斬獲啊，所以我想名稱沒什麼大不了的。保羅，不瞞你說，My Tea Is Rich是**我的主意**，而這在法國是個好名稱，雖然你覺得這名稱不好笑，也很不英國，可是你並不是法國人。」

組員看看我，想知道我會怎麼應付這記重擊。不是法國人？這是終極的侮辱。

我像個男子漢接受這一擊，「好，很好，尚馬利，你比我還了解法國，而且你是老闆。不過恕我直言，以外人的觀點來看，如果公司做了什麼**關鍵決定**，卻沒讓相關計畫小組的主事者知道，是非常**不專業**的。**有效率**的團隊不該這麼運作。如果我們繼續這樣下去，我可以預見之後還會有麻煩發生。」

我最後再加上巴黎式的聳肩動作，「如果你闖了禍，那是你自己的事。」我的肢體動作說，「你們不要以為我鳥你們。」而這動作還真有效，我面前這五位法國人對於我本來應該要覺得受辱一事並沒有顯露出勝利的表情，他們一臉茫然地注視著未來，害怕可能潛伏在前頭的陷阱。

說到日常生活的話，以下就是讓你的鞋子在巴黎人行道上保持乾淨的方式。當你走路時，潛意識會掃描前頭的人行道，會學習辨識地平線上最細微的顛簸，讓你的腳做好準備，本能地繞開突起路面。如果你問巴黎人他們是如何在完全不可能做到的情況下，還能保持雙腳乾淨，他們也不知道，那是身為巴黎人的本能。每年因為踩到狗屎而滑倒送醫的那六百五十人，我猜他們是觀光客、法國鄉下人，或是喪失本能的老弱婦孺。

■　■

同時間，我的本能才剛開始火力全開。

與愛麗克莎外出約會的那天晚上，我在辦公室待到很晚，閱讀法國最成功食品品牌的企業簡介。當時大約是晚上七點半，我只開了桌上的檯燈，已經在辦公室裡靜靜待了兩個小時。

我隱隱約約聽到隔壁辦公室一直傳出聲音，而且是尚馬利的聲音，由於並沒有不尋常之處，所以就未多加注意。後來我聽到第一聲**不尋常**的聲音是一聲倒抽涼氣，就像你在貴死人的

餐廳剛拿到帳單一樣，或是辦公室的火辣情欲大戲上演到重要關頭之際。

我注視著隔間牆壁，彷彿那麼做有助於我聽得更清楚。沒錯，隔壁發出細微且規律的軋軋聲，像是辦公椅在上上下下地活動，或是辦公桌的負重過大。

然後又是一次倒抽涼氣，接著是女性的聲音，要求尚馬利不要停止。這位神祕情婦是誰呢？我希望不是克麗絲汀，當然也不要是用假音發聲的馬克。搞不好是咧？

又傳來好幾聲喘息，加上一兩聲哼哼唧唧，然後軋軋聲停止了。要不是我一直努力不去想像尚馬利的半裸畫面，這情景還真叫人血脈賁張。我實在不想在這種情況下勃起。

講話的聲音變大了，扣釦子和拉拉鍊的時刻到了。他們顯然以為這層樓只剩下他們，因為其中一人打開門，女人的聲音忽然變得清晰起來。見鬼了，那人竟然是史蒂芬妮，負責採購「肉品」的她，居然採購到別人身上去了。

雖然她說的話我都聽不懂，但是她提到了 *vache folle* ——狂牛症，還有 *importer du boeuf anglais* ——進口英國牛肉，這在當時還是違法的。尚馬利似乎不鳥她說的話，還說不會有人發現。接著尚馬利要她閉嘴，然後就聽到他的玻璃門鏗一聲關上。他們的聲音變得更大聲，所以我還是聽得到。尚馬利怒吼什麼關於「魚酸」（預算）的事，但史蒂芬妮說：「馬的，那我們的公眾形象怎麼辦？」即使我懂的法語有限，還是分辨得出，他們的對話從做愛後的玩笑話，轉變成「菜溝」部主管和她老闆的激烈口角，爭論是否該非法購買便宜的英國牛肉。

若要使用一到十分的評分表，這場別開生面的「賽」局，絕對會得十一分。我想在牛絞肉廣告中，要是伯納那位法國橄欖球員好友知道自己咬的是什麼肉，就不會擺出一副性高潮的

模樣了。

　　我讓檯燈亮著，辦公室的門保持開啟，然後靜悄悄離開辦公室，走向樓梯，去赴我和愛麗克莎的約會。

　　我們來到十一區的歐博坎區，手牽手沿著歐博坎街向前走。愛麗克莎說，那裡已不再是城裡最時髦的酒吧區。但這樣反而更好玩，追求時髦者已經不來這裡，使得這區（她的區域）有各式各樣的新場所，可以歡度夜晚。

　　我們找到一間南美洲叢林風格的酒吧坐坐，幸運的是，那是有空調的叢林，我們點了昂貴到爆的墨西哥啤酒。

　　店裡有長沙發，我們可以舒適地依偎在一起，用嘴巴輪流從事說話、喝酒及其他更親密的活動。

　　「拜託你，我今天晚上有個請求，」愛麗克莎邊說，邊揮手要龍舌蘭酒推銷員走開，他想要酒吧裡的人都戴上超級大草帽。「請你別再提起你最愛的話題了，好不好，你這被大便附身的英國人？」

　　「好吧，可是那真的不是英式哲學喔。我來到這裡之前，可從未想過這檔事。」

　　「你把這種成天想著狗屎的行為稱為**哲學**？」愛麗克莎笑笑，喝下第二罐酒。除了玉米脆片外，她沒吃什麼固體食物來墊胃。那位龍舌蘭酒推銷員拿了一頂墨西哥大草帽戴到她頭上，她順勢閃開。

　　「嗯，沒錯，這像是替法國生活哲學做總結。你們只會替自己著想，所以不齊心努力去阻止狗兒大便在人行道上，只求學會不要踩到狗屎。」我接受了一頂草帽，好打發那人。

　　「好啦，好啦，請你不要再說了，唉呀呀！」

「¡Ándale!」龍舌蘭酒推銷員加入墨西哥猜字的聲音遊戲，大家一起來！
然後把草帽壓到愛麗克莎的眼睛上。

■ ■

來到外頭街道，我們把墨西哥草帽當做飛盤，射向小山似
的垃圾堆，然後走到一間燈光幽暗的酒吧。裡頭的DJ播放鬱
悶的沙發音樂，還有悶騷的女服務生端給你價格足以讓人想申
請次級房貸的雞尾酒。我們繼續往前走過幾間店，來到一家比
較便宜的地方，裡頭擠滿了人，充斥著迪斯可音樂和菸味。

我穿過混亂擁擠的人群，到吧台拿了兩杯啤酒，就跟愛麗
克莎退到牆角，那裡比較安靜，離擴音器將近兩公尺遠，距離
最近的酒醉舞客也有一公尺遠。

酒吧裡菸味太重，很難呼吸；聲音太吵，很難說話。所以
我們只是喝酒、看人、跳舞、流汗、喝更多酒、接吻，然後大
笑，跟其他人一樣。

那裡的跳舞方式很怪，正當大家隨著迪斯可音樂，正常擺
動身子、跳著波普爵士舞步，DJ卻放起某種龐克樂。而當我
決定到舞池跳龐克舞[14]時，卻發現自己身陷貓王電影中。當音
樂是喬・史強莫拚命對白人暴動嗆聲[15]，而法國人卻**搖擺**著身
體。愛麗克莎也在距我一隻手臂的距離，對著我搖擺，告訴我
法國人稱這是 *le rock*，在任何速度較快的樂曲都可跳這種舞步。搖滾
我覺得這算不錯的點子，在英國龐克舞會上，你跟「同伴」之

14 pogo，一種1970年代流行的英國龐克搖滾舞步，身體和雙腳挺直，然後上
下跳動。
15 Joe Strummer，龐克始祖樂團「衝擊合唱團」（Clash)的主唱，最出名的歌曲
是 White Riot，歌詞大意是教人不要盲目順從，要主動掌握世界。

間的肢體接觸，就是朝腎臟搥一拳。

在我們跳到一個段落，我和愛麗克莎決定不再喝酒，以免喝得太醉。

可是這就像河水都淹到乘客的脖子了，才決定要把巴黎遊船的洞堵起來。我記得我後來對某人的耳朵大吼（不是對愛麗克莎）什麼「軌道伸縮奶頭」。我根本不知道那是什麼意思（即使喝了那麼多酒，還是依稀記得這檔事），而那位耳朵被我大吼的黑皮膚法國女孩大概也不了解那是什麼東西。

之後，我記得愛麗克莎叫我從桌子上下來，然後有位光頭酒保溫柔且用力地（嗯，應該是用力地）把愛麗克莎的建議確實付諸實行。

我依稀記得自己嚐到嘴角鮮血的鹹味，看到許多隻腳上連接著舞動的大腿，然後我的夜晚就在這裡結束。

隔天早上，手機鈴聲對我咆哮，把我叫醒。

「你要不要跟我上床？」手機鈴聲如此尖叫著，彷彿是我過去倫敦歲月的一場宿醉（而宿醉恰好是最適合當前的字眼）。

我睜開眼，看到令人目眩的白色：白色天花板、白色燈光、白色噪音[16]。我不是被埋在溫暖的雪崩中，就是在別人的公寓裡（我的飯店房間是一灘泥濘的米黃色）。

對了，我想起來了，我們回到她家，而她就在我身旁，躲在她令人眩目的白色被子下，遮掩住她的美麗。

太美妙了，我除了頭痛及上顎的躁熱感外，身體主要還有另一種感覺：我的老二那裡濕濕的。即使我什麼都不記得，總

16 White noise，英文中指的是收音機或電視機調整至指定頻道前的噪音。

算還是有些進展。

電話依舊對著我鬼叫，我伸手到地板上，勉強把那台吵鬧的塑膠塊拉出夾克口袋。

「嗨，我是愛麗克莎。」

我苦笑。「真有妳的。」

「什麼？」

我朝她身上望去，並撫摸被子上蓋住頭部的那塊隆起。

「妳的鬧鈴電話，」我對著手機和被子說，「如果妳想叫我起床，只要把手伸過來，搔我癢就行了。絕對有效。」

「你說什麼？**搔你癢**？」

「沒錯。」

被子底下傳來一陣呻吟，一隻手伸了出來。

「等一下！」我說。

我把被子往下拉了幾吋。

雖然我對前一夜的記憶相當模糊，但我可以發誓，我上次見到愛麗克莎時，她的手臂絕對不是黑色的。

「保羅？你還在嗎？你在**哪**？」電話裡的聲音問道。

哦，賽啦。

November			Novembre		十一月	
Dimanche	Lundi	Mardi	Mercredi	Jeudi	Vendredi	Samedi
					1	2
3	4	5	6	7	8	9
10	11	12	13	14	15	16
17	18	19	20	21	22	23
24	25	26	27	28	29	30

請自便

我只是想找個安身之處
仲介卻帶我去住儲藏室、洞穴，以及浴缸！

「我不後悔」這首歌是琵雅芙[1]唱的吧？嗯，自己招了吧，你這大笨豬。

我認識了一位很聊得來的人，她聰慧風趣、膝蓋超可愛。而我卻把事情搞砸了，我後悔**莫及**啊。

我不想在這裡待到黑皮膚女孩醒過來。

她睡癱在那裡，就我看得到的角度，她看來比我還壯。真正游泳選手的肩膀。

不會是男人的肩膀吧？

為了確定這一點，我趕緊翻開被子另一頭查看一番，他／她／它的臉朝下，但是雙腿間並未看到什麼突出物。

呼。

此外，我也慶幸這場遊戲尚未危及我性命。掛在我老二上那團皺皺長長的粉紅色東西，並不是被拉扯成怪異形狀的包皮，而是幾個小時前套上、用過的保險套。

兩分鐘後，我到了外頭，在異常明亮的光線下瞇起雙眼。我花了一點時間才搞清楚，夏天並未插隊到冬天和春天之前，街道被潮濕的石板照得閃閃發亮。

成堆的垃圾已經不見，像摩天大樓高的發臭箱子也都清走。在我睡覺時，有支全副武裝的環保清潔機已經掃蕩過街，清除前方所有障礙物。罷工結束了。

我想跟愛麗克莎分享這股喜悅，不過一切都太遲了。我在她的答錄機留下我有史以來最低聲下氣的道歉話，但是她一通也沒回。

1　Edith Piaf，法國國民歌后，歌名是「Je ne Regrette Rien」。

最後，為了不要讓手機超載，她只好屈就自己，傳給我一封道別簡訊，內容提到她覺得我很「悲哀」，她不想為我「脆弱的歡愉」負責，沒錯，又是那套老掉牙「歡樂和悲傷」的廢話。

為了自我安慰，我決定把十一月都奉獻給找公寓。尚馬利已替我付了三個月的飯店錢，我得開始想想如何為自己贖回自由之身。而現在罷工已經結束，時機正好。克麗絲汀告訴我清潔工放棄要求機械掃把，也接受提高薪資，還保證每人每週都能操作一次環保清潔機。換句話說，我參觀公寓時，不會弄髒未來房東的地毯。

十一月的第一個星期六，我坐在露天咖啡座（我現在好像都在露天咖啡座想事情）查閱我的旅遊指南，看看哪裡可以住。

「在巴黎……」指南這麼說，「最好住大型地鐵交會處附近。」

這就跟倫敦一樣。雖然想住在倫敦最可靠的地鐵線旁，就像是想跟口氣最清香的駱駝結婚。

旅遊指南繼續寫道：「雖然並非每個地鐵站都光鮮亮麗，但是跟倫敦相比，巴黎地鐵可說相當理想。首先，票價便宜，一張 *carte orange* 可讓你一個月內不限次數搭乘巴黎所有公車和地鐵，而價格就跟倫敦地鐵的一小時無限卡差不多。而且，仔細聽好，如果你在巴黎工作，你的老闆會替你支付一半票價。」

橘卡

那本指南應該還要再提到，地鐵站通常塞滿半裸的女人。就舉我飯店附近的地鐵站為例，我第一次去那裡搭地鐵時，有位乳房三呎寬的女孩正在推銷胸罩，有位穿破爛T恤的女孩在推銷電影，還有好幾位只穿小小丁字褲的女孩正在推銷……我不知道是啥，飲料？香水？還是吸塵器？隨便啦。反正她們的胸部都很漂亮。月台牆上貼滿裸體海報，這就是在列車遲到

時，讓通勤乘客保持開心的方式，不過這種方式只適用在直男和女同志身上。

　　我發現，在巴黎通勤比在倫敦輕鬆。首先在尖峰時刻，大約每分鐘都有一班車，而且沒錯，法國的一分鐘有六十秒。如果你錯過這班車，只要等幾秒鐘，下班車就來了，不必急得滿頭汗。既然提到流汗，跟大家所想的不同，法國人聞起來其實並不像他們拿生蒜頭抹腋下，我只聞到香水和刮鬍水的味道。這裡的人比倫敦通勤客還要面無表情，而且幾乎沒人在看報紙。不過除此之外，唯一跟倫敦的最大差異，就是如果你得站著，你確實可以好好站著，不需像在倫敦地鐵那樣彎腰駝背。為什麼那些倫敦工程師會建造出這麼小的隧道？難道他們以為只有哈比人會搭地鐵嗎？

　　簡單來說，巴黎的大眾運輸，真的能運輸大眾，而不是反而讓大家放棄搭乘大眾運輸，自己開車。

■　■

　　「不管你選擇住在哪個地鐵交會處，」指南繼續說，「你要知道巴黎的公寓都很小，都蓋得很密集。這表示你會有**很多**鄰居，他們會出現在你上面、下面、四面八方，而在你的大樓裡、在你對面的大樓裡，可能會有十戶以上的人看得到你房間、放送噪音到你房間，或是讓味道飄進你房間。」

　　味道？他們會不會都在料理豬直腸，而且還用未殺菌的乳酪當壁紙黏膠呢？

　　「最安全的方法就是，」指南繼續說，「在不同時間去參觀

同一間公寓，看看附近的夜生活如何（熱力四射還是一片死寂），試著瞧瞧樓上的人長得怎樣，以免他們全家都是會跳佛朗明哥和打籃球的大噸位人士。瞧瞧窗戶對面住的人（法文叫 *vis-à-vis*，面對面），看看有沒有偷窺狂的望遠鏡，或是外露的生殖器。」

「不過話說回來，這些注意事項其實沒什麼意義，因為你要是真找到有人願意把公寓租給你，就該感激涕零了。如果你想打敗其他也想租到好住所的各家競爭者，參觀公寓時，就得亮出你全家人躋身《誰是誰》法國政商名流名冊中的證據，以及你在瑞士銀行擁有大批納粹黃金的文件證明[2]。但很少人能出具這些文件，所以你要有一開始住飯店的準備。」

「真悲觀。」我說，「謝了。」

最後這兩個字並不是對著我的指南說，而是對著剛拿一杯咖啡給我的服務生。嗯，與其說是咖啡，還不如說一只大碗裝的白色混合物。我的**謝謝**說得很言不由衷。

我點的是歐蕾咖啡，服務生卻端給我哥倫比亞咖啡田加上諾曼第乳牛的一整年產量。我看看帳單，哇，價格還包含運送乳牛的頭等艙火車票價。

我的識屎障礙已經不常發作了，為了慶祝我可以走路不踩到狗屎，我從飯店外出散步。這時我已經朝凱旋門走了大約半英哩，正坐在一間小餐館外頭。這間餐館有時髦的綠色和金色棚子，還有穿著硬漿圍裙的服務生。這裡是敲竹槓的地盤。我早該看清這一點的，現在已經太遲了。

我拿起兩份租賃廣告刊物。飯店接待人員推薦《費加洛報》，這份報紙刊登許多出售和出租廣告；另一份則是《物件總

2　Nazi Gold，傳說德軍在二次世界大戰時，把一批掠奪來的黃金貯藏在瑞士銀行。

覽》，這本厚厚的周刊刊載全法國的房屋租售訊息。

　　兩份資料都登滿外觀吸引人的租售不動產。

　　要是我看得懂就好了。

　　「11E Oberkampf」這是《費加洛報》的一則廣告，目前為止都還看得懂，那是指歐博坎區11E。接下來的內容是「2/3P 2è ét, séj av mezz, 1 ch SdE, parquet」。救命啊！

　　我拿出字典，查了唯一完整的單字，parquet 意思是「地板」。太棒了，這間公寓有地板，那麼其他字是什麼鬼？

　　另外一則廣告提到：「11è, proche Marais」，字典表示這地方靠近沼澤[3]，但根據房租價格判斷，是很多人搶著要的沼澤。我繼續讀到：「3P RdC s/cour, SdB/WC, dressing」。

　　Cour 是庭院，WC 想當然是廁所，那 dressing 呢？難道這間公寓的水龍頭會流出油醋醬？還真好吃。[4]

　　不對，字典指正了我的誤解，dressing 是大型衣櫃。

　　還有一間位於巴士底的公寓，現在那裡想必很安全，因為他們早已不再用斷頭台處決人了。那裡有 beau 2 pièce（漂亮的兩房公寓），位在 5è étage（啊哈，六樓[5]），我心想，那麼這就解釋了 ét 代表什麼意思），ascenseur（有升降梯耶，感謝老天），gde chambre（大房間），balcon（有自己的陽台，真棒），還有 SàM avec cuis amér（哦，該死）。

　　字典告訴我，意思大概是這裡適合從事性虐待（sadomas-ochism），外加苦味（amer）的大腿（cuisses）。然而我不認為這是正確的翻譯。我想的沒錯，其實那段話的意思是有餐廳（salle

---

3　Marais（瑪黑區）位於巴黎市中心地帶，介於第三和第四區。字義上也有「沼澤」的意思。

4　dressing 在英文是「沾醬」的意思。

5　法文的 rez-de-chaussée（底層）相當於我們的一樓，他們的 1è étage（第一層樓）則相當於我們的二樓，以此類推。

à manger），及開放式廚房（cuisine américaine）。

　　我告訴自己，找地方住會這麼困難是理所當然的，英國的公寓分租廣告一定也會讓外國人有看沒有懂。外國人看到那堆要求「N/S only」的廣告，恐會覺得新斯科細亞人一定有什麼過人之處。[6]

　　我拿起咖啡，重量幾乎能讓我的兩隻手腕拉傷。我看到服務生又端著別人點的東西過來，那是隔幾張桌子外的男人點的，而那杯東西看起來……沒錯，那是一般尺寸的歐蕾咖啡。

　　「謝謝。」那位顧客說，他的腔調連我都聽得出帶著濃重的美國腔，而且更加羞辱我拉傷手腕的是，他正在閱讀英文的《先鋒論壇報》。

　　「不好意思，」我靠過去對他說，「你是怎麼做到的？」那位美國人把頭從報紙上抬起來。

　　「做什麼？」他皺起眉頭，他大約三十來歲，留著有點長的柯特・寇班式髮型[7]，在褪色的紐約大學運動衫外套著件老舊黑色西裝。真是適合敲竹槓的好對象，不是嗎？

　　我勉強把我那只跟湖一樣大的咖啡杯舉起來。「點一般尺寸的咖啡？」

　　美國人大聲笑了出來，帶著老菸槍沙啞的笑聲，拿起他的咖啡、帳單、報紙，移來我這桌坐。

　　「我叫傑克。」他邊說邊伸出手。

　　「我叫保羅。」我們握手。

　　「你來巴黎玩啊？」傑克問，低頭看看那只巨型咖啡杯，感

6　「N/S only」為「non-smoker only」，也就是「只租給非吸菸者」。新斯科細亞是加拿大的一省，英文是「Nova Scotia」。

7　Kurt Cobain，美國搖滾樂團「超脫」（Nirvana）的主唱兼吉他手，常頂著一頭凌亂的及肩長髮。

到相當驚奇。

「不是，我已經在這裡住兩個月了，你呢？」

「是喔。我住在這裡。」傑克笑了笑，好似這是什麼天大的笑話。

「什麼？這裡？」我邊問，邊朝著我們周遭環境指指，希望這是傑克經常光顧的咖啡館，這樣可以讓我對自己被敲竹槓感覺不那麼痛。

「不是，我有時候在這附近工作，就在那邊那間銀行。」傑克用他的報紙指著對面街角那棟外表高貴的建築，它有船頭的那種圓柱和彎曲的窗戶，看起來不太像是會聘用滿臉鬍渣骯髒吉他手的地方，除非他們有什麼夜間清潔工作的職位。

「你在**那裡**工作？」我的語氣充滿了懷疑。

「嗯，我工作的語言學校派我每週到那裡教一次英語。」

「在星期六？」

「對啊，有些法國銀行星期六也會營業。」

「他們沒有要求你穿得更……你知道的。」

「沒有，你在銀行上班嗎？」他帶著責難的語氣，猛然對我揮動報紙。

「不是，我在食品公司上班。」

傑克意味深長地對我的時髦上衣和名牌牛仔褲點點頭。「你即使在週末也喜歡打扮得很稱頭。」他說。

他問我在巴黎做什麼工作？我告訴他之後，他唯一的評論就是：「最好巴黎還需要新的咖啡館。」這老兄還真風趣啊，我心想。

「你在找新公寓嗎？」他彈彈我打開的《費加洛報》，「你想住哪裡？」

「呃，不知道，你建議哪裡？」

「我住在十五區。」

「那裡怎麼樣?」我試著想像十五區在蝸牛殼上的位置,我想應該位於左下方。

「真是中產階級到令人無法忍受,」傑克吼道,「你走在人行道上,一定會踢到嬰兒車,那裡都是有錢的天主教徒,每戶人家養三‧六個小孩。」

「啊。」

「十九區還比較擔當得起。」

「比較怎樣?」

「便宜,你知道的吧?啊,是負擔得起啦。」他敲敲桌面,似乎在記下這個字。

「靠近屁股那裡嗎?」愛麗克莎說過十九區逐漸變成全新的時髦居住地,那裡有大都會公園,公園中央還有人造山,而且那裡的地名還有「屁股」這字眼。

「蕭蒙屁股山嗎[8]?你不能住那裡,那裡距離地鐵好幾哩遠,而且也是真正的 *balade de dimanche*。」

我看起來一臉困惑。

「就是周末巡迴遊樂場啊,」他解釋道,「一大群人排隊看他們小孩坐少得可憐的旋轉木馬。」

「所以這樣不好嗎?」

「不好。」傑克想了一下,「如果要有便利交通,你可以住蒙帕納斯,可是你不是貴族,所以你住不起最棒的區域,而且那裡也有點告時了。」

「有點怎樣?」傑克的英語相當怪異,我開始懷疑他是凱郡

---

8 法文原文為「*Butte de Chaumont*」,其中「*butte*」有「山丘」和「屁股」之意。

人[9]或什麼的，也就是美式英語混雜了某種沼澤鱷魚般的法語。

「過時，懂嗎，俗氣，都是觀光客。」

「哦，那夏特雷呢？」那是市中心一處大型地鐵交會處。

「夏特雷？」傑克差點被這個字噎到。「別想了，老兄，那裡太靠近雷阿爾商場，原本可以成為巴黎的格林威治村，但是某些所謂的建築師把那裡變成七〇年代經典毒梟廁所。」

哇，這傢伙真叫人沮喪。

「傑克，你好像不怎麼喜歡巴黎。那為什麼還待在這裡？」

「我有事情要做。」他若有所思地把杯子放在碟子上轉一轉，流露巴黎式的中等距離凝視眼神。「該死，」他又把焦點放回我身上，「休息喝咖啡時間結束，我得回去上課了。」他把摺起的報紙塞入夾克口袋，「下次見面再聊吧，我每個禮拜同一時間都會到這裡。」

「好啊。」下一次我會想要自殺吧。

傑克正要離開時，忽然靈機一動。「你知道找公寓的最佳方式嗎？」

「是什麼？」

「交個巴黎女友，搬去一起住。」

「最好是。」

「我是說真的啦，大多數男人都這樣。」

「是啦，我已經試過了，我找到對的女孩，但進錯了公寓。」

儘管如此，如果我不能跟愛麗克莎一起住，或許我可以住她家隔壁？

9　Cajun，來自法國中西部的移民，於十七世紀定居在加拿大的阿卡迪亞。到了十八世紀，英國驅逐了不願效忠英國的阿卡迪亞人，所以有些人往南移民到美國路易斯安納州，與當地人通婚後，漸漸演變成凱郡人，使用的語言深受法語影響，成為獨特的美國方言。

我決定不以電話回應任何一篇小廣告，以免受到羞辱，然後搭上地鐵，坐到歐博坎地鐵站。我搭手扶梯上樓到地面，做了三百六十度的旋轉，尋找不動產仲介。當時大約是中午，擁擠的車陣正緩緩在大道上往來前進。

我朝著歐博坎街走去，不久就看到一間亮黃色店家，門口標示「Immoland」，主窗上有照片，宣傳著待售公寓，旁邊照樣寫著看不懂的術語：「triplex RdC s/cour」、「SdB + SdE」，而且門旁窗戶有塊標有「LOCATION」的小區域。我知道這些並不是給外景攝影師拍攝的地點，而是標示著此乃仲介公司要出租的公寓。[10]

「你好。」我用法語向坐在電腦後的男子說。

「你好，有喝可蕭勞之處？」他用英語問。我想知道我是哪裡露出馬腳，是腔調？還是一臉無助的表情？

我解釋了一下我的需求，我要租一間公寓，至少租到隔年的八月。

「清你坐下。」那傢伙微笑地說。他大約三十歲，一頭金髮向後梳抹，身上塗著持久防曬劑，穿著緊身棕色西裝。我心想，他看起來好像在賣手提包，而不是公寓。當然我這不是在恐同。

他問我要哪種「surface」，經過幾次誤解後，我才發現「surface」不是指我的牆壁要貼壁紙還是上油漆，而是我要多少平方公尺的公寓。

遺憾的是，聽懂這個問題，根本幫不了什麼忙，因為就算一平方公尺賞我一耳光，我也不知道一平方公尺代表什麼。我是說，我知道一公尺有多大，但一間三十平方公尺或四十平方

面

10 英文的location有外景拍攝地之意，而法文的location則是出租之意。

公尺的公寓，誰知道呢？

「一間臥室的大小？」我大膽提出我的需求。

分居嗎？

「*Separate living?*」仲介問。[11]

「對，我目前自己一個人住。」雖然我不知道這關他什麼事，但是看到他閉上一隻眼，用鉛筆戳戳耳朵時，我們又進入無法溝通的模式中。

獨立美容院嗎？

「呃，*separate salon?*」那傢伙又問。

我心想，這會兒他把我當成同志美髮師啦。完全牛頭不對馬嘴。[12]

「你想要一間臥室和一間獨立的起居室。」那位仲介又試了一次，「*salon*是起居，你知道吧？還是叫起居室？」

「對，沒錯！我要一間臥室和一間客廳。」我激動地點頭。

「好的，我有。」

仲介拿出一份檔案匣，翻閱其中的檔案頁。他把檔案匣放下來，讓我看看一間公寓的配置：有臥室、客廳、廚房及 *SdB*，*SdB* 就是浴室（*salle de bains*），而他解釋說 *SdE* 是淋浴間（*salle d'eau*）。

「這在哪裡？」我問。

「歐博坎街。」仲介說。

「太好了。」

「你知道者條街？」

「對。」我模仿喝酒和從桌上摔下來的動作。

「很好，你現在要去慘觀嗎？」

「好。」

---

11 獨立客廳為「separate living room」，但仲介少說了「room」，所以主角誤認為問他是否分開住。

12 *Salon* 在法文的意思為客廳，但在英文中則可以指美髮院。

「你有沒有旦保書？」

「沒有。」

「呃。」（痛苦的表情）「啊。」（努力思考）「哦。」（投降了）
「者沒問題。」

六小時後，我還試著想消除內心感受到的羞辱。

首先，我們看了間浪漫的閣樓，仲介形容它「屋頂視野絕
佳」。說得沒錯，我是看得到許多屋頂，外加許多破洞。

「很快就會修好。」仲介說。

不知道是我自己的幻想？還是用來遮掩破洞的破報紙標題
確實寫著：**拿破崙已死**？

我承認那間公寓離酒吧很近──它的一樓就是酒吧，酒吧
的電子音樂還會沿著水管往上竄。

公寓還有個小問題，就是要跟另外八間浪漫閣樓的住戶
共用樓梯平台上的蹲式馬桶，那馬桶還只是在地板上挖個洞而
已，而且其中一名住戶顯然是患有痢疾的盲人。

「門房今天還沒來打掃。」仲介說。

這可能是實話，但是即使沒有轟隆電子樂和噁心廁所，那
裡也不會是我的夢想住家。理由很簡單：那間公寓真的很扁
平[13]，在裡頭我根本沒法直立。嗯，其實也不是這樣，我在門口
可以直立，但是只要朝裡走一步，額頭就會撞到天花板，而且
天花板在三公尺的距離外，就下降到地板高度。那是間三角形
的楔形房間，你得呈四十五度角走路，才不會撞壞腦袋。

「這裡並不規。」仲介說。

13 英式英文的公寓為 flat，同時也有扁平之意。

「這裡根本不是公寓，」我說，「而是瑞士三角巧克力的儲藏室。」

第二個地方是洞穴，嚴格說來，*cave* 在法文是「地窖」的意思，不過這裡確實是個洞穴。

我們從街道上穿過一扇龐然大木門，進入一處鋪滿圓石的庭院，風景相當優美。我們四周的牆壁高聳、蝕損嚴重，還裝飾了變紅的藤蔓、古色古香。庭院一角有道木門（比第一道門小很多），仲介在門上插入四英吋長的鐵鑰匙（這實在令人興奮）。門呀地一聲打開，他伸手到裡面摸索電燈開關，我聽到開關的按鍵聲，卻沒看到燈光。

「要重新潘修，」仲介邊說，邊凝視著黑暗，「不久就會油更多的電。」

「沒錯，我想這裡需要**更多大量**的電。」

我們踏入屋內一塊泥土地，你根本可以在上面種馬鈴薯。

「不久就會會有美麗的地板，」仲介說，「窗戶和各重東西。」

在那無窗的陰暗中，我看到光禿禿的石牆和一堆簡直就像棺材的貨箱，我想知道之前住這裡的到底是不是吸血鬼先生？

「你現在簽約，下次來時，裡面就什麼都有了。」

「我現在簽約，就表示我腦袋裡面什麼都沒有。」

仲介向我保證，第三間公寓什麼都有，地板、窗戶、電、大浴室，一應俱全。

他沒說謊，那裡確實有間非常大的浴室，那間浴室**是很大**，還配備了床鋪、瓦斯爐、兩張放在角落的木椅、一塊短短的寬木板。別忘了還有一具七英呎長的巨大琺瑯浴缸，幾乎占

據了半個房間。我盡量不笑出來或哭出來。

「那塊木板是做什麼用的？」我問。

仲介把木板架到浴缸上，再把兩張椅子分別放到木板兩側的浴缸內，互相面對面。

「這是餐桌。」他說。

我慢慢地深呼一口氣。

「你看到這個沒？」我指著我的上衣標籤問。「你看到這個沒？」我轉身向仲介展示我牛仔褲的標籤，「你看……」但一想到我穿的是北韓製運動鞋，鞋上還畫有亞洲版哈利·波特，便立刻把手收回並住嘴。

「我大可不必住在倉庫洞穴或浴室裡。」我跟仲介說，「我負擔得起一間公寓，你說過你要帶我去看有臥室、客廳和浴室的公寓。」

仲介做了「那不是我的錯」的巴黎式聳肩，「可是你說你沒油擔保書，沒油的話，就得住在浴室，你要還是不要？」

不要，但還是謝了。

我星期一做的第一件事就是去找尚馬利，他說過如果我要找公寓，他或許可以幫忙。

克麗絲汀說他那天早上不會進公司，他要去見農業部長。

「為什麼？」我想他一定是因為進口英國牛肉而受罰。

「他會獲頒支持法國農業獎章。」

克麗絲汀滿臉笑容，好像得獎的是她爸。

「獎章？」我得努力壓抑我那不可置信的哼聲，我幾乎感覺得到有股諷刺的感受從我耳朵流淌而出。

　　尚馬利那天下午進公司，向我們展示他的獎章。他打開藍色皮革外盒，上面印有紋飾和「La République Française」，盒裡一層白色絲布上放了一只圓形銅質獎章，上面雕刻各種牲畜和食用植物交融的圖案，盒蓋上有份證書寫著尚馬利‧馬丁先生獲頒「chevalier de la culture bovine」。

　　當克麗絲汀輕聲地對著獎章品頭論足之際，我問尚馬利「chevalier de la culture bovine」到底是什麼意思。

　　「牛肉文化爵士。」

　　「牛肉文化？」所以他是因為對牛隻電影有貢獻而獲頒爵士頭銜？

　　「我看得出你的困惑。」他暫停了一下他神氣的模樣，「Culture 這字眼，有兩種意思，當法文說『la culture du thé』，可以指的是茶的 culture，像是藝術和小說，也可以是茶的 agriculture。」

　　當然啦，只要仔細審查法國向歐盟申請補助的文件，就能清楚看出，法國人的腦袋搞不清楚小說和農業的分別。

　　「好啦，我懂了，你因為對法國牛肉產業有貢獻而獲頒爵士頭銜。」

　　「沒錯，我想我現在是尚馬利爵士了。」他笑了笑，表情又回到神氣的模樣。

　　他實在令人驚奇得很，不會臉紅，也不會露出一絲虛偽的跡象。我得承認那是很厲害的表演。

　　當克麗絲汀回到她辦公室，我向尚馬利提到我找地方住的問題。他說他現在沒空討論，但他希望我週六到他家吃晚餐。

　　「我老婆說我不關心你，你都來這裡一個多月了，我卻還沒邀你共進晚餐？她說的沒錯，我真是沒有盡到地主之誼，真

抱歉。」

他把手放到我肩上，求我讓他彌補過失。

我想這其實很合邏輯，在法國，背叛罪還不及違反晚餐禮儀這項罪行來得嚴重。

我覺得幸運的是，尚馬利讓我住的飯店離他公寓很近，因為那個週六巴黎的交通大罷工。

而那次又是為了什麼而罷工？裁員？安全標準？都不是。

工會憤怒的是，傳言政府在考慮某種純粹理論上的想法，也就是政府未來（不是當時，而是大約八十年後）在財政上可能不太有辦法讓員工在五十歲退休。

哇，我告訴自己，此刻趕快去交通運輸公司總部拿份工作申請表吧。

然而該死的是，我到不了那裡，因為交通大罷工。

總之，在那週六晚上，我並沒有因為交通罷工而有太大的不便。到尚馬利爵士家只要散步十五分鐘就到了，唯一的障礙是大軍路。

那裡的地鐵線和平行的郊區線都關閉，所以從西邊進入巴黎的主要道路全都塞爆了。

塞在八線道的汽車（雙向各四線道）都發出哀怨的喇叭聲，就像成群結隊的鯨魚向彼此吶喊，以向其他鯨魚保證，牠們在這廣大的柏油海洋並不孤單。

不過一旦過了馬路，把肺裡的污染物咳出來後，我就抵達了天壤之別的化外之境。沿著公路林立的咖啡館、商店、辦公室背後，就是樹木茂盛的安靜街道，幾乎沒什麼車子。這些街道上並沒有樣式一致的巴黎式六層樓公寓大樓，而是散布著大

型鄉村房屋和私人花園。

走了大約三百碼後，我到了一條寬廣的道路，上面聳立著一排時髦公寓。並非每棟大樓都很有品味，有些是俗不可耐的一九七〇年代建築，有長長的彩色陽台欄杆。但也有那種超級優雅的十九世紀街區，你可以想像英王愛德華七世買下這種小公寓，讓他到附近的隆尚馬場賽馬度週末。

我得賣出上億上兆杯茶，才有辦法住在這裡。

不過，漢堡牛肉顯然獲利夠多，真是謝啦。這裡就是尚馬利的家。

他的大樓跟我與房屋仲介參觀過的地方，簡直判若雲泥。屋子裡沒有剝落的石灰和腐朽的木材，而且也許比剛蓋好的時候還乾淨、狀況還要好。乳白色岩石乾淨的程度，好似門房每天早上都會在圍裙上掛一桶水，爬到牆上好好擦拭一番。

大樓面對布隆尼森林，那是座寬廣的森林公園，時尚人士會去那裡騎馬，巴西移民會到那裡賺錢以支付變性手術。這是你在巴黎可以住到的最獨特的地區。

進入大廳要先輸入六位數密碼，大廳有鋪上地毯的大理石地板、潔白無瑕的牆壁，華麗的石膏裝潢模板環繞著天花板四周。一切都是錢和蠟的味道。大廳最裡面有一道厚厚的玻璃門，上面有一具內線電話，而且上頭只有十個姓名，所以公寓想必十分寬敞；除非有些居民特立獨行，不想讓他們的姓名出現在通話鍵上。

我按了鈴，向玻璃門上的攝影機說我到了。

「上來，就在五樓。」有個柔順的女性聲音說，這想必是馬丁太太。

電梯的外門是沉重的鐵門，內門是上了亮漆的胡桃門，還鑲上玻璃。電梯緩緩上升，發出軋軋聲，向大樓中心邁進，感

覺就像在路易十五的衣櫥裡，搭車穿越骨董店。

尚馬利等著電梯門打開，臉上帶著大大的歡迎笑容。

「進來，進來。」他滔滔不絕地說，「啊，花！我老婆會立刻愛上你的。」他指指我在飯店附近花店破費買的一小束花。這花了我不少錢，我希望這些花是瀕臨絕種的品種。

尚馬利帶我進入跟足球場一樣大的客廳，那裡的裝潢揉合了古典的雍容華貴和現代的簡約風格：以金漆滾邊的扶手椅，旁邊擺的是黑色皮革沙發；黑色和灰色的抽象畫，旁邊是看起來像中世紀的牛隻油畫。

場景正中央出現了一個女人，她象徵時髦之最。及肩的金髮、大大的珍珠，在極簡的麻布洋裝上套件Dior風格的羊毛衫，而且她的身體被歐洲最厲害的外科醫生強化過，不會衰老。她向我走來，對我伸出手，而那手腕的角度絕對就是法蘭西學院所指定的黃金角度。

她跟我握握手（其實是壓壓手），說她很開心認識我，收下那一小束花，並未對小得可憐又不華麗的花束顯露出嫌棄之情。

她請求我坐到沙發上，她去拿花瓶，並要尚馬利立刻拿飲料給客人喝。

在她迷人的社交外表下，你感覺得到這位女士的矜持。她願意用路易威登的棒球棍來捍衛她的公眾名譽。

她回來時，帶了一只裝置藝術瓷製品及兩個小孩（想必是她孩子），那個瓷器的價值在倫敦波多貝羅路足以買下一輛車。

男孩是學生，這點顯而易見，他穿著褪色牛仔褲，鬆垮的上衣印了昂貴的品牌標籤，黑色頭髮桀敖不馴，形成未梳理的髮鬃，他沒穿鞋子。

他軟弱無力地跟我握手，尚馬利介紹他的名字是班諾。

女孩叫艾洛蒂，她就有趣多了。她跟媽媽一樣是金髮，但

沒帶球棒。從她的穿著來看，她跟母親共用信用卡，但未承襲她的古典品味。艾洛蒂穿的是緊身名牌貨和外露內衣，有著精緻蕾絲的黑色胸罩肩帶，還有（我後來才發現的）大方露出來的丁字褲頭。她就是克里斯向我警告過的那種女人，真是秀色可餐。她大力跟我握手，握得我的手都麻了。

「艾洛蒂就讀於『亞榭塞』。」尚馬利說，那聽起來像是某間沒啥名氣的英國大學，當我露出不怎麼驚訝的表情後，他們就跟我解釋那是HEC[14]，法國最昂貴的商學院。我對艾洛蒂挑起我那必須挑起的眉毛，看到她用相當可人的笑容回報我。

「而班諾讀的是醫學。」尚馬利說話的方式，讓那句話聽起來像是懲罰一樣。

「不對，爸爸。」班諾咧嘴笑了笑，告訴他爸他才剛剛轉到生物系。

「生物系！」

尚馬利對此感到驚訝，所以當我們都在啜飲香檳、吃著小甜餅時，他們這家人竟吵起架來，爭論兒子（他顯然二十四歲）到底什麼時候才會決定他要做什麼工作。偶爾尚馬利會忽然用英語問我問題，像是「你二十四歲時在做什麼？」然後又回過頭對他孩子念個不停。

女兒覺得這情景很有趣，不斷對我露出「別擔心，這種事隨時都在發生」的微笑。我注意到她吃小甜餅的方式十分可愛，很優雅且貪心。

我想我吃晚餐時，正確使用了所有餐具。嗯，吃生蠔不需餐具，只要依照別人的動作，擠點檸檬汁到打開的殼內（生蠔還活著，而且還會抽動），然後把殼內的東西倒入喉嚨裡。

14 巴黎高等商業學校，其法文「H.E.C」的發音聽起來像「亞榭塞」。

味道並不難吃，感覺有點像吞下帶有檸檬味的鹹痰。

我用鋸齒狀的刀子吃起幾乎全生的牛肉，媽媽向我保證牛肉是她向當地一間「非凡」的肉販買的。我只希望尚馬利不是那間肉販的供應商。

當我吃完並抹掉唇上的血跡後，下一道菜是蔬菜：多菲內焗烤蔬菜，也就是用肉荳蔻牛奶醬汁烤的馬鈴薯，上面再覆蓋一層乳酪餅皮，裡面還有淹沒在奶油裡的綠色豆子。

為了避免犯下社交禮儀錯誤，我並未用那把小圓刀去切融化的卡門貝爾乳酪和布里乳酪塊，而是吃聞起來沒那麼刺鼻的康塔爾乳酪。它嚐起來像是軟軟的切達乳酪，只是稍微帶了點香港腳味。

最後，我用昂貴的銀叉和湯匙吃巧克力海綿布丁蛋糕，而那蛋糕就像牛肉，中間沒有熟，味道像是加了可可奶油的口交。

在每一口歡愉的滋味間，我巧妙回答關於英國的常見問題。

「你母親是否在耶誕節前六個月就在做耶誕節布丁？」馬丁太太問道。

「是不是每家英國酒吧都有脫衣舞孃？」班諾問。

「懶得完成大學學位的年輕人，在倫敦容易找到工作嗎？」帶著挑釁意味的尚馬利問。

「英國男人怕不怕女人？」更具挑釁意味的艾洛蒂問。

■　■

我們坐在沙發上談論我找房子的話題。

當我提到我跟房屋仲介的冒險時，艾洛蒂呵呵笑，然後立刻提出解決方法。

「他可以跟我睡！」

我差點把咖啡倒在胯下，馬丁太太看來也很想把她的咖啡倒過來。

　　艾洛蒂當然只是想挑釁而已。「我公寓有空房間，保羅可以住那裡。」她的英語很棒。

　　「可是妳的公寓又不貴，根本不需要別人替妳分擔房租。」馬丁太太用法語表示反對。我當個晚餐客人似乎沒問題，但是她並不相信我只想跟她女兒共用一台冰箱。

　　「沒錯，媽媽，我那裡幾乎不用花錢，所以保羅也不需負擔什麼費用。」

　　「那是你的公寓嗎？」我問尚馬利，讓他有機會否決這個好點子。

　　「不是，那是巴黎的公寓，」艾洛蒂插嘴，「我是可憐的窮學生，住在殘破不堪的公寓裡，那就像……布朗克斯[15]那裡的人都怎麼說的？你知道的啊，就是那種住宅計畫房屋。」

　　啊，公主住在貧民窟啊。我可以想像那地方的樣子，沒有屋頂、地上開個惡臭的洞當廁所、泥濘的地板。不用了，謝謝，我見過那種地方了。

　　「嗯，艾洛蒂，我很感謝妳，可是……」

　　「我帶你去看看，你什麼時候想看？你電話號碼多少？」艾洛蒂的商學院課程似乎很重視果斷表達意見的訓練。

　　我拒絕讓她載我回家。說我老古板吧，但我可不想第一次約會就跟老闆的女兒上床，也不想在壅塞的車陣中做那檔事。

　　不過當她隔天早上打電話給我時，我答應在地鐵罷工落幕

---

15 Bronx，紐約市的行政區之一，居民以非洲及拉丁裔為主，人口非常稠密。

後馬上過去參觀她的公寓。

因為在罷工期間，如果想去市中心任何不在步行距離內的地點，除非你有絕食抗議者的耐心，或是美式橄欖球球員剛被人罵娘娘腔的衝勁，不然那簡直就是浪費時間。

開車呢？想都別想，尚馬利說他願意載我到公司，可是他都早上六點出門，好避開塞車時間。

騎腳踏車和滑直排輪呢，還不錯，只要當你被困在人行道上時，願意冒險殺害行人。

公車和地鐵呢？只有羅馬戰士才能搭，這就是罷工隱含的虐待狂事實。罷工並非交通運輸都徹底停工，有些工會的會員依舊上班，所以某些路線會有基本服務，而這些路線會吸引大量置之死地而後生的通勤客，而且不必多久，這條路線上就真的會滿地屍骸。

巴黎通勤客把快速又有效率的交通運輸視為理所當然，所以如果公車和地鐵跑得比平常慢，他們會心煩氣躁。如果公車得每站都停十分鐘，讓乘客上下車，或是繼續用公事包把彼此的眼睛挖出來，那麼車上的氣氛會比平常還要不平靜。

於是我先確定我的隨身聽充飽了電，然後挑了一條沒有車陣污染空氣的路徑，在早上走路到公司上班。當我步伐輕快地穿越布隆尼森林時，我甚至還跟路上的行人點頭致意，他們也回應我，而不是隔著距離互望。事情愈來愈好玩了。

當然，罷工也在這個時候結束了。交通運輸員工最不想要的情況，就是大家開始在沒有他們的日子也能過活。

於是有天早上，我們又全部變回沉默的通勤客。

這時也到了我該去看看艾洛蒂住處的時候。

她的大樓跟社會福利補助公寓的相似程度，差不多就像香奈兒五號香水跟馬拉松選手襪子味道。

首先，她住的地方恰好位於瑪黑區中央，那裡並不是如字典所描述的沼澤，而是超級時髦的中世紀市中心，充滿咖啡館和服飾店，還有商店販賣只有男同志才知道怎麼使用的裝飾配件。那裡每平方公尺就有一間房屋仲介，每家仲介外頭都有口水直流的客戶在逛櫥窗，而我就這麼輕鬆自如地走進來。

公寓建築本身相當現代，我猜是一九三〇年代的建築，用淡橘色磚塊蓋成，修繕情況做得比我見過的其他磚瓦工作都還要好，每塊磚都仔仔細細擦過、撫過、處理過，以保持完美狀態。窗戶很高，裝有塗了亮光漆的白色金屬百葉窗及小陽台，陽台欄杆上的鐵製裝置藝術看起來像巨型精蟲，不過那大概是花朵吧。好幾處窗戶外的花台垂下真正的紅花。

「這不可能是社會福利補助公寓。」我說。

「哦，是的，這些都是。」艾洛蒂對於她帶給我的震驚（和寬慰）感到十分得意，因為她並未邀我去跟一堆毒販和社會邊緣人共眠。「這些都是亞許朗。」她宣布道。[16]

「是什麼？」那聽起來像某種東方社區，哦，糟了，該不會每天早上六點得起來做瑜珈吧。

「H.L.M.」她用英語發音念一次，「就是『 _habitation à loyer modéré_ 』，類似廉價公寓的意思。」她咯咯笑，「不過所有居民都是律師、醫生之類的，或是政客的兒女和朋友。爸爸透過市政府的朋友，幫我找到這間公寓。」

「所以這是專門保留給高收入戶的便宜住宅嗎？」

「如果你喜歡，大可住在洞穴裡。」

16 法文「H.L.M」的發音聽起來像「亞許朗」。

「不，不，我的生活目標是變成高收入戶。」

我們進入一塊聞起來異常乾淨的庭院，然後就立刻受到垃圾桶攻擊。

有位體型嬌小豐滿的黑髮女人從綠色滾輪垃圾桶後出現，對著艾洛蒂大吼大叫，她說的語言就像荷蘭人在說西班牙文。然後她憤憤不平走進掛了蕾絲布簾的門後，門上標示**門房**。

「她該不會跟妳說，不准帶男性友人進來吧？」

艾洛蒂聽到這句話，笑到幾乎要尿褲子，我想她的意思應該是說不是吧。

如果門房真的反對艾洛蒂帶男人回家，那麼她大概是白忙了，而且還忙得毫無意義。因為我們一踏進公寓，艾洛蒂立刻像某種特大號唇蜜，黏到我嘴上。

她真的把她MBA的課程記得滾瓜爛熟，對她而言，性就像一套商業模式。

我們迅速有效率地褪下身上的資產，進行必要的研究和開發，然後我就受邀把我的產品放入她的利基市場。我盡我最大的努力，用我所能達到的供給量，來滿足她的高度需求。經過一段劇烈起伏的市場滲透過程，泡泡終於破了，於是我們撤退，我們的銷售團隊徹底精疲力竭。

「我帶你去看你的房間。」她在市場崩潰後，大約過了十秒鐘這麼說。

她可真會破壞男人高潮後的喜悅感，不過請注意，我必須承認她比我遇到的那位房屋仲介還要受人歡迎。

於是我便開始了性福快樂的生活。我在巴黎市中心有間向陽的便宜房間，而且還不需要做家事，因為尚馬利跟他女兒約定，要她請位包山包海的清潔女工。而我又有廚房可以用了，這會很有趣。我已經很久沒有嚐嚐自己的義大利麵大驚奇了（驚奇吧，我忘記在水裡加鹽了）。

　　而且最重要的是，每當艾洛蒂對企管理論感到厭煩時，就會邀請我到她房間陪她複習，把她的資產攤開來研究一番。

　　這若不是巴黎的美好生活，那還會是什麼？

　　甚至連門房也有所貢獻，讓我日子過得舒適，她對艾洛蒂劈哩啪啦說的話是葡萄牙語。馬戈探長故事中的法國老門房已不復見，而是由清潔公司處理，或是由想找兼差工作的葡萄牙家庭打理。這些人到法國工作，以便把錢寄回家鄉蓋大房子。

　　德柯絲塔太太早已放棄對艾洛蒂說法語，因為艾洛蒂就像大樓其他優雅住戶，從來不會注意她說的話。艾洛蒂的壞習慣是把垃圾袋拿到樓梯轉角放一個晚上，如果垃圾袋有東西漏出來，門房就得去清理。

　　德柯絲塔太太是效率高到嚇人的門房。她從她辦公室清潔員的兼差工作，免費取得有毒的化學藥劑，然後每週日會和丈夫兒子對大廳和階梯展開大規模攻擊，用掃把將黏在水泥上的東西弄掉，讓整棟大樓聞起來像檸檬汁工廠。

　　然而，既使如此，在大部分的夜晚她也無法阻止那團黏膩的炸魚臭氣悄悄鑽入門縫及磚瓦上的空隙，把人熏死。當你坐在客廳看電視，會忽然感覺到你的頭被慢慢塞入一桶微溫的魚肝油中。

　　我會對她說「日安」，我是真的想和她打招呼，加上我跟她一樣是外國人，所以她還滿喜歡我的。她會確保我收到所有寄給我的外國信件，再加上寄給大樓其他住戶的外國信件。如果

信封上有外國郵戳或外國姓名，那一定是寄給我的。當然，我並不會忤逆她，我只會在半夜溜出房間，偷偷重新分發不是給我的信件。為了維持自己在她心中的好印象，這麼做是值得的。

雖然我不是唯一品嘗得到艾洛蒂商品的男人，但是我並不會因此感到不悅，即使我晚上睡覺時，會被牆壁另一側傳來的規律喊叫聲吵醒也沒關係。

而且幸運的是，我並非獨占她的人，因為在某個週六早上，我坐在廚房期盼自己的濃縮咖啡快快煮好時，走進廚房的不是別人，正是尚馬利。

雖然我並未全裸，但是我只套了件牛仔褲，而釦子根本沒扣，還露了毛。

我看得出尚馬利心裡湧現的問號：你是和誰在哪裡睡覺？

然後艾洛蒂走過來，全身上下只胡亂抹了口紅，穿了件男人襯衫，時機真不湊巧。

「日安，爸爸。」她親他一下。

「早安，保羅。」她也親我一下，這並非她早上通常會做的事。尚馬利瞇起眼睛看著我。

「哦，爸爸，保羅，這位是奇柯。」

我的救星以高大天使的姿態晃了進來，長得像超級男模的七呎高拉丁男人。滿頭髮膠、顴骨突出，赤身露體，割了包皮，而且還頗得意。

當時的情況很清楚，到底是誰和誰有一腿。

「奇柯，寶貝，這是我老爸，你去穿上衣服吧。」

奇柯確定我們都看到他全身上下的古銅肌膚，才從容走開。我可以發誓他還剃了屁股毛。

「希望我和奇柯昨晚沒讓你睡不著，保羅。」

「你們做了什麼事？」我抬起目光看看尚馬利，擺明我跟他

一樣都是受害者。我們站在同一條船上，老闆。

「我可以……？」尚馬利的聲音變細小，然後換成說法語：「艾洛蒂，我得跟妳談一下。」

我那十公升的濃縮咖啡這時已經煮好了，我加了糖，並吸了點生命之源到身體裡，這時父女倆則到旁邊走廊低聲爭執。奇柯並未回來，或許他不知道怎麼穿衣。

我試著偷聽他們的吵架內容，希望能學到些父母羞辱子女的新法語，但他們似乎在爭論大衣櫥（le dressing）的事。

那是法語的委婉說法嗎？我納悶，妳讓太多男孩進入妳的大衣櫥了？

她要他別管她的衣櫥，我只聽懂這麼多。她大概不斷懲罰她的信用卡，而他則要她把剛買的五雙金色鞋以及 Jean-Paul Gautier 運動鞋其中一雙拿去退還。

「我有鑰匙。」他說。或許他只想徵得女兒同意，偶爾過來看看，試穿幾件女裝。

總之，他們一來一往撂了幾句威脅和反駁後，尚馬利離開了，艾洛蒂回到廚房，滿臉通紅，咕噥著法語髒話。

我注意過她的大衣櫥。有次我半夜在她床上醒來，衣櫥門後發出閃耀光芒，我想把燈關掉，但是門上了鎖。

我心想，真奇怪，她是不是覺得我會偷她的內衣褲？

儘管如此，我並不會批評我的女房東，我確定我比大多數巴黎房客取得更棒的交易。

我忍不住到傑克的咖啡館，吹噓我在巴黎成功找到公寓。

他感到不可思議，並不是因為我搬去跟女人住，而是因為我分租到 HLM，可以占盡巴黎市政府的便宜。

傑克在那個週六早上很早就下課，他說可以帶我去「巴黎最棒的店」。有何不可，我想，或許那是折價唱片行，有免費啤酒和上空櫃檯人員。

結果是間該死的二手書店。

那家店很可愛，就在聖母院對面一棟木材結構的中世紀建築裡。店內悶熱，但還不至於不舒服，聞起來都是書的霉味，而書本則從四面八方向你傾倒而來，覆蓋了大部分的地板、堆疊在牆上、吊在天花板上，像是沾滿灰塵的死蝙蝠。所有的書都是英文的。

傑克跟收銀檯表情呆滯的年輕人說聲嗨，就招呼我進入店內。我們爬上狹窄的階梯，書本撲天蓋地蔓延到階梯及牆上，似乎在威脅你：如果你不好好走，就要把你敲得鼻青臉腫。

「沒什麼人會上來這裡。」傑克說。我看得出來，除非有人下定決心，想讓自己腦袋被滿是灰塵的《歷史之外：美國帝國大廈後設哲學觀，第四冊》敲壞。

我們爬到二樓，書本數量依舊沒有減少的跡象。我們到了一間有樑柱支撐的矮房間，裡面已經有五個人蹲坐在窗戶邊的座位或堆疊的百科全書上。

傑克告訴我，這是他的寫作小組。那天有三位美國人、一位英國人、一位澳洲人，一共兩男三女，都是些愛好風雅的傑克複製人和學究型人物，年齡介於二十到三十五歲之間，而我是唯一沒帶寫作檔案匣的人。當傑克介紹我時，他們都注意到這一點。

我坐在字母介於「魔王－矮呆病」的百科全書上，聽其中一個女人解釋她正在進行的小說。那是關於兩個女孩透過自慰找到自我的故事。我不介意看這部小說拍成的電影，但那本書進度難產。她讀了幾頁內容給我們聽，幾乎讓我這輩子都不想

再性交了。每人還得說出自己的見解。

「很棒的概念，」輪到我時我這麼說，「青少女文學現在正流行，對吧？」

那位作家頓時垂頭喪氣，「這不是青少女文學，這是女性小說，青少女文學只是毫無意義的字眼，由行銷人員捏造出來的。」她講「行銷」的口氣，就像海珊講「喬治‧布希」那樣。

「總之，這是很好的嘗試。」我說，「女人讀的書比男人還多，市場比較大。」

房間又充滿哀怨聲和低垂的腦袋。

接下來，輪到傑克從他袋裡拿出檔案匣，唸幾首詩給我們聽，那些詩都是關於他所見過的陰道。這些作家都很喜歡告訴我們他們的性癖好，而且除了那些在救世軍慈善機構夜間庇護所外排隊等床位的人以外，他們（依我個人淺見）都是我在巴黎見過最不性感的人。

傑克打算寫出一系列跟巴黎各國籍女人上床的詩篇。他最新完成的作品，是首五十行頌歌，吟詠跟阿爾巴尼亞女人上床有多麼困難，一切都是邪惡老鴇從作中作梗。

「為什麼你不乾脆付錢給那個可憐女孩，趕快解決了事？」我問道。

「當然不行，我從不付錢的，那樣怎麼會有詩意？」

「那這樣如何：只花一毛錢，全身任你舔？」

「最好是這樣。」

「不然這樣：買春打砲別擺爛，付了錢就任我⋯⋯」

「你自己好像也四處找人上床，保羅，我不懂你為什麼老是找我碴。」

他向大家解釋了我的生活情況，包括租房、地點，還有強迫性關係。

那位寫自慰的女人聽了很震驚，或者說很羨慕。「那根本就是在占人便宜。你知道那些公寓原本是要給誰住的嗎？」

他們開始瘋狂互相較量，看誰勝人一籌，比較自己漏水的屋頂、尿騷味的階梯、蟑螂、搶劫、低劣的薪水（如果有薪水的話）。

「我敢說暖氣也包含在房租裡，對吧？」澳洲女人說。

「不知道。」我坦承道，再加上巴黎式聳肩動作。

就是我的聳肩動作惹惱他們。當我一聳肩，我就知道，聳肩動作絕對比我對他們文學作品的大肆批評還要讓他們不爽。

他們先客氣地要我離開，然後就叫我滾蛋。

我走下樓梯時，並未把我的頭顱撞裂，而且身體幾乎要把愛麗克莎撞出門外。

「愛麗克莎。」

她就跟以前一樣，美得含蓄。她臉紅起來，純真地在我臉頰上親了一下。「保羅，你好嗎？」

「妳在這裡做什麼？」

「我也是會看書的。」

我點點頭，不知道要說什麼，或者說，我知道要說什麼，但是我不敢說。

我們到隔壁的咖啡館聊天。雖然那是間專門敲觀光客竹槓的店，但是這回我不在意。

她很好，我已經問了她十次，她每次都向我保證。

那她爸爸呢？

她爸爸依舊是同志，依舊心碎，謝謝你的關心。

「對了，老天，愛麗克莎，那天晚上……」

「沒關係啦。」

「有關係，聽著，我知道『我當時醉了』不是什麼有說服力

的藉口。但是如果我說『我當時呈現昏迷狀態』呢？」她給了我一抹微笑。「那女人肯定用手把我扛回家，我不知道她是誰，我再沒見過她了。我不知道我們幹了什麼，我只知道我醒來時，有個保險套就掛在我的……」

「保險套？所以你…？」

「我想應該有，我也不知道。我去看了催眠師，可是他說我根本沒有潛意識可召喚。」

我又贏得一次微笑。

「那根本毫無意義，愛麗克莎，那是恐怖的意外。」

「嗯。」她換了話題，問我這些日子都住在哪裡。我解釋了我的好運，不過我盡可能略過艾洛蒂不提。

「你那腐敗的老闆幫你搞到一間HLM？」她發自內心笑了出來。「自從你不再踩到狗屎後，你已經變成真正的巴黎人了。」

她的雙眼又重現挑逗眼神。

喝完咖啡，搭上計程車，我們抵達她住的公寓閣樓，位於林蔭庭院中豪華改建工業大樓的樓頂。

陽光透過整面牆的窗戶灑進來。

「我父母離婚前住在這裡，這是我爸第一間攝影工作室。」

「我的天，他在這裡替什麼攝影啊？遊輪嗎？」

不過，我們沒有待在這裡互相比較我們的公寓面積，而是爬上金屬螺旋梯，到她的房間，然後我在那裡終於看到她的全部。同時從各種角度看到，牆上貼滿她的藝術裸照。

她脫下衣服，於是我也看到3D版本的她。她與我的想像完全相符，不過還帶了點氣味、品味、柔軟，而且終於帶了點情感。

我們彼此熟悉對方的曲線和斑點，花時間不停親吻，朝彼此身體不停喘息。

她會跟我分享她的身體，而不是堅持我要對她的身體大幅檢驗。她用法語對我輕聲細語，不像艾洛蒂用完美的英語對我發號施令。

「那，那，那。」那就像她唱著歌要我邁向她最敏感的部位。

「啊啊……」我呻吟著，像是為自動腳部按摩機廣告試鏡。

通常在高潮後我都會覺得需要說點溫柔的小笑話，不過這一次，我說不出話來。

我們在她床墊上靜靜躺著，流著汗，她的棉被不是刺眼的白色，而是明亮的橘色，我覺得我好像終於回家了。

「保羅？」她過了整整兩、三分鐘，才打破沉默。「你覺得怎樣……？」

沒錯，她要我搬進來住，我不會遲疑一秒鐘，甚至還會答應做點家事。

嘿，我心想，或許我可以把我在艾洛蒂家的房間再分租出去？當個分租公寓的二房東？

徵求：一位男性房客，共享一間公寓和女房東的陰道，有中央暖氣，地段良好（公寓本身也不錯，呵呵呵）。

這時我得做的，就是想出怎麼用法文縮寫寫出那則廣告。

December | Décembre | 十二月

Dimanche	Lundi	Mardi	Mercredi	Jeudi	Vendredi	Samedi
1	2	3	4	5	6	7
8	9	10	11	12	13	14
15	16	17	18	19	20	21
22	23	24	25	(26)	(27)	28
29	(30)	(31)				

上帝救救美食

把英國味蕾調整到法國頻道後
再帶著英國食物反攻法國味蕾

在法文中，「self」這個字指的是「self-service restaurant」。真是諷刺，法國自許為美食大國，居然把便宜的自助餐廳稱為「自我」。

不過那形容得還真貼切。法國人愛吃速食，這跟他們給我們的印象完全相反。雖然他們告訴全世界他們只吃鵝肝醬和松露，不過在中餐和週末時，有大半法國人埋頭吃漢堡。

這是因為速食餐廳用法國人喜愛的方式處理食物：穿制服的員工、覆述固定的短句、餐巾紙在你的托盤上擺好，這些對法國人的禮儀感來說相當有吸引力。不管你喜不喜歡，到速食餐廳用餐是美食盛事。

法國人熱愛這些美食排場，那股熱情大到讓他們到麵包店買麵包時，完全失去理智。麵包店是世界上唯一能讓法國人耐心排隊的地方。喔，不對，他們在雜貨店買香菸時也會乖乖排隊，不過那完全是因為他們怕被老菸槍當場碎屍萬段。

去我住家附近的麵包店可是件大事。店裡通常有三到四位婦女在服務顧客，或者說在擁擠的櫃檯後面擠來擠去。她們快速移動，把我要買的麵包放在一起，然後還要排隊告訴收銀機旁的小姐（也就是老闆）我要付多少錢。每次我買棍子麵包時，我的服務人員和老闆都有權對我的麵包擠捏一番，好似她們對麵皮發出的碎裂聲上癮一樣。如果我買蛋糕，我則可能要等上整整五分鐘，讓她們把蛋糕包得像精美的禮物，用緞帶裝飾好。有時候滿身麵粉的烘焙師傅會跑出來看她們的一舉一動，然後又被他老婆趕回去，以免麵粉沾到收銀機。在混亂之中，排隊的隊伍只會恭敬地向前移動，就算隊伍已經排到店外好幾碼的距離也是一樣。這裡的人對這套運作系統相當尊重，似乎只因為那是美食儀式的一部份。

顯然我並未對這種儀式顯露出足夠的敬意。

「你對食物根本不感興趣，對不對？」一個赤裸的女性乳房就這麼戳著我的耳朵，好像要確定我聽到了問題。「我正在料理美妙的燒乳酪[1]，而你卻不怎麼感興趣。」

說話的是艾洛蒂，她為法國對食物儀式的品味又增添了新的境界：身上只穿一件丁字褲，面帶微笑地在廚房走來走去。當時雖然是十二月初，但是在艾洛蒂幾乎一覽無遺的肌膚上並沒有雞皮疙瘩。因為HLM的房租包含了暖氣費用，所以她隨時都把暖氣溫度調得很高，唯一能避免熱衰竭的方式就是裸體或半裸體。

我坐在一旁，穿著合宜的短褲和T恤，喝著冰涼的亞坡蒙，那是多高山的薩瓦區所產的清爽白酒，非常適合搭配乳酪。我喝了第三杯酒，那可以解釋為什麼我東摸摸西摸摸，就是無法把料理器材組裝好，讓我們享用這道「美妙的燒乳酪」。

艾洛蒂家附近的百貨公司，販賣各式各樣西方世界中最複雜的料理器材。他們有「貽貝料理組」，讓你可以把貽貝沿著牠們的尾端（沒錯，牠們也有尾端）排好，然後用傳統西岸方式乾燒牠們；他們有「迷你燒乳酪組」，也就是附有小平底鍋的烤爐，你把哈克雷特乳酪放到裡面融化，然後淋到煮熟的馬鈴薯上；他們還有更大的燒乳酪組，讓你把一大塊乳酪的一端融化，然後用一種類似斷頭台的東西把乳酪切下來。這也難怪法國人出產優秀的工程師，因為你需要工業設計的學位才有辦法煮晚餐。

我正在跟一台大型燒乳酪組奮鬥，拚命試著不要讓手指靠

1　Raclette，把哈克雷特（Raclette）這種乳酪放到烤盤上烤融化，可以單獨吃，也可以搭配馬鈴薯或紅蘿蔔。

近刀片。艾洛蒂買來那塊哈克雷特，有Mini^{2}車輪的一半大。

「你比較想吃花生醬三明治，對吧？」

如果我沒有回話捍衛我國家的尊嚴，那是因為我剛把手卡在用來固定乳酪的鋸齒，我惶恐地瞪著我的手指，納悶哪幾根手指頭會斷掉。

「還是鮭魚罐頭？」

「不，聽好，艾洛蒂，我對我們要做的料理具有無比的興趣，可是我覺得食譜中並沒有斷指或水煮乳頭。能不能請妳組裝這台捕熊器，我去看馬鈴薯煮好了沒？」比我手指上陣陣痛楚還要糟糕的是，我想到她赤裸的皮膚可能會被鍋子裡混亂跳動的馬鈴薯燙到，然後我就必須為她起水泡的皮膚擦軟膏，而且我知道那接下來會有什麼後果。

「沒錯，那就是你們英國人在廚房裡唯一會做的事，每樣東西都用水煮。」

「並不是那樣，那只是老掉牙的刻板印象，英國料理早已大有進步了。」

「**料理**？哈！現在是進步到哪裡去了呢？」

「我們不再用水煮東西了，現在我們都用微波爐。」

我們交換位置，她坐在餐桌旁，我則用叉子戳戳馬鈴薯，看看它們煮得怎麼樣。

跟一位年輕貌美而且只穿兩平方公釐布料的女孩一起做菜，無疑是相當歡愉的事。不過我比較希望能跟另一位女孩一起做，甚至是穿了衣服也行，問題就在於，愛麗克莎並未邀我搬去跟她住。

在床上她急著問的問題並不是要不要一起住，而是問我說

2　由Peugeot汽車生產的車款。

不同語言的兩個人是否可以真正溝通。我是說,她指的到底是理性溝通還是別種溝通?

我的回應(震驚且失望地靜默不語)恐怕確認了她的疑慮。

於是我們這時或多或少算是正式的情侶,只是沒有住在一起,另一方面我則要盡可能逃避艾洛蒂的邀約。我告訴艾洛蒂我有女朋友了,可是她卻不斷要我跟她從事床上有氧運動,並以此為樂。而且她在公寓裡穿的衣服,很少會比在內衣店試衣間穿得還要多。雖然她假裝對我的抗拒感到氣憤,但是我猜她根本不太在乎。她血管裡沒有一滴缺乏自信的血液,她經常帶回家的男人都是會讓《Vogue》雜誌讀者流口水的那種。

「賽啦!」她組裝燒乳酪組遇到的問題跟我一樣多,不同的是,這次有截斷風險的不是手指,而是乳房。

「妳去穿點衣服吧,我來把東西裝好。」

「愚蠢的笨機器!」她把裝一半的器具丟回桌上,然後喝乾我的葡萄酒,完全沒有要穿衣服的跡象。這還真是糟糕,因為愛麗克莎再過五分鐘就要到了,如果她看到我的女房東其實是妙齡的裸體主義者,而非我所形容的「無聊商學院學生」的話,她可能會嚇一跳。

「我去衣櫥幫妳拿衣服,好嗎?跟我說妳要穿什麼。」

「嗯?哦,不用,沒關係,我會去穿衣服。」

我檢查菜單上的其他東西:新鮮、非袋裝的萵苣已經洗了,而且已經用布裹好,放在冰箱裡,等我們撕碎(不是用切的)成適當的大小,就可以直接叉來吃。在法國,如果你在盤子裡切萵苣的話,是會被處死刑的。

我照著艾洛蒂的食譜製作沙拉醬,加入一湯匙已經溶了鹽的醋,混入大約一茶匙芥茉醬,然後是三湯匙的橄欖油。我不得不依照她的食譜,因為她曾經在我作勢要違反食譜指示時,

對我發動肢體攻擊。

「不對，鹽要加到醋裡，鹽要加到醋裡！」她使勁捏我的手臂。「等鹽溶化，你要等！」她在廚房就跟在床上一樣，都是支配慾強的女人。

二十四片超薄的生火腿片呈扇形排列在大盤子上，就好像是膽固醇賭局中的撲克牌。那些火腿是深紅色的，有些地方根本就跟黑的差不多，我敢確定在英國的超級市場，人們會因為這些火腿處於高級腐敗階段，早就把這種火腿丟掉。但是艾洛蒂說這些火腿很棒，而我因為太怕她了，所以不敢反駁。廚房桌上還放了乳酪盤，讓我想自作主張地把那盤乳酪放回冰箱裡。

「冰箱？你不能把乳酪放在冰箱！你會把乳酪殺了！」艾洛蒂顯然認為細菌也有生存繁殖的權利。

我真正感到疑慮的是甜點，那是我對菜單的貢獻：**一道典型英國料理**，而且儘管我歷盡千辛萬苦才取得材料，但是我卻想改變主意。

這是真的，如果你的家族歷史裡沒有黑黑的聖誕布丁，那麼你可能會覺得英國對聖誕季節的這個主要貢獻，就像從油輪漏出來的東西。

不過，如果用蒸的而且還在上面加片小蘿蔔葉呢？（我覺得這樣並不會比較神聖。）

「別這樣，小姐們，你們反應過度了。」

愛麗克莎和艾洛蒂怕得退避三舍，好似布丁隨時會爆炸，或者用什麼外星語言跟她們說話。

不過那天晚上的情況一如往常，我擔心的事情並未發生，她們兩人反倒是團結起來，一起對付我和所有英國的食物。雖然這樣沒錯，但她們還是團結了起來。

「**那是什麼？**」在我把只有稍微凝固的卡士達倒入罐子裡

時，愛麗克莎哀嚎道。

「那是英國人的血，」艾洛蒂宣佈，「已經凝固，而且沒有顏色。」

「試吃一點看看，妳會喜歡的。」我拿出半瓶威士忌和一支打火機，以便讓布丁接受燃燒酒精的洗禮。

「你做得對，最好在它造成傷害前把它燒掉。」愛麗克莎說。

她們連試都不想試，所以我受到混合著男子氣概、愛國心和基因上低能行為的動力驅使，吃下整整半磅的布丁和一品脫的卡士達，而女孩們則繼續不斷批評英國的飲食習慣。

「我聽說籃球是用英國乳酪做的。」

「而且英國香腸是用舊襪子做的。」

我對這些挑釁話的唯一回應，就是狂吞卡士達。

「炸魚和薯條。一條魚好好的，為什麼要放到餅乾裡炸？」

「還有你們配肉吃的那個是什麼薄荷果凍？那不是應該塗在土司上當早餐吃嗎？」

「不，不是的。」我吞了一口，我的消化系統瀕臨噴發出布丁漿的邊緣。「薄荷醬配肉吃，是我們英國人所發明最棒的搭配。」我對美食的讚賞，被我的一陣超大無法控制的打嗝給毀了。

「我知道在街道上嘔吐是英國人的傳統，如果你想吐的話，請你把頭伸出窗外。」艾洛蒂警告我。

大約凌晨兩點時，她決定要去睡覺了，而且是自己睡，感謝老天。

到了這時候，大部分的聖誕布丁早已溶入我的血液和脊髓液裡，所以我覺得身體情況不錯，期待著愛麗克莎會留下在我房裡過夜。

「別擔心，我不會在牆上偷聽。」艾洛蒂走出廚房時說，她的衣服早已脫了一半。

這舉動自然扼殺了當晚任何性愛的機會。

聖誕布丁事件給了我一個啟示，我想到那或許可以用來教導我的茶館小組，讓他們知道什麼叫做正宗。

「法國人並不是以英國的方式喝茶。」我告訴他們。

桌子旁同聲傳出不置可否的「哦」聲。

我把大家約到一間小餐館，餐館窗邊有張大理石面的圓桌，後頭有橘色人造皮的隔間座位。當時是下午四點，店裡相當安靜，沒有中午的忙碌，也沒有晚餐喝開胃酒的人潮。吧台那裡有一位穿著油漆工連身裝的灰髮男子，喝著紅酒；還有一位出差生意人類型的禿頭男子，穿著亮灰色西裝獨自坐在窗戶邊，邊看運動報紙 *L'Équipe*，邊把豬腳肉撕成碎片。他叉起一大塊結實的粉紅色肉塊，塞進嘴裡，油脂從他下巴流淌而下，滴在他的報紙上。

我那五位嫌疑慣犯擠在一個隔間裡，男人坐一邊，女人坐一邊，我們並未事先排練，事情很自然就這樣發生。我跟女人坐在一起，腿部跟妮可靠在一起，眼前面對著馬克和伯納。馬克似乎感到相當無聊，就像青少年出席一場關於手機會如何殘害大腦的會談，而伯納看來相當自得其樂，而且根本不煩惱自己到底應該要為什麼而樂。

尚馬利也在場，以惱怒的眼神環顧桌旁的人。只有史蒂芬妮看起來比較煩躁，她的眼睛幾乎就跟她的高領羊毛衣一樣黑。

「你們看。」我指著他們之間那張佛麥卡深色桌子上罪證確鑿的證據。

大家低頭看。

桌上有兩罐啤酒、兩杯歐蕾咖啡、兩只餅乾色的小茶壺，

旁邊有兩只白色大空杯，其中一只杯子裡放了片檸檬，另外一只杯子旁則擺了一壺溫牛奶。

「看什麼？」史蒂芬妮厲聲說道。

「好，首先，看看茶包放在哪裡。」

所有眼睛都注視在茶包上，而茶包則放在茶壺旁的盤子上，它們的硬紙小標籤釘在一塊四英吋寬的白色棉布末端。

「熱水、滾燙的熱水，應該要直接倒在壺裡的茶包上。水溫愈低，茶就會愈沒味道。」

史蒂芬妮和妮可打開她們的茶壺蓋，由標籤那頭拿起她們的茶包，然後把茶包浸到熱水裡。茶包浮在水面上，接著一陣淡淡的棕色茶漬開始從茶包裡滲出來。

「好，接著，看看茶壺放在哪裡。」

我看到馬克和史蒂芬妮交換一下眼神，這個**英國人**瘋了。

「那麼馬克，茶壺在哪裡呢？」

「Duh，」那是他在喬治亞州學來的表達方式。「在桌子上，不是嗎？」

史蒂芬妮和伯納發出輕蔑的笑聲，史蒂芬妮的笑是直接衝著我來。

「你說的真是對啊，馬克，這還用說嗎？」這些類似程式設計師類型的人，似乎都是一個模子印出來的，他們認為世界上其他人都是笨蛋，而且把公司名牌別在過緊牛仔褲的腰帶上才是最酷的事。

「在女人那邊。」妮可說。

「啊，沒錯。」尚馬利似乎突然從夢中驚醒。「只有女人喝茶，很好，妮可。」他向她露出陽光般的微笑，而史蒂芬妮則對她露出殺人魔的眼色。

我先前要大家點他們想喝的東西，由我請客。（「傾刻？」

伯納剛問。）馬克和伯納點了啤酒，尚馬利和我點了咖啡，證明完畢。

「在英國，**每個人都喝茶**，」我說，「嗯，他們也喝整套的倫敦拿鐵。如果泥水匠沒有茶喝，英國就不會蓋出大樓。我們之所以贏得第二次世界大戰，是因為我們的軍隊有源源不絕的茶可以喝。」

「泥們有妹國人的棒忙。」馬克說。

「啊，沒錯，可是你會注意到，在攻入諾曼第海灘前，所有美國人都先到英格蘭喝了杯茶。」

「對，我知道了，」尚馬利說，「就是這樣。」他朝桌子對面的女人輕彈手指，「茶袋、盤子、茶壺、檸檬，都很女性化，不過這樣可以讓價格合理化。」

「沒錯，價格。」我拿起放在桌子末端小塑膠盤裡的帳單，「茶是帳單上最貴的東西，但在英國，茶是最便宜的。」

增值

「可是那樣很棒啊，你們怎麼說呢，*valeur ajoutée* 啊。」尚馬利說。

「很好的漲價方式，沒錯。可是當你購買這些茶包，而茶的品質其實不好時，你付出的錢主要是用來支付那小小的標籤、用來連接標籤的釘書針，以及用來裝茶包的小包裝，而不是茶葉本身。」

「可是，法國賣……賣的就是這種茶。」史蒂芬妮說。

「或許吧，可是這個茶包還**打了摺**呢，老天，這樣要花多少錢啊？」

「打折？」史蒂芬妮問。

我把我的茶壺打開，捏著標籤把溼透的茶包拉出來，茶水依舊只是淡啤酒的顏色。我指指滴著水的長方形茶包兩側的摺痕，這跟英國平淡無奇的茶包比起來，還真是相當複雜的工程

技術。

「用這個茶包的價錢，可以在英國買到五個茶包，而且茶的品質還更好。你們可以降低茶的價格，加強品質，然後依舊還有利潤。」

「太棒了！」尚馬利這時情緒已愈來愈好。

「可是這樣的標籤很時尚啊。」史蒂芬妮抗議。

「要時尚的話，可以使用印有你們時尚商標的茶壺。」

這句話讓他們同聲對我發出「啊」的一聲，不過史蒂芬妮除外，她覺得自己的採購領域像諾曼第登陸般被人入侵了。

「啊，沒錯。My Tea Is Rich的商標呢，伯納？」尚馬利問，「你說過會立刻完成的。」

伯納臉紅了起來，「是的，商標的測似……呃……恨快就會完成。」

我心想，應該是很快才要開始。說真的，這個男人只是每天上班的人渣。

「那麼，你建議我們應該怎麼改變茶的女性化印象呢？」尚馬利問道。

「我覺得我們並不用那麼做。」我說，然後其他人又開始聳肩，嘴裡咕噥著：如果沒有必要做任何改變，幹嘛把他們都拖來這個地方？

「至少不是全盤改變，」我繼續說，「這種喝茶時的複雜儀式，對我們的形象有幫助，而這是就名茶而言，如大吉嶺、正山小種茶之類的。我們另外還要在菜單上增加針對男性顧客的茶類，像是一大杯的特濃英國茶之類的。我們必須維持茶是奢侈品的形象，不過我們要低價購入茶葉，所以史蒂芬妮要去向印度生產者要報價。」

「爆炸？」史蒂芬妮對我皺起鼻子。

「報價，就是價格。我知道妳比較喜歡向法國供應商購買所有東西。」她轉過頭去，而尚馬利則若無其事地注視前方。「可是如果直接向印度生產者購買，會便宜很多。我想妳必須去倫敦見見他們。」

「倫……燉……？」我幾乎感覺得到史蒂芬妮的恐懼：害怕被逼迫說一小時以上的英語。

「好主意，我會陪史蒂芬妮去。」尚馬利說，腦袋裡似乎已在想像他可以在行李箱塞入多少便宜的英國牛肉。

因為老闆要陪著去，史蒂芬妮的臉色甚至愉悅了起來，她大概從沒在辦公室外跟他見過面。

「是啊，或許會很油趣。」她說。

「太棒了，」我說，「我會列出明細，讓你們知道要帶什麼英國食材回來。我們可以嚐嚐看，這樣你們就可以吃到真正的英國料理。」

我們之間的對話停頓了一會，等到大家都在腦袋裡翻譯完這句話時，他們的眉毛抬了起來，下巴掉了下來。

「哦！」

當史蒂芬妮和尚馬利出差到「倫……燉」時，我晚上便得以四處窺探。史蒂芬妮並未鎖上她的辦公室門，而保全要到晚上八點才會做第一輪巡視，所以大約從七點開始，大樓裡便幾乎空無一人，而我就可以使用史蒂芬妮的電腦，不受干擾。

她的辦公室很大，有張整理乾淨的辦公桌、圓形會議桌，和六呎高的書架，書架上放滿標示清楚的檔案匣。

會議桌上方的牆壁掛滿裝框相片，其中一張是史蒂芬妮和伯納抬頭注視伯納那位身型魁梧的好友橄欖球球員，那顯然

是在拍攝廣告時的照片。其他相片都是史蒂芬妮微笑地站在戴著粉紅色獎牌的巨牛身旁，有些牛屁股上還印了公司紅色的「VD」商標，好似在警告凍未條的農場工人，如果他們想來場人牛大戰的話，就會染上什麼一樣。

我大概只花了十五秒就進到她的信箱裡面，密碼是「stephanie」，真是蠢女孩。她把十幾封郵件放到她的垃圾匣裡，並未完全刪掉，其中有好幾封郵件的主旨標題是「*BAng*」，連我這種無知的外國人都想得到這個標題指的是「*boeuf anglais*」。

史蒂芬妮

英國牛肉

於是，我就在史蒂芬妮的牛和她的橄欖球球員注視下，閱讀她和尚馬利之間有點難以理解的爭執。

首先，有家法國的頂級利穆桑[3]牛隻供應商抱怨，他們收到的訂單數量下滑，然而VD牛肉公司公布的產量卻上升。然後有封信是尚馬利要求向一間位於比利時邊界的屠宰場下單，最後還有好幾封史蒂芬妮寄出的惶恐信函，關於購買英國動物，這些動物經英倫海峽出口過來，蓋上比利時許可證，然後以低到不行的價格賣掉。

我全部都印下來，以備日後不時之需。

尚馬利回來後不久，這樁英國牛交易就衝著他爆發開來，讓他徹底灰頭土臉。我有天早上去上班時，注意到大樓稍微有點不一樣。啊，沒錯，我注意到了，通常不會有半噸的牛糞堵在大門口，我記得以前也沒在巴黎這麼時尚的區域看過牽引機，而且穿著藍色工作服的牽引機駕駛一臉憤怒，大聲吼著什

3　Limousin，位於法國中部的地區。

麼關於英國牛肉的事。

不幸的是，巴黎有一半的廣播和電視台都在公司方圓一公里的範圍，所以街道上也流竄著攝影師和四處搜集情報的記者。他們訪問農場主人，並拍攝了一同前來的兩頭美麗金色法國牛，想必牠們是來抗議英國牛剝奪了牠們被尚馬利做成絞肉的機會。

我不知道要怎麼辦，所以就跟行人和同事在對面人行道上徘徊，當時還不到九點，所以我的組員都還沒到。

這裡是巴黎，所以這場示威活動還夾雜著汽車駕駛對路上牛糞的吼叫，要牛糞不要擋路，而牛糞當然無動於衷。平常相當平靜的街道，頓時成了滿是吼叫、吟詠、喧囂的教堂。

忽然有人從後面抓住我，把我拉進一處門口。

「是我。」尚馬利低聲道，他看起來不像平常那樣冷靜，幾乎像驚弓之鳥。他殘存的頭髮有點混亂，海藍色的絲質領帶從他的粉紅色襯衫領子下墜了一公釐。「過來，我們必須讓人訪問。」在我還來不及問該說什麼話之前，他就在臉上擺出他千篇一律的笑容，把我拉到最近的電視攝影機旁。

攝影機上的剝落藍色貼紙說明，那台攝影機屬於一間有線電視頻道，有位穿著黑色大衣的年輕女孩站在一台牽引機旁，對著攝影機說話。

尚馬利等她說完話，就抓著我的手肘走過去向她自我介紹。那女孩查覺到有獨家的機會，便把他拉到攝影機前，叫攝影師開始拍攝。

攝影師有著寬闊的肩膀和磨損的羊皮夾克，看起來已經扛了攝影器材好幾年了。攝影師告訴她要改變拍攝背景，他們便立刻起了爭執。他威脅說如果不照他的話做，他就走人。然後尚馬利和那女孩，再加上被拖在身邊的我，就在背景有公司大

樓及那堆牛糞的地方進行訪問。

那女孩開始發問，由於她幾乎不清楚到底發生了什麼事，所以她的問題主要都圍繞在「告訴我發生了什麼事」上頭。於是尚馬利有辦法演出他那齣油嘴滑舌的戲碼，說出他的看法，而不會受到質疑。

他的話全部是謊言，一點也不令人意外，**英國牛肉**？呵呵，他們怎麼會有那種想法呢？農業部才剛頒給他獎牌，難道那些農場業者覺得農業部會頒獎牌給購買英國牛肉的人嗎？這真是**可笑**！

然後他激動地說出一連串自我防衛的話，那些話就跟他先前說的話一樣虛偽，不過也讓他有機會露出一副受到打擊和自認清白的表情。這時候就輪到我出場了。

他介紹我是英國來的好朋友，是到法國來開茶館的，會替法國帶來好幾百個工作機會。我心想，好幾百個？我是要替每一只杯子請一位洗碗工嗎？

那位記者把麥克風指著我，要我發表意見。

「是的。」我發表明智的意見。

尚馬利坦承他最近才去倫敦跟一家英國食品公司商談一樁交易，但那是為了茶的事情，不是牛肉。是不是這樣，保羅？

「是的。」我確認道。

這一切都是令人難過的誤會，尚馬利說，他對於購買法國牛肉感到自豪，而且只對法國牛肉感到自豪，但他認為購買英國茶並無不妥，而且他還邀請所有農場業主在他的茶館開幕之後，到這裡免費享用一杯英國茶。對了，茶館的名字叫做My Tea Is Rich。

我可以想像那些穿著橡膠靴的農場主人，坐在那裡思索著到底要點伯爵茶還是香橙紅茶。

「My Tea Is Rich？那還真有趣。」那女孩說，甚至連攝影師也迸出一絲笑容。

「對啊，我們覺得這是個好名字，是不是，保羅？」

「是的。」多說一個謊也沒差。

我跟著尚馬利四處劫持攝影機和廣播電台麥克風，做了大致類似的訪問，然後他帶我離開示威群眾，躲到香榭大道上的一間咖啡館，等到麻煩解除。

「為什麼警察不來把人群驅散？」我問，「我是說，既然讓狗在馬路上大便是違法的，讓牛拉屎也於法不容吧？」

「警察？當我們需要他們替我們捍衛法國料理時，他們就罷工了。」尚馬利說。

■ ■

我個人覺得，警察應該也幫不了什麼忙，巴黎警方是世界上最擅長此事的警察：坐在巴士上。

你會看到他們遍布城內，練習他們的獨門技巧。走在街上，你會發現那條街的交通動彈不得，是因為警察決定把他們的兩輛巴士並排停車。車裡面坐著整團的鎮暴警察，顯然是收到警告說那條街上將發生暴動。他們可能會在那裡待一個早上，偶爾到外頭舒活一下筋骨，迅速衝到麵包店，或是互相比較一下身上的盔甲。要是暴動沒有發生的話（當然不會發生，因為有太多警察了），他們就會離開，到別條街去坐著。

除此之外，我唯一看到警察的時候，是他們一群四、五人邊聊天邊四處閒晃，或者騎著單車在瑪黑同志區附近繞繞，顯然只是想炫耀自己的大腿和單車短褲。

不過，話又說回來，我也從沒見過什麼犯罪，所以他們必

定做了某些對的事。

事實上，警察之所以罷工，是因為發生在巴黎**之外**的事件。出了巴黎，治安就比較不平靜。巴黎周圍幾乎都是貧窮的市郊，它基本上是被狂暴的失業青年幫派所包圍。警察局在那些巴黎人不敢踏入、外人止步的地區遭受炸彈攻擊，青少年因為開車闖越路障而被警察射殺。而警察工會認為，如果政客成為民怨的箭靶，他們可能會更急切地想改善社會狀況，因為席哈克總統雖然要求伊拉克的和平，卻讓自己的警察在國內打游擊戰。於是，警察拒絕再戰。

■ ■

如果尚馬利對警察罷工感到不悅，那麼想當然他女兒會有相反的心情。

有天晚上我原本應該要到愛麗克莎家過夜。我們先外出吃晚餐，然後到一間酒吧，愛麗克莎這時忽然心血來潮，開始數落我啤酒喝太多。

「在英國，如果你沒喝醉酒，就不算度過美好的一晚！你只是想要喝醉，帶個女人回家，然後在做完愛後倒頭大睡。這真是英國風範！」

我只是覺得坐在酒吧應該要喝杯啤酒，這是禮貌。如果你只是坐在那裡，咬兩個小時的指甲，老闆可能會很不高興。巴黎大概有五百萬家愛爾蘭酒吧，這些酒吧似乎把愛爾蘭所有的男人都僱來做員工，而愛麗克莎偏偏挑了這其中一間。

「那樣說不公平，愛麗克莎，我並沒有醉，我覺得我們今晚玩得很高興呢。」

「可是你簡直就是把啤酒當水喝，滋味如何都不知道就吞

下肚。」

　　我當時正在喝第二杯健力士黑啤酒，如果跟大多數英國同胞在晚上這時候所喝的酒量相比，我簡直是滴酒不沾，而且我很清楚知道我正在享受啤酒的滋味。

　　「如果我喝的是兩杯葡萄酒，妳就不會這麼說了。」

　　「那是不一樣的東西。」

　　「不是嗎？不瞞妳說，啤酒就跟葡萄酒一樣高貴。法國釀酒傳統用的是葡萄，而我們英國用的是啤酒花，兩種東西都是具有品味的。妳那樣就像是在說吃羊乳酪而不吃牛乳酪是沒有教養的。」

　　「一個是農場乳酪另一個是工業乳酪。」

　　「沒錯，所以如果是酒類的話，我們都知道品質很重要。而且不只啤酒，我有一份報告提到，英國是世界上第二大香檳消費國，僅次於法國，而且大多數的法國頂級葡萄酒都出口到英國。法國人之所以惱怒，是因為我們把法國葡萄酒，跟南非、澳洲、加州葡萄酒放在同一等級。我們只是比較不勢利而已。好的啤酒就跟好的葡萄酒一樣好喝，不管是哪裡製造的都一樣。」

　　「沒錯，而你會因為喝太多酒，整個人倒在地上，那就是為什麼英國人在酒吧要站著。當他們倒下來的時候，就知道自己該回家了。」

　　「而法國人只會客氣地微醺，然後開車回家，撞死別人。你們酒駕肇事率是歐洲最高的。」

　　我得意地把我的健力士一口喝乾。我的肚子裡或許還殘留太多聖誕布丁而不舒服，因此一大股脹氣從我鼻子噴出來。

　　時機真差。

　　「如果你認為我今晚會讓你上我的床，那你就大……怎麼

說啊？」

「大錯特錯了。」穿著健力士啤酒緊身上衣的愛爾蘭年輕小夥子幫忙搭腔，他正來收走空杯子。

「謝謝你。」愛麗克莎說，她對那位愛爾蘭肌肉猛男露出的微笑有點太過熱情。

「對啊，非常謝謝你。」我對他說。

我回到家時，公寓裡空無一人，艾洛蒂的臥室門是開的。

我站在門口看看她的臥室，還是老樣子。桌上有打開的筆記型電腦，一件黑色胸罩掛在音響上，無數張CD堆疊散置在地板上，還有一罐空香檳和兩只杯子，像祭壇一樣擺在她那超級大床的床尾。

在我朝大衣櫥走去時，地板發出軋軋巨響，不過反正沒人會被我吵醒。

我彎腰朝鑰匙孔裡看，感覺好像我在做臉部美容一樣。鎖頭和手把溫溫的，我沒有聞到燒焦味，不過整扇門摸起來溫溫的像電暖爐，或許艾洛蒂跟瑪麗蓮·夢露不一樣，她喜歡把內衣褲保持在血液的溫度？我什麼都看不到，鑰匙孔另一端被堵起來了。

正當我想趴下來，從門底下看進去時，我聽到艾洛蒂的聲音從樓梯傳來，還有鑰匙插進前門鑰匙孔的聲音。

我根本沒時間離開她房間，絕對會跟她撞個正著。

而且也不可能爬進她的床底下，因為床距離地面只有兩吋，我必須先把自己燙平才鑽得進去。

我該不該把自己埋在CD堆裡，然後希望她不會注意到有奇怪的人型堆？

不行，只剩下一個辦法了。我把褲子脫下來，躺到床上。

「保羅。」她走進來，身上長長的黑色皮大衣把下巴到膝蓋都遮住了，表情只能用困惑來形容。她指著肩膀後方，「我想你認識馬克。」

馬克？我們公司的馬克嗎？我抓住拉鍊，試著遮掩我的平口內褲，以免他走進來後造成天大的窘境。

還好，從艾洛蒂身後走過來的馬克是個矮個子，留著龐克頭，穿著戰鬥迷彩夾克，而且鬆垮牛仔褲大概比他的尺寸大了十二號。我沒看過他，而他的太陽眼鏡顏色相當黑，我想他大概看不到我。

「黑暗馬克啊，有名的DJ。」艾洛蒂帶著歉意解釋，「你為什麼在我床上呢？」

「啊，對，我本來希望……既然妳已經有……所以我走好了。」我站起來，大方把我的位置讓給這位新來的冒牌男友。

「你和愛麗克莎有沒有……你知道的？」她用手做出撕紙的動作。

「沒有，只有我一個人在這裡，覺得……就是……可是不行，你說的沒錯，那我就……」

艾洛蒂懷疑地看著我，她的目光從我扣了一半的牛仔褲轉到她的衣櫥門上，我希望她不會拿刷子去刷鑰匙孔，看看有沒有眼睛印，不然我就成了現行犯。

「不，保羅，你可以留下來幫我們。」

「幫你們？」我從床邊退開。

「不是上床的事，我帶馬克回來不是為了上床，過來。」

她拉開大衣，從牛仔褲裡拿出一把鑰匙，朝大衣櫥走去。

溫暖的木門敞開，露出裡面的祕密，而我差點跌回床上。

「我的媽啊。」

她看到我驚訝得張大嘴，笑個不停。她的朋友馬克在眼睛適應了黑暗後，走了過來，一邊吹口哨，一邊讚嘆艾洛蒂衣櫥裡的那一小叢熱帶花園。

　　衣櫥的一邊放的都是衣服，剩下來的另一邊（大約六呎乘三呎的空間），從地板到天花板的空間，都擺滿了弧光燈和大麻植物。

　　「沒錯，你說的沒錯，保羅，真是我的媽啊。」

　　所以這就是令尚馬利生氣的東西。其實也不令人意外，因為即使法國警察多少都會對抽大麻的人視而不見，但是這裡的大麻數量足以把她送進監獄。

　　「這是妳商學院課程的行銷計畫嗎？」我問。

　　「不是，我並不賣大麻，這是給我朋友用的。」她不再一副頑皮樣，變得相當正經。「馬克的吉普車在街上，你幫他把所有植物都搬上車。」

　　「什麼？門都沒有。」

　　「如果你不幫忙的話，我會告訴愛麗克莎你在我床上，還要告訴我爸你跟我上床。」

　　英國紳士怎麼可能會拒絕遇上麻煩的小姐呢？

　　總共有二十盆，每盆重好幾公噸。我們不能使用電梯，以免電梯故障時我們得跟貨物一起困在裡頭，直到其他居民（或許是法官）隔天早上救我們出來。所以這就意味著我和馬克要上下四樓十次，艾洛蒂則跟在後面撿拾我們撞到牆壁或扶手時掉落的葉子。

　　馬克的吉普車跟另外兩輛車並排停車，車子裡逐漸裝滿非法植物，車窗當然是有顏色的，不過你還是可以清楚看出這種

植物的獨特葉片輪廓。

「沒問題的，」他向我保證，「沒有警察。」

當然，艾洛蒂是利用警察罷工的機會，讓她爸無暇盯著她。

「這很有趣你知道嗎？」在我最後一次汗流浹背地搬東西下樓時，她問我。

「不知道。」我覺得多重脫腸一點都不有趣。

「法文中我們稱大麻為 *l'herbe* 或 *le thé*，很適合，不是嗎？你要替我爸爸開茶館，而現在則在幫他女兒搬茶。」

她快樂地大笑，但我並沒有笑。現在父親和女兒都利用我作為他們犯罪的煙幕彈。

幾天後，我接到傑克（就是那位坐困愁城的詩人）打來的電話。我想我一定是在毫無警戒的情況下給了他我的電話號碼。

「你好，保羅，我……呃……我很抱歉……呃……我不該……就是……」

「不該叫我滾蛋嗎？」

「沒錯，嗯，我承認。可是你不可以……呃……嘲笑一個人的詩，還希望……」

「沒人叫我滾蛋嗎？」

「我說過，我非常 desolated[4]。」

「你是指你很抱歉？」

「對，沒錯，我很抱歉。」

「你上了阿爾巴尼亞人沒？」

「上了。」

4　法文的「對不起」為「*désolé*」，拼法類似英文的「desolated」（孤獨寂聊之意）。傑克這裡用錯了法文。

「你沒付錢吧？」

「當然沒有，嗯，算是幾乎沒付錢。她是地鐵站的乞丐，不瞞你說，就是全身都掛滿裙子的那種。嗯，雖然她說她是阿爾巴尼亞人，不過我覺得她或許是羅馬尼亞人。」

「這樣不就讓你的詩寫不下去了？」

「是啊，我不知道要怎麼下筆。」

「『有個女孩來自羅馬尼亞，她說她來自阿爾巴尼亞』這句如何？」

「聽著，我不想再跟你談詩了，老兄，你根本不瞭。」

「瞭？」

「對啊，就是理解的意思。我打電話給你是因為我想幫你一點忙，以聊表我的歉意。」

「幫我忙？」

「對啊，告訴我，你想點加牛奶的咖啡時，要對服務生說什麼？」

「*Un café au lait, s'il vous plait.*」

「你真的需要幫忙，明天早上十一點到那間咖啡館找我。」

請給我一杯
歐蕾咖啡。

　　儘管我的理智告訴我不要去，但我還是赴約了。我在早上十一點十五分到達（我這時已經比較習慣法式時間觀念），他已經坐在窗戶邊的位置，在筆記本上寫東西。雖然他穿著同樣的閃亮西裝，留著同樣的油亮頭髮，不過他已經把那件大學運動衫換成比較配合時令的衣著：黑色套頭毛衣，只是看起來更難看。那件毛衣想必是他從大烏賊身上偷來的，因為它已經沒有任何剪裁可言。

　　一根手捲菸在菸灰缸裡冒著煙，為忙碌咖啡館中的藍色霧

氣增添最後幾毫克的煙霧，然後就消失殆盡。

「什麼話都不要說，」他跟我握手後這麼說，「只要看和聽就好。」

他把下巴抬高幾度，轉過頭去直到眼神跟服務生對上，然後叫道：「*Un crème, s'il vous plait.*」

請給我咖啡牛奶

一杯咖啡牛奶，
一杯！

「*Un crème, un!*」服務生對吧台大喊。

傑克轉頭面向我，長滿鬍渣的臉上露出得意洋洋的表情。

「*Crème*…不是鮮奶油的意思嗎？」我問道。

「沒錯，可是這裡的服務生都是這麼稱呼加牛奶的咖啡，你必須使用他們的語言，沒有人告訴你嗎？」

「沒有。」

「真賽，這樣你絕對會被敲竹槓啦，濃縮咖啡就是 *un express*，好嗎？加了點牛奶的濃縮咖啡是 *une noisette*，淡黑咖啡是 *un allongé*，諸如此類，使用他們的字彙，他們就知道你不是觀光客。」他像權威學者般喝了一口他的 *crème*。

我叫傑克重複那些咖啡名稱，並且在他筆記本撕下一張紙寫下來。

「啤酒也是一樣，」傑克說，「你有沒有看過在露天咖啡座，有些觀光客桌上擺了像兩公升裝的大酒壺？」

「有。」我羞怯地承認。我幾個禮拜前原本想在香榭大道上喝點啤酒，結果卻花了一小時的時間，才把跟摩天大樓一樣大杯的酒喝完。

一壺啤酒｜一杯啤酒

「那是因為他們點了 *une bière*，你應該要點 *un demi* 才對，意思就是正常的二十五毫升酒杯，差不多是半品脫。如果你這樣說，他們就知道你不是觀光客。」

「沒錯，太聰明了，*un demi*。」我把這個字加入名單。

「如果你不知道這些東西、如果你不向他們證明你住在這

裡，他們就會敲你木槌。」

「敲什麼？」

「該死，怎麼說呢……敲你竹槓啦。就像要水瓶一樣。」

「沒錯，就像要喝水的時候。」

「對、對，如果你想喝水的話，每間咖啡館和餐廳都會給你一壺自來水。不過你必須說你要 *une carafe d'eau*，如果你只說 *de l'eau*，他們就會給你礦泉水。這個字就像某種密碼一樣，可以讓你不會被敲木槌……是敲竹槓才對，該死。」

「來了。」他抬起手臂一揮，服務生就端來我正常尺寸的咖啡和正常金額的帳單。

「謝謝你。」我說。我把兩塊糖放入有奶泡的咖啡中，並且注視著自己在咖啡館玻璃門上的倒影。沒錯，我看起來幾乎就像自得其樂的巴黎人。

隨著聖誕節的到來，食品店也變得比平常更有節慶氣氛。有些店家看起來就好像是舉行屠殺儀式的場所。屠宰店外倒掛著整隻未剝皮的野兔，而且看起來好像是流鼻血致死。有一天我甚至還看到一頭野豬躺在人行道上，看起來似乎相當享受牠的午睡，幾個小時後我再經過那間店門口時，窗戶上已經掛著大卸八塊而且還帶著毛的豬肉，牠的頭則掛在牆壁上，咧嘴露出贊同的笑容。

超級市場在街上擺起攤位，在碎冰上販賣一籃籃的生蠔、成堆的蝦子，以及厚厚的鮭魚排。整理這些應節攤位的員工，他們的手在冷颼颼的風中凍壞，嘴裡不斷罵著髒話。

小餐館外也有類似的情景，其中許多都是專賣海鮮的餐館。甚至在最寒冷的冬季夜晚，我還是看得到穿著橡膠圍裙的

男人，在海鮮餐館外頭工作到蛋蛋都結凍。他們的工作內容，除了試著讓手指因凍傷而斷掉外，就是得去撬開生蠔以及為螃蟹開膛破肚。我一直不了解他們為何不在廚房裡解決，卻要跑到大街上去做這些事。或許螃蟹在沾上一層汽車油污之後，嚐起來會比較鮮美；或許那些男人希望讓活生生的龍蝦有機會冒險逃到排水溝裡，然後溜回布列塔尼去。

這種冬季的大快朵頤狂潮，恰是品嚐食物的好時機，讓我有機會測試別人是否了解**正宗**英國食物。當然聖誕布丁除外。

尚馬利和史蒂芬妮從倫敦回來時，帶回了我要求的所有東西，除了鹹牛肉罐頭。我訂購這樣東西的理由無他，就是為了要激怒他們。

我在網路上購買各式各樣的英國廚具，還借來微波爐，然後午餐時在會議室裡擺了自助餐。我試著把會場布置得有模有樣，長會議桌則用四張英國國旗紙桌巾覆蓋著。我向外燴業者租了幾個閃亮的白色瓷盤，用來裝食物，那些盤子上也裝飾了小旗子。我還買了宴會用的紙杯、紙盤，以及印了經典英國圖樣的餐巾：紅色雙層巴士、黑色計程車、微笑的神祕警察。

可以說，沒有人會把這場餐會誤認為德國料理品嚐會。

當我的法國同事走進會場時，他們的鼻子一聞到烤香腸就皺了起來，或者他們是因為看到我身上那件內衣褲女郎圖樣的圍裙。

他們都升起戒心，男人把手放在口袋，女人把手交叉胸前，一、兩個人露出驚恐的表情，好似他們正要去看牙醫。

我邀請了我所有的組員，再加上公司裡十個比較年輕的員工。年輕的公司員工是我的主要客群。

他們在桌子前轉來轉去，納悶我擺出來的東西到底是可以吃的，還是像博物館館藏一樣僅供觀賞。因為尚馬利並未準時

現身，現場的氣氛有點拘謹。

我歡迎他們的到來，用很快的速度告訴他們如何填寫計分卡，然後就邀請他們盡量吃東西。

我和克麗絲汀花了整個早上的時間，替各種食物打出雙語標籤，翻譯起來可說是相當困難，例如「水煮帶皮馬鈴薯夾烤豆碎乳酪」，在你開始尋找最適合的法國字眼時，你要先跟法國人解釋為什麼會有人以這種方式處理食物。

妮可是第一個嘗試的。

「嗯，香腸捲，」她說，然後咬了一口，「我記得，我老公以前曾……」她那對似水年華的追憶突然中斷，把香腸捲吐到餐巾紙上，用雞尾酒叉戳了戳那塊小香腸。

「這是啥摸鬼東西？」馬克嗅著一碗熱騰騰的蒸牛排和牛腎布丁（沒想到居然能通過海關）。他正在討好一位也在資訊部門工作的女孩（我是從她那沒型的頭髮和名牌上的職稱看出她在資訊部門）。

他唸出碗前面的標籤。「布丁陪牛排？你們吃甜的漿料陪肉，現在吃肉也陪甜點啦？喔！」他對一群人裝出鬼臉。

「馬克，我想你在美國南部時，一定有向你所有的農夫朋友說明，為什麼他們不該繼續吃肉配地瓜吧？你一定還訓誡他們，用餐時喝可樂是有失用餐禮儀嘍？」

馬克咕噥一聲走開，繼續抱怨桌上的其他食物。

「啊，伯納，請自便啊。」我對著那位金髮海象朋友說，他在桌子邊徘徊不定。

「龍扶插，」他答道。那句話並不是海象的招呼用語，而是他試著要唸出「農夫餐」——英國酒吧用來提高乳酪三明治價格的慣用藉口，把乳酪和麵包分開放。我把食材擺好，讓幾位比較體面的農夫享用。可以選用的食材有兩種乳酪（濃味切達

乳酪或斯提耳頓藍乳酪）、醃黃瓜，並搭配合適沙拉醬的生菜沙拉。我還想辦法訂了農家乳酪捲，看起來就像一小坨牛糞放在一大坨牛糞上，我想這些乳酪捲應該可以打動巴黎人崇高的心。標籤上解釋說農夫餐是**英國老農夫**的傳統餐點。我看出伯納正在思索過去那些農夫是怎麼把沙拉帶到田裡，又不會把油醋醬灑出來。

「嚐點英國的斯提耳頓乳酪，」我慢慢跟他說，「你會喜歡的，吃起來就像法國的洛克福乳酪。」

「好吧，」他拿了一塊半磅重的斯提耳頓乳酪，然後就走了，我來不及跟他說他應該切一塊嚐嚐就好。

這時會議室已經擠滿了人，有二十幾個人靠在桌子旁，較高的男人伸手越過別人肩膀拿盤子上的菜，一群人不好好排隊，卻亂糟糟地擠在茶壺旁。當他們發現茶壺倒出來的是茶而不是熱水時，覺得相當有趣。

「哦，虎蘿蔔膽糕！」業務部一位年輕的棕髮小姐在冷凍胡蘿蔔蛋糕前喜孜孜地蹦蹦跳跳，她穿著緊身黑色上衣和緊到不行的褲子。「我在看特玻璃取過。」

「很好，太棒了。」雖然我根本不知道她在說什麼，可是她是我第一位感到滿意的顧客。

「你知道看特玻璃嗎？」她現在嘴裡塞滿胡蘿蔔蛋糕，根本無助於我了解她到底想說什麼。

「沒有，我想我不知道，那是什麼？」

「那是一個層士啊，就在多佛兒孩峽旁。」

「嗯，是的。請問妳說什麼？」

「你知道的！就在孩底水道旁啊，你出了水道，往上走，就是大焦糖啦，看特……玻璃！」

我腦袋靈光一閃。「啊，坎特伯里，大教堂，沒錯，妳去

過那裡？」

「對，窩在讀書時，跟窩們同學去的，窩們呃……**怎麼説呢**？……窩們到店裡偷了很多光碟，好玩，窩在咖啡館吃虎蘿蔔膽糕，窩愛！」她這時已經在吃第三塊了，而且上衣沾滿了金黃色的麵包屑。

「好極了。」

「窩喜愛英國食物，我現在要去吃點炸鼠片。」

薯片的盤子上標了A、B、C等編號，有好幾種口味可供選擇，遊戲進行方式就是要大家猜猜哪盤是哪種口味，並且選出自己最喜愛的口味。我的同事看看標籤上的法文翻譯，然後嘲笑那過於複雜的薯片沾醬方式。我看得出他們想問，到底誰會想吃這種配上烏斯特郡醬、醃洋蔥，或刺蝟醬的薯片？克麗絲汀在她的法文翻譯中解釋說，刺蝟醬只是玩笑話，這種薯片其實含了某種人造的肉類調味，不過這只更加證實了法國人對英國人的偏見。畢竟食物不能用來開玩笑。

儘管如此，他們還是品嚐並享受了那些食物。那盤刺蝟口味的薯片不久就被夷為平地，好像那頭刺蝟曾經嘗試穿越高速公路一樣。

在我巡視那些烤小馬鈴薯時，史蒂芬妮告訴我：「遮很棒。」我做了些小型帶皮馬鈴薯配上各種經典填料。她拿的是乳酪的。

「妳喜歡嗎？」

「不是，」她指指碎乳酪，「我是說乳酪，有百分之五十都是孔氣。」

「孔氣？」

「對啊，呼……呼……」她做出呼吸的動作。

「哦，**空氣**，乳酪磨碎的話比較容易融化。」

「是啊，賣空氣還真賺錢，不是嗎？」

可憎的傢伙。不過這傢伙說的沒錯，在便宜的微波爐馬鈴薯裡加上便宜的碎乳酪，可說是相當賺錢的生意。

我瞄到桌子另一端發生騷動，於是跟史蒂芬妮道別。克麗絲汀用眼神向我傳達救命的訊息，她正在跟一群食人族奮戰。他們在她身邊亂成一團，試著從她身上剝下肉塊。

她負責操作烤三明治機，這台機器成了試吃大會最受歡迎的東西。克麗絲汀原本是要把烤好的乳酪三明治切成一口大小，但是三明治才剛從機器裡出來，就整塊被人搶走。

「馬克，你現在對英國食物比較有興趣一點了吧？」我大膽地把手放到一塊乳酪火腿土司和馬克的魔爪之間。

乳酪火腿烤土司

「英國食物？遮是法國食物啦，難道你沒有聽說過 *croque monsieur* 嗎？」

他這種對英國料理深惡痛絕的人，居然還能勇敢地閃過克麗絲汀的刀子，拿走整塊烤土司。

■ ■

餐會結束後，我和克麗絲汀巡視剩菜，任何一位廚師都會告訴你，剩菜其實比被吃掉的菜還要重要。

牛排和牛腎布丁是大家的「拒絕往來戶」，看起來原封不動；嗯，畢竟那是用英國牛肉做的。豬肉派呢？很少人吃，我看得出原因，以法國人的角度而言，那根本是法式冷肉的劣質模仿品，而且還切得很難看。烤馬鈴薯雖然也不怎麼受歡迎，不過那有可能是我的錯，因為烤馬鈴薯不太適合手拿自助式餐這種場合。

儘管如此，一排排的空盤子和沾滿污漬的計分卡，似乎證

實了這場試吃會相當成功。他們儘管帶有偏見，但對英國料理還是十分喜愛。

我給克麗絲汀一個熱情的擁抱，並且為了謝謝她，在她臉頰上親了個溼吻。

「哦！你變得太法國了。」她用法語跟我說，「對你而言，食物和性是同一回事！」

那大概是人類歷史上第一次有人用性感來形容刺蝟口味的薯片。

尚馬利並未出席試吃會，不過當我告訴他試吃情況相當順利時，他表現出一些關注，只是多少有點意興闌珊。

他瀏覽了食物的支持率，以及我提出的建議，關於如何讓典型的英國食物變得更能讓法國消費者接受。他這天看起來比平常還要時髦（如果這有可能的話）。亮麗的紫色襯衫，搭配印了圖案的金色袖口鏈鈕。那套西裝剪裁相當高明，讓衣服線條看起來很流暢。室內日光浴曬出的膚色均勻到毫無瑕疵，他坐在他的大型皮革辦公椅上，加了框的爵士證書張揚地掛在他肩膀上方，他看起來就像是在為拍攝半身像而擺姿勢。

「這很好。」他把清單放到一旁，對著我露出茫然的笑容。

「有問題嗎？又有示威抗議啦？」我問。

「不是，那些農夫不會再來煩我們了。」

「我想他們是被你在電視上的訪問所說服？」

「不是，我給了他們一份名單，列出沒有向我們購買法國牛肉的速食店家。他們現在要去確認那些人不會購買外國牛肉。」高貴的古老法國傳統，似乎就是跟敵人合作。「我會派史蒂芬妮去跟他們的法國牛拍更多合照。」

「這樣應該會讓他們高興。」

「嗯？」

他似乎心不在焉，雖然他聲音聽起來好似一切都在他掌握之中，但是我想知道他為什麼這麼悶悶不樂。

「不管怎樣，保羅，你要回去跟家人一起過聖誕節嗎？」

「是啊，今晚就走。」這時輪到我悶悶不樂。要在我父母一塵不染的客廳裡坐五天，吃著乾巴巴的火雞，還要假裝跟爸爸感情很好，一起看衛星足球賽轉播。我和愛麗克莎本來計畫到她父母位於阿爾卑斯山的度假小屋，在柴火旁、棉被裡依偎個幾天，可是她在最後一刻取消了。因為她爸爸又跟另一位男朋友分手，所以不想獨自度過這個闔家團聚的節日。同時，她媽媽顯然跟一位烏克蘭DVD盜版商住在小木屋裡。

「我已經寄給你一封電子郵件，向你總結了目前企劃案的進度。」我告訴尚馬利。

「啊，沒錯，很好。」

「內容很短。」

「啊。」

「尚馬利，我提醒過你，我的組員根本無法像樣地工作，我們差不多就像一週一次的英語會話課。聖誕節過後，我們必須徹底改變這種情況，你認為呢？」

尚馬利還來不及回答，克麗絲汀就把頭伸進門裡，宣布「視察員」已經到接待櫃檯了。

「是警察嗎？所以他們已經停止罷工了？」我問。

「不是，」憂愁的神色又回到尚馬利的眼中。「那是農業部派來的視察員。」

「啊，是嗎？是要來恭喜你獲得……？」我朝那張證書點了點頭，但尚馬利的表情告訴我答案是否定的。我心裡納悶著，

他的虛偽是否像一塊消化不良的英國牛肉，不停冒出來糾纏他。

他站起來，把已經繫緊的領帶再拉緊一點。「無論如何，保羅，謝謝你，不要擔心你們的進度。那麼你現在就去搭你的火車吧。」

他朝門走去，順道把我請了出去。

「好吧，尚馬利，聖誕節後再見。」

「呃，好。」

「祝你聖誕節快樂，我會帶些聖誕布丁給你。」

「好的，謝謝你。」

那個回答證明了他根本沒在聽，他虛弱地微笑，跟我握握手，然後轉身向桌子走去。

我想知道，訂回程車票到底明不明智。

January | Janvier | 一月

Dimanche	Lundi	Mardi	Mercredi	Jeudi	Vendredi	Samedi
			1	(2)	(3)	4
5	6	7	8	9	10	11
12	13	14	15	16	17	18
19	20	21	22	23	24	25
26	27	28	29	30	31	

鄉間小屋

我發現歐盟補助法國古怪農產品的祕密
於是決定購買一棟可疑的鄉間小屋……

一出了法國，就沒什麼人知道歐盟成立背後的真實故事。

戴高樂將軍一家顯然在鄉下有間房子，而附近有座小農場，專門製作法國最豒的香腸。這種香腸法國人稱為「*saucisson sec*」：細細長長的畸形薩拉米香腸，吊掛風乾，直到變得跟酒瓶一樣硬。由於這種香腸實在硬得可以，因此有商店專門販賣一種相當危險的摺刀，讓你可以把香腸切成適合食用的薄片。

總之，戴高樂是個香腸迷。在第二次世界大戰結束後，法國國內其實相當平靜（除了幾場殖民戰爭外），所以戴高樂將軍每年都會設法到鄉下過幾次週末。而每次他來到鄉間時，總會堅持要在喝開胃酒時配上幾片這種地方美味。

不過在一個週五晚上，當他抵達時，**不得了啦**，居然沒有香腸可以吃。「為什麼沒有呢？」將軍問道。然後有人告訴他農場遇到財務問題，因此不再製作香腸了。

戴高樂立刻採取行動，在國會提出法案，為小農夫設立補助款系統。然而產業工會把政府壓得死死的，所以該法案並未過關。於是戴高樂想到一個聰明的點子：何不設立一個泛歐政府來補助他的香腸呢？他並未透露他真正的動機，倒是藉著保護歐洲生產者以對抗全球競爭的名義，把這模糊的概念推銷給義大利、德國、西班牙的國家元首（你會發現，這些國家都以其香腸火腿出名），然後轉眼間，歐洲共同市場就誕生了。戴高樂的鄉間養豬農場，很快就被歐元現金給淹沒，並且生產過多的香腸，最後有半數香腸必須用來餵豬。

嗯，雖然這段故事可能不是完全屬實，但說起英國對歐洲大陸根深柢固的敵意，那是我所能提供的唯一解釋。我們英國的香腸，跟薩拉米香腸、德國香腸、西班牙香腸和法國風乾香腸比起來，實在太蒼白，而且還軟趴趴的。

今天，歐盟對法國來說，當然不只是養豬業的補助款來

源，同時還是養牛業、果農、乳酪業、葡萄種植業、橄欖油生產業，以及各種你想像得到的農業補助款來源。

對此我沒什麼反對意見，因為那是讓法國鄉間這麼漂亮、這麼值得一遊的原因。只要離開巴黎幾公里，就可以看到真正的法國農村，那裡住著開牽引機的人，他們認為Dior是用來把狗趕出你家花園的噓聲：*Allez! Dior!*

到了一月，我想加入巴黎人的偉大傳統，替自己買間這種鄉村時空膠囊：一棟鄉間小屋。你可能會覺得我瘋了，我只簽了一年的工作合約就想買這種房子。可是我每月薪水全數入袋，而且房租幾乎等於零。此外，倫敦人用來買一棟螞蟻窩的錢，可以在諾曼第買棟小城堡。

我的動機基本上就跟那些單純的巴黎人一樣。首先，我已經有點厭倦巴黎市區的壅塞。跟倫敦比起來，巴黎根本一丁點綠地都沒有，尤其是我住的瑪黑區。

我就跟大多數巴黎人一樣，厭倦我的鄰居。我現在知道樓上那家人每天早上的固定作息：早上七點鬧鐘鈴響，砰，女主人下床，穿上深海潛水靴，用力踏過我的天花板，吼她的孩子起床。接著小孩就會把裝滿砲彈的袋子丟到地板上，然後每個小孩顯然都拖著大錘，碰碰碰衝入廚房，然後拿了自己的麵包，就到電視前面坐下，而電視永遠都在播放卡通，關於一些只會互相吼叫的人們，然後就發生爆破。每過幾分鐘，其中一名小孩會轟隆隆回到廚房（同時拍打著砲彈），在那裡待幾秒鐘後又回來看電視（還帶了一群容易興奮的袋鼠）。同時間，廁所馬桶沖水的頻率是，平均每滴一滴尿就會沖五十次。最後會有十分鐘密集的吼叫聲，等時鐘一走到八點十五分，他們就會在

一陣狂嘯之中，踩爛樓梯離開公寓前往學校。

你才為自己泡好一杯茶壓壓驚，那位女主人就回來了，還帶著她那隻訓練有素的河馬來清理屋內的髒亂。他們用力踩著蹄，頓足聲還搭配著相思病末期法國歌手的鼻音吼聲。我曾大膽跑上樓去，問他們河馬在室內是否需要不時穿著高跟鞋，然後有位珠光寶氣的傲慢女人便朝著我摔門。

雖然這種情形並不是說太糟，但是那些小孩星期六也要上課，所以為了讓思緒不要過度耽溺在縱火或斧頭攻擊上，你就會開始尋找週末度假屋。

我猜想，這是否才是巴黎人變得瘋瘋癲癲的原因。他們在家時，總是被鄰居日常生活的惱人噪音所侵擾；當他們外出時，唯一能行走的地方是柏油路。一定是他們的耳膜和雙腳無時無刻受到的衝擊讓他們的腦筋變得不正常。

不要誤會我的意思，我很高興能在聖誕節後回到巴黎。我一下火車，踏入地鐵站的人潮中，就再度覺得精力充沛。你會不由自主地被這座城市拉進去。我知道我可以到咖啡館用餐，可以不客氣地擠到隊伍前頭，只要聳個肩就能惹惱人。這一切就像你在某個特別困難的電腦遊戲裡勢如破竹。

新年的第一個星期一，我走進了辦公室，一切看起來似乎相當正常。接待櫃檯並未堆滿牛糞，也沒有警察打開我們的袋子檢查是否有違法肉品。我這時就跟別人一樣，覺得很自在，可以在收假後的第一個早上親吻同事、喝咖啡，想著下次放假時可以去哪裡。

下午大半時間我們都在尚馬利辦公室的喝茶派對上讚揚「*la galette*」的偉大。這是應景的慶祝活動，目的是要吃一種薄

薄煎餅

薄的圓形可頌，裡面塞了杏仁糖。史蒂芬妮把 *la galette* 切成片，然後年紀最小的克麗絲汀必須躲在桌子下，決定誰應該拿哪一塊餅。等這儀式完成後，每個人就小心翼翼地把餅放入嘴巴，看看誰會被藏在餅中的瓷器弄斷牙齒，最後是尚馬利從嘴裡拉出一塊沾了杏仁糖的瓷牛。我敢說那是事先安排的，只是他在接下來的派對裡都被迫戴上紙皇冠，看起來一副蠢樣。

尚馬利在新年新氣象的外表下，看起來有點緊繃，不過並不至於因為擔憂而心神不寧。他的獎牌依舊掛在牆上，所以農業部視察員想必只是來談談碎肉機的刀片。我一提到我想要在鄉下買房子，或許在諾曼第吧，尚馬利立刻表示他下週末可以開車載我到「法國最美麗的鄉間」。

愛麗克莎並不想跟，因為她爸爸才剛停止服用百憂解而感到「相當脆弱」。於是在星期六早上九點，我到公司地下室停車場跟尚馬利會合，因為他先前就把他的豪華銀色雷諾轎車停在那裡讓人清洗。然後我們就出發前往鄉間。

「沒時間浪費了。」他邊說邊切過車陣，大聲叫喊要行人讓開，然後轉入香榭大道上的瘋狂交通。「所有巴黎人都會開車上路。」

事實上，似乎所有巴黎人都聚集在凱旋門附近開車。

原因顯而易見，凱旋門在現場看比明信片上還要令人嘆為觀止。那是座一百六十呎高的雙大樓，而不只是一座卑微的拱門。拿破崙建造凱旋門，是為了慶祝他在一八〇五年於奧斯特利茲會戰打敗俄國人和奧地利人（這是我的旅遊指南說的，我也沒有理由不相信）。今日這座凱旋門就聳立在歐洲數一數二大的圓環小島。圓環名為「星星」，有十二處出口，而且直徑長達四分之一哩，讓車輛有足夠的空間可以從至少十二個方向同時撞上來。這座被稱為星星的圓環，一半是黑洞，一半是超新

星，車輛會被吸過來，瘋狂地轉圈圈，然後又從其中一條出口甩出去。

尚馬利加速，衝入擁擠的車陣中，他的新車差點被一輛敢死隊般的川崎重型機車截成兩半。他的眼睛眨都不眨，然後按了喇叭，好似按喇叭可以讓我們不去擦撞到一輛小Smart汽車。那輛小車憑空冒出，離他的前車蓋只有一呎。他好像忘了車子有煞車，左彎右拐，越過四、五輛差點撞上來的車輛。我想，再過幾秒鐘，他那天賜的運氣就會消耗殆盡，然後我就會滿嘴安全氣囊。

儘管如此，我必須承認我挺喜歡這種接近自殺的體驗。我相當佩服他們在這裡展現的閃避技術。這些駕駛的膽識讓我的腎上腺素上升。他們必須橫衝直撞地切入迎面而來的車輛前方，才能離開圓環。有時候還會陷在車陣中動也不動，就算有如尚馬利般發動攻擊的車輛直撲他們的側邊也一樣。

「保險公司從來不會調查星星這邊的事故，」尚馬利解釋，「那就像在問拳擊手鼻子是怎麼受傷的一樣。」他笑了笑，然後閉上眼睛至少三秒鐘。

「太棒了。」我說，我也閉上眼睛，等待那無可避免的宿命。

神奇的是，無可避免的宿命顯然是可以避免的，而我們也逃離了星星的引力。這時尚馬利的瘋狂展現在邊開車邊講手機，還不停蛇行轉換車道，好在車陣中向前多走一點距離。他還會闖紅燈。

「紅燈就像排隊一樣，」他輕蔑地說，「是給有時間浪費的人用的。」

我們抵達了一處標了「北」的岔路，而他轉向西邊。

「諾曼第不是在北邊嗎？」我問。

「不是，諾曼第是在西北邊，」他說，然後又轉了彎，這次

是轉向西南邊。「不過我們不是要朝海邊走去，那裡太多巴黎人了，他們還因此稱它為第二十一區。那裡對你來說太貴了。」於是一切敲板定案。

我們以合法速限的兩倍速度朝著與太陽相反的方向前進，而他開車速度之快，讓人覺得他非常有可能會把太陽遠遠拋在後頭，駛入黑夜。他並非唯一開這麼快的人，在我們那排以同樣速度沿著高速公路狂飆的大型車中，我們屈居第四、五名。這些車子合作無間，共同把速度較慢的車嚇離快車道。事實上，這樣還安全些，你會把發生在你右側的混亂拋在後頭，因為右側車道會有車子突然從卡車背後冒出來，超越內側車輛，或是把車開在距離前方車輛保險桿幾吋的地方。我們很容易就了解法國為什麼有歐洲最高的車禍肇事——如果起了霧或下了雨，這種開車方式就幾乎等於謀殺。

當日天氣乾燥，不過有點結霜。地面結一小塊冰就能讓我們一路滑到大西洋去。但尚馬利願意冒這個險。他帶著我朝鄉間前進，一路上眼睛不斷盯著前方車輛，尋找哪輛車有減速的跡象，好讓他可以超車，同時還抱怨著那些不懂得感激的農夫。似乎農業部收到關於他的密報，所以他必須向視察員提供證據，證明他的牛肉都有合法來源。

「這當然沒有問題。」

「當然啦。」

這一天他必須去見某位「對農夫有影響力的人」，他說，「並且親吻他們的腳，就像奴隸跪在土番王面前一樣。」

我並不知道土番王是什麼，不過從尚馬利的表情看來，他們大概不洗腳趾頭。

我們在沙特爾開離高速公路，並且朝種了樹的坡地前進，那裡點綴著小農地和只有四間屋子的農村。

我們離開坡地，進入一片灑滿陽光的寬闊平原。尚馬利打開窗戶，深吸了一口冷冽的鄉間空氣。

「我們到了。」他說。車子駛入一座古色古香的殘破鄉間小鎮，開到中央廣場。那座小鎮名為特魯蘇瑪恩。

那天是市集日，白色廂型車到處亂停，四處閒逛的人拿著購物袋，購物袋看起來就像要撐破了，讓萵苣和酥脆的麵包掉落一地。有群身穿藍色工作服、頭戴帽子的老先生靠在市場大廳的牆邊，一邊聊天，一邊吞雲吐霧。這些農夫顯然是在交換最新訊息，討論怎麼用新發的補助款在豬隻上畫上歐盟旗幟。

市場大廳基本上就是一座高高的瓦製屋頂放在厚重的石柱上。屋頂由一組做工粗糙的交叉巨大樑木以及幾乎褪色的金屬天花板懸樑高高撐起。大廳裡有一排排攤位，手指凍紅的小販穿著好幾層大衣，取暖的方式就是對逛市場的人吼叫，要他們去買道地的法國美味。那裡有只賣馬鈴薯和綠色蔬菜的攤販、只賣蘋果和梨子的攤販、生意興隆的肉販車、門可羅雀的肉販車，以及藍色棚子的魚販擺出超大的鮪魚頭以吸引目瞪口呆的小朋友。我還看到一大鍋炒馬鈴薯旁邊擺著一長排烤乳豬的肉攤，就像怪物的點心棒。

「這裡比諾曼第更具代表性，」尚馬利告訴我，「而且房子更便宜，你到那邊去看。」

他指指市場廣場對面的一間石屋，拉上窗簾的小窗戶上方用金色油漆寫了我無法辨識的名字。

「那是公證人事務所，」尚馬利說，「他名叫萊西。」

「萊西。」我覆述，並試著不要想像那是靈犬的名字。

「他是律師，可是也順便賣房子，他已經在等你了。」

「你不一起來嗎？」

「不，我有事要做。他會開車帶你去看房子，然後帶你回

沙特爾，你可以在沙特爾搭火車回巴黎，記得把車票算在出差費上。」

　　一分鐘後，我下了尚馬利的車，而他朝著市場人群開了過去。這算是幫哪門子忙啊，載我到我不想去的地方，把我丟下。要是那位萊西先生這週末早已外出度假怎麼辦？這地方有沒有計程車回巴黎啊？還是我必須想辦法搭便車，坐在一輛魚販車的後面呢？

　　不過萊西並未外出，可是他看起來不怎麼能指望。在那間溫度過高的老舊小商店裡，他背對著火爐裡的柴火取暖。而這間天花板低垂的屋子裡，僅有的家具是沉重的皮革面木質書桌、現代的旋轉椅，及兩個深紅色的金屬檔案櫃。大理石火爐上方掛著被煙熏黑的市場廣場相片（拍攝時還沒出現汽車），看起來彷彿萊西先生才剛從相片中跳出來。

　　他就像狄更斯小說中的人物，剛到現代服飾店買衣服，但是並不怎麼理解某些衣服要怎麼穿。他領帶打得很差，蓋住了襯衫一邊的領子，褲子鬆鬆垮垮，腰部的地方被細腰帶綁得皺皺的。而且他還穿著一件厚重的羊毛夾克，看起來就像用老舊的門口踏腳墊做的。稀疏的白髮又長又亂，他拚命往後梳，才不會擋住他的臉。

　　「你是萊西先生嗎？」我用法語問。

　　「是的。」他友善地握了我的手。

　　「你有房子要賣嗎？」

　　「房子要賣？沒有。」

　　「沒有嗎？」

　　「哦，這裡有很多房子要賣，現在是買房子的好時機，不

過我只有一棟，就是我的房子，如果你要的話，可以賣給你。」他對自己呵呵笑。

「可是馬丁先生說你有房子要賣。」

「馬丁先生？你認識他？」

「是的。」

「那是當然的。」

我轉過身，最後這句話來自門旁的螺旋階梯，有位三十幾歲的男人臉上露出大大的笑容，向我伸出手要跟我握手。他打扮得像清爽俐落的紳士，穿著卡其抽繩褲、黃色背心，以及棕色絲絨夾克。

「我叫吉翁·萊西。」他說，「他是我爸爸。媽媽東西買完了嗎？」他問他父親，而父親則咕噥了一下。似乎他是在老婆上市場買東西時在此打發時間。

我向吉翁介紹自己，並試著複述老萊西剛才所說此時正是購屋好時機的那番話。

年輕的萊西聽到後哈哈大笑。「可能有很多房子要賣吧，但都不是你想要的那種，也並不都是鄉間小屋。我倒是有間鄉間小屋要賣，那是間農舍，很漂亮，不貴，我們現在就可以去看看。」

他俯身到書桌旁，打開中間的抽屜，拿出一大串鑰匙，扯下鑰匙圈上的紙標籤，把鑰匙放到他口袋裡，就帶著我朝門外走去。

「我們會去參觀那間房子，然後我會帶你到這附近最棒的餐廳。」

「哦，可是……」我告訴自己要留意捧著禮物的不動產仲介，那就像連續殺人犯問你要不要戴手銬好試試手銬質感如何。

「馬丁先生想請我們吃午餐，為了他棄你而去賠不是。」

「他會來跟我們一起吃午餐？」

「不會，可是他會付錢。」

「啊，好吧，很好。」我在他的陪伴下走出門，到一輛深藍色的朋馳汽車旁。

我們開車出了小鎮，經過好幾間大門口貼著「出售」牌子的房子。

「這些人想要離開鎮上，搬到鄉下住，就跟你一樣，威絲先生。」

「可是……呃……這裡已經……已經是鄉下了，不是嗎？」

我的意思是，這裡幾乎所有的小鎮房屋都面向寬闊的農田，跟巴黎比起來，簡直是未開發過的雨林。

「可是這裡還是鎮上，我們要去的地方是**真正的**鄉下。」

我們至少在五十處岔路口停下來，穿過蔭涼的林地，越過坡度陡峭的小山丘，之後再過大約二十分鐘，到了一條半哩寬的河谷，河岸兩側都是高聳枯瘦的樹木。在沿著山谷望過去，我看到大約一百公尺外的那棟農舍，直到河流轉了彎，視線受阻時才看不到。「我們到了。」

我一下車，立刻被震耳欲聾的靜寂所包圍。你幾乎可以聽到兩片田地之外房屋煙囪裊裊升起的煙聲，四處都有小小的鳥兒跳來跳去。有隻烏鴉在樹頂拍動翅膀，我注視著那隻烏鴉，好似牠才剛開了一槍。萊西先生說的沒錯，這才是真正的鄉間。

在這座如珠寶般高級的農舍外頭，我們把車停在青草堤岸上。農舍是方形的單層石頭建築，舖瓦的屋頂長了青苔，有淡黃色的窗框。四周的草地上青草叢生，還長著光禿禿的果樹。房子旁邊有間被改裝成車庫和庫房的大穀倉，裝上全新的雙扇

門，老舊的木片屋頂上還留了天窗。

「這裡的田野一路綿延到森林邊。」萊西先生說話的語氣好似我已經買下這棟房子。他指了指果樹後面的兩塊山坡牧地，其中一塊有輛牽引機，另外一塊有綿羊。這棟房子似乎有自己的假日休閒農場。

萊西拿出鑰匙，開門讓我進去。內部裝潢現代化，相當有品味。客廳裡有座石頭大壁爐，幾乎就跟房子一樣高。每個轉角都有外露的屋樑，一不小心就會把你的腦袋敲掉。不過屋裡也有一應俱全的漂亮新廚房、現代化浴室、沖水馬桶，以及雄偉的電熱鍋爐。客廳和兩間臥室都裝設了基本配備：相當有品味的現代版農村家具。

「全部都算在裡面。」萊西先生告訴我，那是他在進門後說的第一句話。他並不會不斷催促我購買，只讓我體會到這裡真是便宜到不行。

這裡算是裝潢好的度假小屋，可是售價會讓你以為買的是沒屋頂的廢墟。

「這裡為什麼……呃……不貴？」我問。如果你想買一樣東西，這真是個笨問題，可是這種問題就是需要問。

萊西先生聳聳肩，那不是惱人的巴黎式聳肩，而是單純表達他不知道。「這裡的價格就是這樣，這裡離巴黎很遠。」

我們到外面的穀倉去，那裡有一半是現代化的車庫空間，另一半是簡陋的農舍建築。車庫那一半有水泥地板和小小鎖架的區域，我猜是給腳踏車用的；簡陋的那一半仍然是泥地和傾圮的牆壁，聞起來有汽油和乾柴的味道。

「日安。」

有位戴著帽子的小人影站在我的穀倉門口。已經有不速之客啦？

「日安。」萊西先生顯然認識他，過去跟他握手。那是一位農夫，大約六十歲，像有一半侏儒血統，以及一雙大手和紅潤的臉頰。

他們開始用當地的方言談論我，那混雜了法語和古埃及語，我根本聽不懂。

萊西先生看起來像在跟他證實我可能會買這個地方，對方的表情則似乎很驚訝。難道我看起來不像鄉間紳士嗎？我感到納悶。不，我並不像，當我低頭一看，就注意到我的運動鞋上早已結了泥塊，像是某種泥製雪靴。鄉下甚至比巴黎的人行道還要髒，我領悟了這一點，而我的腳說明了我有多麼不切實際。

那兩人繼續聊天，農夫狠狠地朝田野指來指去。我不熟悉法國農村生活，因此我很想知道農地會不會和農夫搭著賣，而我也非買下他不可？我是否必須在作物歉收時負責養他？在他年紀太大無法工作時，我是否要把他帶到森林裡槍殺？

萊西先生做出安撫的手勢，然後農夫就離開了。他不是回到馬路上，而是回到我的果園裡。那男人還真大膽，他是不是以為自己擁有這塊土地？

「那位是歐健先生，他住在隔壁農場，在這幾塊農地上耕作。他想確定買家會讓他繼續耕作。」

「那就要看他，呃，如何耕作，呃，為何耕作，呃，耕作什麼了。」我說，並試著想出要怎麼用法語說「請不要搞什麼巫術或是在廚房外面堆糞肥。」

「他會付錢，好讓自己可以在其中一塊地耕種，在另一塊地牧羊。」

「他會付錢？」

「是的，象徵性的一筆錢。」

那麼我甚至還會從這塊地賺到一筆收入嘍？我心想，如果

老先生早上六點就開始耕田,至少我這位地主還能叫他別吵,不像住在HLM樓上的女主人。

「你喜歡嗎?」

「喜歡。」我小心翼翼地說,這時腦子裡終於浮現一點常識了。即使開價低到相當離譜,但是把價格再壓低一點也不為過。「這裡相當小,而且⋯⋯」我還有什麼可以抱怨的?「這裡有很多的草⋯⋯呃⋯⋯需要⋯⋯呃⋯⋯隆隆⋯⋯」我做出推動電動割草機的模樣,不過我根本沒有割草機。

萊西先生同情地點頭。「你可以叫歐健先生來除草,讓他拿去餵動物,或是偶爾讓他帶綿羊過來吃草。」

「嗯。」我的語氣像是我不怎麼確定。是否要讓農夫或是一群母羊過來替我做這種辛勞無趣的苦工。

「你何不先用租的,就租下個週末好了,看看你到底喜不喜歡?」

「這間房子週末會出租?」在我和愛麗克莎要用這棟房子之前,會有陌生人先來睡我那張農村小床?

「不是,不過如果你是真的想考慮這棟房子,你可以用很低的價格租幾天試用看看。」

「不用保證我會把房子買下來?」

「當然不用,如果你沒簽約,就不一定要買。」

「好吧,太好了,下週末可以嗎?」

「可以,很好。鑰匙給你。」

「鑰匙已經可以給我了?」

「哦,你是馬丁先生介紹的,他說你是誠實的年輕人。」

從尚馬利口中說的話,我納悶那到底算是讚美還是侮辱。

我沒辦法抱怨尚馬利，因為他實在幫了我不少忙。艾洛蒂到美國哈佛大學去當一個學期的交換學生。那好像是一年兩次的交換計畫，法國頂尖商學院的孩子必須到國外三個月，替他們父母花更多錢。因此尚馬利把她汽車的鑰匙交給我，並且告訴我，如果我想開車到鄉下去，儘管開沒關係。

　　他也問我是否介意在她出國時支付所有房租，因為這時公寓完全由我一人使用。當我表現出反對的態度（其實我是因為懷疑而嗆了一下），他便立刻退讓，說他會付我一筆紅利獎金以支付那三個月的房租。哇，我心想，讀商學院必定相當昂貴。

　　我跟愛麗克莎提到這樁財務安排，還說尚馬利可能希望我撞毀艾洛蒂的車，這樣他就可以收回前言，並且申請保險金，不過她說我過於以小人之心度我友善老闆之腹。

　　我和愛麗克莎進展得相當好，因為艾洛蒂不在，所以她在我這裡過夜時就不需要看到艾洛蒂的裸體烹飪，或是凌晨三點的呻吟競賽。我們可以輕鬆自在一起度過夜晚的時光，也不會引起哲學大論辯，爭論到底在後女性主義世界中，跨種族男女關係的真正本質是什麼。

　　愛麗克莎的爸爸認識了一位帥氣的丹麥籍餐具設計師，人又振作了起來，所以在我實地調查之旅的下一個週末，我們就開著艾洛蒂的標緻206，一起往西邊去。

　　天氣比上個週末還要陰，隨時都有下雨的可能，而其他車輛看起來都像下定了決心要跑在雲的前頭，或死在半路上。一路上就像在玩電動碰碰車遊戲。

　　在我開車時，也可以說是在我雙手扶著方向盤而嚇得皮皮挫時，愛麗克莎則在清理車內。她並不是什麼有潔癖的怪人，

而是因為她在置物箱裡找到一顆印有骷髏頭的奇怪藥丸。她認為，如果我們因為我過於謹慎的開車方式而被警察攔下來，我就會因為持有整套違法藥物的配方遭到逮捕。所以我們邊前進，她邊把找出的任何可疑物品丟出窗外：一只小塑膠瓶、一塊深色蔬菜類物質、一只空塑膠信封。我們在靠近沙特爾的某處停車上廁所並買咖啡，之後她甚至還換到後座，在座位底下徹底搜索。每過幾分鐘，我就會感覺到一陣強風灌入車內，然後就有東西飛出後車窗。如果不幸剛好有警察帶緝毒犬到巴黎外的林地溜達，那隻笨狗就會嗅出我們的味道，並且狂奔兩百公里來追我們。

快到農舍時，我聽到愛麗克莎罵髒話。

「怎麼了？扶手裡塞滿海洛英嗎？」

「你沒聽到廣播嗎？」

「沒有。」廣播正在播報新聞，可是對我而言只是一堆毫無意義的聲音。

「電廠員工罷工了。」

「哦，那我們先去買幾根蠟燭，但我想農舍用的是瓦斯爐。」

「瓦斯和電，都是同樣的員工。」

「啊。」

我們到特魯的超級市場採購週末要吃的食物，還有好幾根蠟燭和幾支手電筒。我甚至還聰明地想到要買些木炭和木柴，這樣不管發生什麼事我們都可以煮東西。

跟一位性感法國女孩到鄉間度過只有燭火和爐火的週末，有誰還需要瓦斯和電呢？

我們才剛把車子停在農舍外，就開始下雨了。整座山谷都

積滿了雲，樹木似乎退縮到一旁，讓雨水可以直接灌入我們的度假小屋。不過即使在這種潮濕、沒電的陰鬱中，農舍看起來還是很美麗。愛麗克莎發出喜悅的聲音，讓我更有決心要買下這個地方。

雖然我真正想做的事是把她推到床上，但我還是鼓起足夠的自制力，要自己做點事，準備開始烤肉。廚房門外有座磚造火爐，裡面塞滿了灰燼，我必須到穀倉拿把鏟子，把裡面的東西鏟出來裝到塑膠購物袋裡（和我的牛仔褲上），然後才有辦法生火。雨勢愈來愈大，但是那至少讓我的肺不至於吸入過多的灰燼。

雖然烤肉爐上方裝設了某種類似屋簷的東西，但是不從人願的雨水以稍微傾斜的角度落下，火苗在足以燃燒前就被澆熄了。我張開手臂，活像被吊上十字架，用厚夾克保護火苗，直到火燃燒起來。這時我除了支氣管裡堆積了灰燼外，還吸入大量的煙。

我咳了好一下子之後，看到那位農夫歐健先生在五碼外的牆壁後頭注視著我，他在大雨中用含糊的古埃及語對我說話，香菸在嘴角上下擺動。

我可以猜出他要說的基本要點。

「你是笨蛋還是什麼？難道你們城市人不知道不可以在寒冬的暴雨中烤肉嗎？」

我點點頭，對他的勸告表示感激，然後盡量讓自己朝火苗以外的地方咳嗽，因為火苗有可能會被我咳熄。等我再度抬起頭時，他已經不見蹤影了。

我和愛麗克莎吃了樸素的一餐，有牛排、沙拉、水果，然

後我們決定隔天再把牛排烤完。就連愛麗克莎也不喜歡覆蓋了一公釐厚炭灰的生肉。

我們整個下午都待在床上（在沒有燈光、暖氣的屋子裡還能做什麼），然後在手電筒的燈光下穿衣服，走到黑壓壓的外頭找晚餐吃。當時依舊在下雨，正如法國諺語生動的描繪：「雨下得像牛撒尿一樣。」

我們並未一路開車回特魯，而是到歐健先生的屋子去。我帶著地圖衝過雨中，想問他附近哪裡有鄉村小餐館。

他站在門口對我說了一些話，然後我才讓他閉上嘴巴聽我說我到底要幹嘛。他看著我，一副我是白痴的樣子，但答應要推薦我去哪裡吃晚餐。他並不確定附近有沒有鄉村小餐館，但還是在地圖上指了指西邊幾公里外的小鎮，說我們可以到那裡的賭場吃東西。

聽起來比我想像的還要豪華，我還比較希望是間小小的鄉間旅館，而且負責料理食物的，是羅馬帝國大軍迎戰亞斯特里克斯[1]時就住在這裡的家庭，而我們會發現美食評論家已經找了好幾年的神聖調味醬。不過根本沒有這回事，所以我認為時髦賭場裡的晚餐，絕對比我們的烤肉爐可以做出的晚餐還要好吃幾萬倍。

我回到車上，滴了愛麗克莎一身水。她問道：「他有推薦什麼嗎？」

「妳等一下就知道了。會讓妳驚喜。」

我想我就是在這裡學會了後女性主義世界中跨種族男女關

1　Astérix，漫畫虛構人物，是一名古代法國的戰士。

係的本質，那就是：除非你能百分之百確定對方會喜歡你的驚喜，不然就不要保證會給對方驚喜。

你瞧，愛麗克莎身為法國人，一定會知道幾乎法國所有賭場都位在海邊或SPA度假村，不要問我為什麼，或許浸泡在海水或浴池中，可以減輕在俄羅斯賭盤輸錢的痛苦。不過不管原因是什麼，愛麗克莎絕對會知道我們要去的地方不是casino，而是Casino，也就是卡西諾連鎖超市的分店，而且較大的分店都會有自助餐館。

賭場

她絕對會告訴我，排隊等候，然後讓穿著制服的超市員工把牛排薯條鏟到盤子裡，這種用餐方式她並不覺得特別性感，即使許多法國人都喜歡這種吃法也一樣。

當我們在停車場停好車後，她拒絕下車。雖然我們也可以離開工業區，繼續往前開到城鎮中心，不過這間超市似乎是附近幾哩範圍內唯一有燈光的地方。他們大概有自己的備用電力系統，以免冷凍庫退冰。

往好的方面想，我說服了愛麗克莎進入超市，而且我們吃了一頓熱食；但壞的一面是，幾乎鎮裡每個人想的都一樣，所以我們必須跟另一家人坐共用桌子。這家的小孩，一個剛滿亂丟食物的年紀、一個剛滿拿刀叉敲桌子（和亂丟食物）的年紀，還有一個是生悶氣的青少年，他不知道每五秒鐘用手肘戳一下英國人的肋骨是不禮貌的行為。

甚至連我最得意的論點（也就是「自我」這兩個字最適合拿來形容法國人的個性）也沒能讓氣氛好轉，而且反而雪上加霜。

不用說，我們不發一語地開車回到屋子，同時我一邊想著，我們下午就上過床，還真是幸運，因為晚上應該不會再依偎在一起了。

我們坐在床上，用各自的手電筒看書。我看的是英譯本的

左拉小說《巴黎之腹》，關於雷阿爾古老食物市集的生活。愛麗克莎看的是法譯本的《女人來自金星，男人來自某個豬頭星球，那裡的男人都認為，不需問過女人便能決定晚上要做什麼事》。

忽然間，一連串莫名其妙又激烈的事件發生了，打斷我們的床上閱讀。首先，似乎有人騎摩托車進到我們的穀倉，然後不知為什麼，電力居然恢復了，臥室的燈亮了起來。過了幾秒鐘，有人（想必是那位迷路的摩托車騎士）開始敲我們的門。

我穿上牛仔褲和夾克，走出去查看，農舍裡沒有暖氣，空氣都快結冰了，不過臥室和前門間的燈都已經可以正常開啟，所以罷工絕對是結束了，這真是天大的好消息。然而我還是可以聽到穀倉裡轟隆隆的摩托車聲。我把門打開，想要叫那位騎士把他的山葉機車牽到別處去。

不過門口站的並不是摩托車騎士，而是歐健先生，他全身裹滿禦寒衣物，對我大呼小叫。我聽得懂其中一、兩個字，我開始聽得懂這種古埃及語了。「*grange.*」他說。

甚至在正常的法語中，那也是「穀倉」的意思。

不過我還來不及問他為什麼要把我的穀倉當作他的車庫，他就衝過我身邊，跑到廚房去。我跟到廚房，發現他在水槽底下摸來摸去。

這舉動讓我感到的是困惑，不是惱怒。我心想，在水槽除了會讓自己全身溼答答和髒兮兮外，也搞不了什麼破壞，於是就讓他繼續動手。

他站了起來，走到瓦斯爐邊，點燃瓦斯爐火。

「發生了什麼事？」愛麗克莎走進廚房。我很高興她全身都穿上了衣服。

歐健先生說明完畢，我聽懂了另外兩個跟穀倉一起出現的關鍵字。

穀倉
———

我回想，那天稍早我試著在烤肉爐上生火，並詢問他附近有沒有供應熱食的地方時，他提過那兩個字，並且混雜了其他我聽不懂的方言。那兩個字就是「緊急發電機」和「罐裝瓦斯」。

　　「好吧，我未能洞悉法國農村生活，可是妳也一樣，妳得承認這一點。」

　　床單下有人扭來扭去。

　　「我是說，我們兩人早該注意到那麼明顯的線索，不是嗎？好比說，我去向歐健先生問路時，我們怎麼沒想到他家為什麼那麼明亮，像是法國國慶日的煙火秀？他們這裡每戶人家都有發電機，是不是？」

　　扭動的人從床單下現身了，至少鼻子以上的部位露了出來。愛麗克莎咯咯笑時，鼻子皺得相當可愛。這時她床邊桌上有早晨的熱咖啡，而且暖爐還送出了熱空氣，所以她可以欣賞我的笑話了。

　　一如過去，我們又再次和好，還為不動產市場注入新生命。

　　「你一定要買下這棟房子，」她說，「這是遠離塵囂的完美聖地。你買房子的手續有哪些？」

　　她一邊問問題，一邊坐起身子，用雙手握住熱氣騰騰的咖啡，上半身則套著我的襯衫。

　　「我不知道，我想應該要做調查吧。」

　　「調查？像是市場調查嗎？」

　　「不是，是建築結構調查，以便查清房子是否會倒塌或陷入土裡。」

　　「哦，」她聳聳肩，「我覺得房子看起來沒問題。」

　　我笑了笑，可是立刻發現，愛麗克莎的態度幾乎就跟每個

法國不動產界的人士一樣。

　　萊西先生告訴過我，我在那個週末隨時可以打電話給他，於是我在週日早上躺在床上就拿起了電話。

　　「有沒有可能找人來檢查房屋，看看有沒有結構上的問題，以免房屋倒塌，你知道的。」

　　「檢查？」萊西先生聽起來像對我的建築法文感到困惑。

　　「是的，結構檢查，牆壁、屋頂、地板——」

　　他打斷我條列出的房屋構造，並告訴他他懂我的意思。

　　「我們已經有證書可以保證你不會有白蟻，也不會有plumbing。」他說。

配管

　　「沒有plumbing？等一下。」我把話筒蓋起來，問愛麗克莎房價不包含水槽、浴缸、馬桶是否正常。她把電話從我手中拿走，跟萊西先生談了話。這時她腰部以下一絲不掛，我覺得有點不爽。她在做這種裝扮時，應該只可以跟我或是婦產科醫師說話。

　　她蓋住話筒，跟我解釋。

　　「他不是說plumbing，白痴。」她說，「你說的是法文的 *plomberie*，指浴缸之類的東西，而他說的則是油漆裡不含 *plomb*。」

　　「*Plomb?*」

　　「英文怎麼說那種在舊油漆裡都會有的東西？就是用來做子彈的東西？」

　　「鉛嗎？」

　　「對，當你賣房子時，你必須有證書證明油漆不含鉛、沒有白蟻、沒有 *amiante*。」

石棉
螞蟻

　　「Ants嗎？我在廚房看到超多ants。」

　　「不，是 *amiante*，就是不能燒的東西。」

「紙鈔？」

「不是啦，白痴，就是用來蓋天花板的東西。」

「沒錯，就是紙鈔。」

「笨蛋，你自己跟他說。」她把電話交還給我。

「你必須簽一份**購屋承諾書**，」萊西告訴我，「就是你承諾要以某個價格購屋。」

「我要簽一份購買承諾？」

「你有七天的時間可以改變心意，如果你要的話，我現在就可以把購屋承諾書帶過去給你。」

「現在？哦，可是⋯⋯」

這時有群駐守在房屋周圍的不動產游擊隊忽然開始朝花園發射火炮，活像是在逼我同意。

愛麗克莎大聲尖叫。

「好的，請你馬上來，」我告訴萊西先生，「快點帶警察來，有人拿砰砰來攻擊我們了。」

等我們鼓起勇氣穿好衣服（誰希望在半裸時遭槍殺？）並偷看窗外時，槍聲已經平息下來。我可以從臥室窗戶看到穀倉的一角、大部分的果園，以及更遠處沿著斜坡攀升到山谷邊緣的農地。果園看起來像是長了新樹，有螢光橘的樹幹和來福槍樹枝。

我猜他們是獵人，一行六、七個男人帶著壓動式獵槍站在那裡聽歐健先生說話。歐健先生揮著他的手，並指指屋子。

「他們為什麼穿著橘色背心？」我一直認為獵人應該要躲過獵物的眼睛，而不是向方圓一公里的所有生物宣告殺手在此。

「因為他們會彼此互射，」愛麗克莎解釋，「大家都知道他們朝任何會動的東西開槍，貓、狗、散步的人，還有其他獵人，所以現在他們都要穿橘色衣服。此外，如果他們因為酗酒

而昏迷了過去，別人也比較容易在森林裡找到他們。」

「少來了，我們去看看發生了什麼事。」我想我的語氣還挺英勇的。

我和愛麗克莎刻意乒乒乓乓大聲打開後門的鎖，並且一邊扯開嗓門說話，一邊走出房子，為的就是要讓獵人知道我們並不是兔子。

我吼了聲「日安」，然後我們慢慢走向果園。

歐健先生當時正在發香菸，一看到我們，就把那些獵人噓開，然後他們往田裡走去。

歐健走下來跟我們見面，握握我們的手，並且說早上天氣不錯。事實上天空是灰茫茫一片，雲層低垂，不過空氣很新鮮，也不會太冷。這時槍聲已經停止，所以鳥兒又從壕溝裡抬起頭，勇敢唱起歌來。

「這裡發生……呃……什麼事……為什麼？」我問歐健。

愛麗克莎翻譯他的回答。「獵人以為這間屋子沒有人。他們通常不會到這裡來，他們想保護我們不受兔子侵擾。」

「意思是這附近有吃人巨兔嘍？」我問她。

「沒錯，牠們會到這裡吞掉綿羊和你種植的蔬菜。」

「可是我們喜愛兔子。」我毅然地說。

歐健先生似乎也贊同，愛麗克莎又翻譯。

「他說他很高興聽到你這麼說。那些獵人如果獵到足夠的兔子，會給我們兩隻。」

「告訴他，我從不吃還要自己剝皮的動物。」

「我們不能拒絕，我們會成為他的新鄰居耶。」

我忽然感到一陣喜悅，記憶中，這是愛麗克莎第一次用「我們」來指稱我們之間的事。在這之前，我們試住的地方是「我的房子」；如果我們到她的朋友家，都是因為他們想要見見

我，而不是他們想要邀請我們兩人過去。

「好啦，我想我們可以在兔子變黑時，把牠們埋了。」

「不，我會料理牠們。」

愛麗克莎謝謝歐健的慷慨，然後他就爬上山坡，追上那群獵人。他們當時已經快要抵達樹林邊緣，一行人散開，形成打獵隊形。他們的螢光橘夾克忽明忽暗，就像在一片泥濘海水中的浮標。隔壁田野的綿羊本能地成群遠離那些帶槍的男人。是誰說綿羊很笨的？

萊西先生在一個多小時後抵達，我們就在廚房餐桌上協商。他這天看起來比上次還要英國，穿著上蠟的夾克和閃亮的側邊伸縮棕靴。

他帶了購屋承諾書過來，那是一本冊子，有好幾頁，上頭留很多空白讓人填上房子、土地、目前和未來所有人的描述。他已經用乾淨的藍墨水在某些空白處填好資料，並且告訴我買屋各階段要做的事。我必須簽署一份表格，支付售價百分之十的支票作為保證金，然後我會有七天的冷靜期，在這期間我可以反悔，又不會損失保證金，不過如果我過了期限才後悔，賣方就會得到這百分之十的保證金。同時間賣方也不能把房子賣給其他人，即使他們出更好的價錢也不行。表格上列出兩個月後的日期，在那天我們會簽署最後的買賣合約，也就是 *acte de vente*。一切看起來都很清楚，不過還有一件事。

「你是律師還是賣房子的？」我問。

他點頭，表示這是合理的問題。「在小鎮上，我們通常是律師兼不動產仲介，大家都會請我們幫忙賣房子，因為他們知道我們可以替他們處理法律上的問題。」他對我揮揮那幾張白蟻、鉛含量、石綿的證書，還有一疊裝訂好的文件，列載了這份地產的詳細面積：每個房間、穀倉、花園、果園、田地等

等，都是由專業測量技師測量到最後一平方公釐的程度。

「我也要找律師吧？」

「如果你要也可以，或者我也可以幫你處理行政事務。這裡沒多少律師，而巴黎律師不會替你做這種事。」他一想到這荒謬的點子，就笑了出來。

「你必須為我處理什麼法律事務？」

「哦，我必須確定地方公所不會把房子買下來，作為市府公宅。不過他不會這麼做——」他把手放到我手臂上，向我保證，「我要確定鐵路公司不會在這山谷蓋一條新鐵路，他們也不會這麼做，因為高速鐵路TGV已經從南邊經過了。我還要準備買賣契約。」

「就這些工作，我要付你多少錢？」

這個問題並未觸怒他。「付給我的，不多，付給國家的，很多。你必須支付售價百分之五的稅。」

「百分之五？」

「是的。以前是百分之十，最近才改的。」

即使多了這百分之五，價格依舊讓人抗拒不了。萊西先生把他時髦的黑色萬寶龍墨水筆轉開，我簽署了一式兩份的表格，一份給賣方，一份給我。我開了張支票，並且在我那溫暖的新廚房裡揮一揮，讓墨水乾掉。愛麗克莎對我報以鼓勵的微笑，而萊西先生露出滿意的表情，就像任何即將收到支票的人。

「我們下週末能不能再來呢？」我問。

「可以，我想那沒有問題，畢竟房子已經幾乎是你的了。你要讓歐健先生繼續使用農地嗎？」

「有何不可呢？」我聳聳肩。

「很好，我會過去找他，叫他放心。他想開始種東西了。」

「種什麼？」

「不知道，不過不要擔心，這些老農夫都是完全奉行生物學的。」

「生物學？」

「有機啦。」愛麗克莎翻譯道。[2]

我們向彼此說了「週日愉快」，萊西先生從他夾克口袋掏出車鑰匙。「你們真幸運，這裡有發電機，」他說，「我們鎮上都沒電，就像中世紀一樣，晚上六點過後就沒辦法看書了。」

哦，瞧我得意的。

下個週末可以讓軟體公司取材，製作一齣互動影片，叫做「不想擁有法國農村之美的一百個愚蠢理由」。影片裡的天氣相當宜人，有可以風乾泥土的清新空氣，讓你想沿著蜿蜒的鄉間小路蹦蹦跳跳。他們把獵人趕走（歐健先生說，那些獵人不是來殺兔子的，他們到山谷這邊是因為有隻野豬破壞了新的植林地），軟體設計師還為愛麗克莎加強性慾，並賦予她全新的喜好，樂於用我們在市場買的當地農產品製作超級大餐（而市場則以法國食品部老掉牙的唯美農村圖案重建過）。軟體設計師甚至還讓主要電力恢復，在合約中同意讓法國電力公司重拾販售核電技術給第三世界國家的計畫，藉此保證法國員工有終生工作權。

如果我撤回這項交易，那我就是瘋了。我喝著羅亞爾河谷的白酒，想知道接下來要親吻愛麗克莎的什麼部位，而七日期限也跟著悄悄溜出臥室，朝萊西先生的辦公室走去。

2　法文的有機為「*biologique*」，拼法近似英文的生物學「biology」。

在法國購買自己的房子，似乎讓我的心態起了點變化。我發現我更了解巴黎人對工作的態度，工作日就像夾雜在週末之間的溫和刺激劑。週五下午不只是午餐過後的一段冗長時間，還要上網確認出城路線的交通狀況。

我的茶館計畫案雖然以冬眠的方式度過一月，不過我並不著急，我比較關心萊西先生在法律沼地上的進展。不管我什麼時候打電話問他有什麼消息，他總是採取愛麗克莎對於買房子的基本模式：看來一切都還不錯。

有個週日下午，我和愛麗克莎坐在屋裡（我這時是每週租來用），正喝著咖啡，而尚馬利從廚房門走了進來。尚馬利說他當時又是到附近「親吻土番王」。

「土番王？」愛麗克莎問。

尚馬利對愛麗克莎的形體特徵過於感興趣，根本沒回答。他問這位「年輕貌美的小姐」是誰，並且握著她的手好一段時間，我覺得他是想把自己的指紋烙印在她手掌上。他目不轉睛地看著她，就像鷺鷥在等候時機，要啄起一隻可憐無辜的鯉魚。

最糟糕的是，愛麗克莎跟他四目相接，發出微笑，而且還相當樂在其中。

「你要不要參觀這個地方？」我問尚馬利。就我的立場而言，他可以從果園頂端開始參觀，然後繼續往前走，直到困在泥濘裡為止。

「或是喝點咖啡？」愛麗克莎邀請道。

「哦，不行，我雖然很想喝，可是我得走了。」他說，他把自己和愛麗克莎分開，同時發出一陣幾乎聽得到的皮肉撕裂聲。「*Le caïd a un caillou à la place du Coeur.*」

她對他那點詩意發出愛慕的傻笑，然後他就走了，留下一片充滿男性激素的氣團。

「那是什麼意思？」我問。

「我不知道。土番王有顆石頭心。」愛麗克莎說，並深情地注視著門口。「你的老闆相當親切。」

「親切？不，那是他心情不好的樣子。當他親切的時候，他會直接跪到地上，幫你口交。」

「哦，你在忌妒！」她說話的語氣，似乎是在表示，我反對他哈她，實在有點不應該。

「沒錯，我是忌妒，誰不會呢？」

我覺得愛麗克莎聽到這句話會很得意，而我想的沒錯。

不過我在說謊，我並不忌妒，我很生氣。他真是個大混蛋，居然那樣勾引我女朋友，而且還是當著我的面。如果我當時在外頭替馬鈴薯除草的話，他絕對會邀她到他的車震牌公司配車上坐一下，或者至少引誘她交出電話號碼。

會有小混混打電話給他家人，安排一場小小的駕車槍擊事件。不過因為我是位紳士農夫（嗯，就快了），我決定採取比較不暴力的行動。

我很高興地發現，史蒂芬妮尚未變更她的密碼，而且那可愛的習慣依然還在。她會刪掉訊息，但是並不會清空垃圾匣。更重要的是，她似乎沒有發現「寄件備份」裡儲存了她的所有信函，供任何好事者讀取。像這樣的人，實在不該被允許寄發有關違法進口食品的電子郵件。

我有天晚上在公司留得很晚，瀏覽她最近收發的郵件。那天是星期三，辦公室比平常還要空，因為許多媽媽都在小孩不用上課時休假。

所以在我吹著口哨，走出我的辦公室到史蒂芬妮的辦公室

時，那層樓一片死寂。

我認為代表土番王現身的記號，最早大約在一個月前出現。一封來自尚馬利的電子郵件說「我會處理」，那是回覆史蒂芬妮在信中所提到：「絕對得平息跟 FN 之間的遊戲」。

不論「FN」是誰，我搜尋了有「FN」字眼的訊息。我發現她警告尚馬利說，FN 和「*chasse et pêche*」會一起對尚馬利的「*circonscription*」和公司造成「*graves ennuis*」，難道是說「打獵和桃子」會對尚馬利的割包皮手術造成「天大的無趣」？我必須叫愛麗克莎翻譯給我聽。

我把這份郵件印出來，並且從更早的時間點搜尋，看到一封郵件是在辦公大樓外的示威事件發生前寄的。我就是在那時候發現尚馬利進口英國牛肉。

信很長，打得很用心，每個重音符號都有，看起來像某種通知。史蒂芬妮把這封信轉寄給尚馬利，然後就「刪除」這封信。信是「Front National」代表寄的，連我都認得這名字。FN 當然是國家陣線黨的縮寫了。這是法國極右派的政黨，在二○○二年的總統選舉時曾晉級到最後一輪。這封信寫得很隱晦，不過我想我懂得其中意涵。他們呼籲這是大家愛國的時候，而不是全球化的時候。全球化就像癌症，侵蝕了法國傳統生活。國家陣線黨跟「打獵和桃子」的同夥人，要聯手在五月市政選舉時提醒大家這一點。所有法國公司，尤其是跟農業經濟相關的公司，都應該要記得這件事。

要是史蒂芬妮沒有在轉寄給尚馬利時多加了一些話，這封信其實可以算是簡單的「購買法國貨」訴求。如果我沒搞錯的話，史蒂芬妮是在問尚馬利是否願意在五月時再次參選。再次參選？那麼尚馬利除了是牛絞肉商和未來的茶館老闆之外，同時也是政治人物嘍？

國家陣線黨

我把其他我想看的電子郵件也列印出來，然後離開。

字典查不到的字我就詢問愛麗克莎，不過我問得相當小心，因為我不知道尚馬利那種催眠誘惑的效果會持續多久。

我們當時坐在電影院，等著看一部法德合作的紀錄片。那部片是關於中國女孩的工作環境，她們的工作是製作某知名品牌的玩偶。

我們剛向工資過低的女服務員買了價格過高的冰淇淋，然後我若無其事地問起「打獵和桃子」是什麼意思？結果得知那是一支農村政黨，由獵人和漁夫所組成，目的是要捍衛自己的權利，並無視歐盟所頒布的禁令，想要捕殺任何跨入法國境內瀕臨滅種的愚蠢動物。

而且他們似乎把人類移民跟動物移民歸為同類：都是獵物。

我們一邊看巨型柴油動力四輪傳動車的廣告，我一邊跟愛麗克莎提到，聽說打獵和桃子黨可能會跟國家陣線黨組成聯盟，參選五月的地方選舉。

不過愛麗克莎並不怎樣驚訝。她漠不關心地咬了一口巧克力甜筒。

這場地方選舉是要選什麼啊？我問

「母馬。」她說。

「呃？」

「城鎮、村莊、巴黎各區的母馬啊。」我聽不懂她的話，這惹惱了她。那支永遠停不了的超耗油汽車怪物的廣告音樂，讓我們根本無法對話，甚至連說同一種語言的人也一樣。「市長

啦！」她在音樂停止後，對著我的耳朵大喊。[3]

「哦，市長啊。」我說，然後揉揉耳朵，同時納悶為什麼自己的心直往下沉。

我在座位上坐好，並且準備讓電影說服自己不要再買中國製的玩偶。

我一回到家（而且是一個人回家，因為愛麗克莎在看了這麼沉重的電影後，覺得不怎麼有性致，不過我沒有問她為什麼要跟我去看這種該死的電影），就上法國政府的網站，並找到我想要的證據。

特魯的市長是某位叫做尚馬利‧馬丁的人，他是「地方企業家和地主」，以獨立參選人的身分當選。不過當我點了該地區的其他選舉結果來看，我發現，國家陣線黨及打獵和桃子黨的得票率驚人地低，令他大收漁翁之利。這兩黨在附近的農村選區通常都能得到不少票。

儘管說我多疑吧，不過這種情形讓我對那位「親切的」尚馬利起了疑心。當時大約是凌晨一點，樓上的河馬太太夢到自己在中非洲踐踏著水草床，外頭只傳來幾聲狂歡路人的叫聲和笑聲，還有遠方街角的同志酒吧傳來的砰砰音樂聲。真是安靜多了，我因此能把如撕開的報紙屑般在我腦中飄動的疑慮碎片組合起來。

我想知道，到底哪種人會發給別人數百歐元的紅利獎金，然後再讓那個住在他女兒閒置公寓的人把這筆錢當作房租付給他？碰上像尚馬利這麼有錢的生意人，通常都只有被生吞活剝的份。當然，還有一個可能，尚馬利這輩子早已打好算盤，絕對不會讓自己吃半點虧。

3　法文的市長（maire）跟英文母馬（mare）的發音類似。

於是，我的思緒繼續奔馳，我要如何解釋尚馬利的好心呢？他介紹萊西先生給我認識，把車子借給我開（還不收一毛錢），讓我去參觀那棟房子。

這場思考讓我徹夜未眠。

隔天早上我打電話給萊西，看看事情進展得如何。答案一如往常是「一切都在掌握中」及「有什麼好擔心的」等等。情況到底如何？我跟他約周日一起用午餐，想看看更詳盡的報告。

然後我找妮可到我們辦公室附近的餐廳吃午餐。那家餐廳才剛開幕，服務方式幾乎跟奴隸差不多，讓我備受尊榮。這種改變還真叫人耳目一新。

我最近不常見到妮可，因為她並不常出席我們近來的許多「委員會」。我為此做了兩種解釋：第一，我們現階段還花不到她為我們準備的預算；第二，她有真正的工作要做。

一位微胖的年輕服務生把菜單拿給我們，那是一塊以粉筆書寫的小黑板。這時妮可解釋說我的第一種想法不對，My Tea Is Rich其實花了很多錢，光是設計我們的標誌（我覺得看起來像是用米色的斜體羅馬字型寫出My Tea Is Rich而已）已經花了一筆預算；而且由於我們未來的店面地點良好，所以房貸也很貴。不過妮可說這其實也沒關係，因為那些店面已經先短期出租給特價鞋行。

店面？房貸？短期特價鞋？尚馬利比我想像中還要忙。

不過聽到這些我並沒有太訝異，如果她告訴我尚馬利買下整個大吉嶺省，並且用汽油彈燒光亞洲其他茶葉栽培業，我想我充其量也只會揚一揚眉毛而已。

我那餐吃了生蠔。我已經可以把生蠔呼嚕一聲吞下肚而

不會聯想到痰。此外我還吃了一片一吋厚的黑線鱈魚排配芥茉醬，再搭配一種叫做 tian 的瓠瓜餡餅。除此之外，還有一杯幫助吞嚥的松塞爾白酒，這些東西的價格大約等於倫敦酒吧一個難吃的三明治。

妮可告訴我關於購屋承諾書的事。那份購屋承諾書已經在我臥室書桌上放了好幾個禮拜，我幾乎都要忘了。

她說這一切都是標準程序，雖然說兩個月的交屋期限比一般還要短，但這想必是因為我並不需要把原來的房子賣掉來支付這筆交易，所以情況比較簡單。

如果我不想買的話，有沒有辦法撤回這樁交易呢？我問道。

妮可吞下一大口烤鱈魚後，想了想這個問題。

她皺起眉頭，努力思考這個問題。我覺得她有種邋遢的誘人氣質。她摸了摸細細的黃金項鍊，伸出指甲明亮的手指到嘴唇邊。即使午餐吃了一半，她的唇上依舊保持著淡淡的粉紅唇膏。她是個獨立自主的女人，而且還是個有質感的女人，不過你必須仔細觀察她才能注意到。一點點幽默會讓她上了淡妝的眼角露出笑紋（或憂心紋）。

「你想要買棟鄉間城堡，對吧？」她問。

「我已經不怎麼確定了。」

「在這種情況下，」她說，並且把身體靠過來，好似隔壁桌的生意人有可能一邊大聲講手機，一邊偷聽我們說話，「中斷購買房屋交易的典型方式，就是透過你的銀行，也就是銀行拒絕給你信用。」

「貸款？」

「沒錯，貸款。如果銀行拒絕給你貸款，你可以收回那房價百分之十的保證金。」

「啊。」甚至連痛飲果香濃郁的葡萄酒也無法提振我的情

緒，銀行不可能會拒絕我的。銀行經理看到我的薪水、房租和那棟房子時，不只會給我貸款，還會勸我辦理車貸，並且問我為什麼不要在巴黎替自己買間公寓。此外還會建議我不要錯過銀行的「一千歐元小額周轉金」方案。

「那是我唯一可以反悔的方法嗎？」在服務生替我們添酒時，我繼續向妮可求助。

「沒錯，除非房子倒塌。」她咯咯笑，並且害羞地往餐廳四周瞧，確定自己的嬌柔笑聲沒有吵到其他顧客。

「很好，那麼我現在只有一個選擇了，就是去買些炸藥。」

看到酒從我那半滿的酒杯飛濺到桌上，我想那位服務生必定聽得懂英語。

接下來的週末，愛麗克莎無法跟我同行，因為她爸爸被湯匙設計師的男同志給拋棄了，還威脅要用刀子對自己做出可怕的事情。

我還是前往那棟小屋。我需要到那裡去，再次確實感受一下那個地方，才能做出決定。

我抵達的時間相當晚，在星期六午餐過後才到。法國農村看起來就跟平常一樣有魅力，綿延的山谷空盪盪的，只有光禿的樹木、疏落的房舍，以及歐健先生的紅色牽引機。他正拖曳著播種機，在犁好的坡地上朝樹林邊緣前進。

我把車子停在穀倉外，朝歐健先生走去。果園的長草上還有一些露珠，我那雙巴黎風格的運動鞋很快就溼透了。我抵達果園頂端時，歐健先生開始朝我駛來。

我覺得那輛牽引機對這座小農場來說未免太大了，對這位老農夫而言也太新了。駕駛位大到足以坐兩個人，後輪就跟老

農夫一樣高。牽引機沿著深深的犁溝滾動，像顆巨石般堅定，撒種時也不會向左或向右偏斜一公分。

他往坡地下方開了約二十碼，抬起頭時看到我從果園冒出來。我沒有把自己偽裝成農具，而是穿著亮橘色的運動衫、戴著一頂羊毛帽來保護我敏感的耳朵不受潮濕寒氣侵襲。

他一看到我就把牽引機往我左邊轉去，朝他自己農舍的大門前進。到了大門後他停了下來，爬出駕駛座，拿起三、四只白色塑膠粗麻袋，胡亂塞進駕駛座裡，然後又敏捷地跳回駕駛座，以最快的速度把牽引機開回他的穀倉。

我覺得並不是因為他那天早上忘了穿上乾淨的汗衫，所以才這麼匆忙。

我往低矮的鐵絲欄內看，瞧瞧他剛才播了種的犁溝。泥土已經又翻了一次，以保護種子不被飢餓的烏鴉吃掉。不過我還是看得到泥土上有些蒼白的小點，那些是掉到犁溝外乾掉的玉蜀黍粒。

在我右側的另一塊農地，綿羊擠成兩群，或許牠們想知道到底要不要懼怕這位身穿橘衣的人。那道把綿羊與犁過的田隔開的通電柵欄旁，有好幾只白色大袋子，看起來就跟歐健先生拚命想藏起來的袋子差不多。

我晃到那些散置的袋子旁，而綿羊覺得我可能是獵人，所以朝田的另一頭散開。

兩只種子麻袋皺巴巴地躺在泥地上，上面印有農作名稱（玉米）、序號，以及一家世界知名農業化學公司的標誌。他們在農業界之外也相當出名，因為他們想說服大家，如果我們都接受農業的未來得依賴基因改造糧食，我們生活會過得更好。

所以，歐健對歐盟的補助不滿足，還靠測試基改農作物來賺錢？難怪他買得起全新的牽引機。

我轉身背對羞怯的綿羊，看到老農夫站在他牽引機的後輪上，從他農舍庭院的安全處看著我。

　　隔天早上，我被一支聽起來像鳴槍隊的聲音吵醒。前一天吃晚餐時，我花了很長時間深思，還喝了兩瓶葡萄酒，那時頭就已經很痛了。

　　又是那群獵人，不過他們這次距離更近，穿著橘色夾克的人影在穀倉前面、果園裡，甚至在廚房門外追蹤獵物。廚房門外那塊地我還希望能用來種茴香。

　　其中有位臉色紅潤的胖子，臉上的大鬍子可以跟成年老鼠比美。他張開雙腿站在那裡，獵槍扛在肩上，就像那種藍波迷雜誌的封面。他正瞪著我的臥室窗戶。

　　我沒有防彈背心，手上也沒有火箭炮，我認為最好還是不要反抗他們的攻擊，於是我低下身子，打電話尋求援軍。

　　「什麼？」萊西先生說，他的語氣充滿睡意，跟我一樣也是被人吵醒。「獵人？他們大概以為今天房子裡沒有人。」

　　「不，不，男人看我臥室窗戶。」我反駁道，並且開始使用沒有文法可言的緊急法語。

　　「我會打電話給歐健先生，他會叫獵人走開。」萊西先生說道，沒有被持械歹徒包圍的人才能那麼心平氣和。

　　我冒險偷看一下窗外，藍波先生依舊瞪著我看，不過這時他又向窗戶靠近了兩步，並且抽出世界上大多數人都會稱為利劍的刀子。他看起來不像是會被矮小老農夫嚇跑的人。

　　「我不確定，你能不能盡量快點到，拜託？」

　　「我會立刻趕到。」萊西聽起來像被惹火了，我很高興聽到他這麼說。

我一邊掛上電話，一邊想著自己聽到的嘶嘶聲大概是艾洛蒂的車輪被人用獵刀劃過後所呼出的最後一口氣。

坦白說，我這時已經嚇得屁滾尿流。我在屋子裡匍匐前進，閂上所有門閂，雖然意志堅決的獵人還是有辦法客氣地用來福槍槍托敲敲窗戶，然後闖進屋子裡。

然後我整個人坐進壁爐裡。壁爐又深又暗，夠我躲的了，但在那之前我還是去把扶手椅搬過來遮住窗外的視線。

幸運的是，我前一個晚上生過火，所以殘存灰燼的餘溫幫我消掉一點雞皮疙瘩。我當時只穿著T恤和內褲。

我縮在庇護處，還聽到了勝利的笑聲。波士尼亞的伊斯蘭教徒在軍隊闖進他們家裡、拖走家裡的男人時，必定也聽過那種笑聲。

外頭傳來一陣槍聲，玻璃碎掉了，然後又是槍聲，以及我覺得是槍彈射入屋子裡的聲音。

最後，前門傳來敲門聲，萊西到了。

我爬出壁爐，衝到客廳，然後猛地把門打開。

我眼前出現的是老鼠般的大鬍子和酒鬼般的紅鼻子，原來是藍波。

我從未想過他們也會敲大門，這瘋子藍波。

我和獵人如此近距離地對看，使得我那皺成一團的蛋蛋又進一步縮進內褲裡。雖然他的來福槍掛在背上，刀子插在刀鞘裡，但是看起來依舊讓我心驚膽顫，特別是他身後還有一群鼓噪的同夥。

「日安。」他說。

我不想對這群全副武裝的紳士無禮，所以也恭敬地向他們問聲好。

「你好嗎？」他問。

「很好，您呢？」聽起來彷彿我是在電梯裡跟同事打招呼，當然電梯裡不會有武器。

「你想要買下這棟房子嗎？」他並未用「**您**」跟我說話，而是用「**你**」，那是用來稱呼朋友、家人、小孩、動物，及你不尊敬的物種。

「我不知道，這對我來說是好主意嗎？」

他笑了，吐出濃濃的酒精味。如果我在他嘴裡丟入一根點著的火柴，絕對能把他射到衛星軌道上。

「你知道，如果你買了房子，我們有權進來，也可以隨意在這裡打獵？」他說得相當緩慢，並且壓抑他的方言腔調，讓我能聽懂每個字的含意。

「甚至在我臥室裡嗎？」

他又笑了出來，並且朝我赤裸的雙腿瞄了一眼。「你是馬丁的小朋友（男朋友）嗎？」這句話是在污辱我的男子氣概，不過我反駁也無濟於事。

「尚馬利‧馬丁嗎？他是我老闆，怎麼了？」

「如果你買這棟房子，你會延續所有他簽署過的合約嗎？」

「合約？什麼合約？」

「例如跟歐健先生的合約。」

「啊，種玉米的合約嗎？」

「這是其中一項。」他慢慢點頭，好似在恭喜我了解了某種複雜的見解。「曾經有人抗議，想要阻止這一切。他們把植物拔起來，企圖把我們推入各式各樣的屎坑。他們是都市人，我們只是努力討生活的農夫，而那些憲警也知道，最佳的做法就是支持我們。」[4]他咧嘴露出警告性的微笑。所以這一切都是因

4　法國的憲警（*gendarme*）與警察（*police*）不同。警察只管轄都市內的事情，而憲警管的是都市外的事，其上級主管為國防部。

為我發現那位混蛋老農夫在種基改作物？

「你說那份合約是跟馬丁先生簽的，為什麼是跟馬丁先生簽呢？」

「這是他的房子啊，不是嗎？」從藍波的臉部表情看來，我應該早就知道這一點。他說的沒錯，我是真的早該知道這一點，不過在我的**購屋承諾書**上寫的是另外一個當地人的姓名。

「這是他的房子？賽啦！」

獵人微笑，然後鬆了一口氣。他轉身對其中一名藍波同伴眨眼。說出**賽啦**，並公開承認自己也身陷屎堆，似乎可以軟化最鐵石心腸的法國人。

「如果這是他的房子，」我說，「那麼不行，我不要買。」

我忽然想到我應該請那幾個人把這地方燒掉，好讓我從契約中脫身。不過為時已晚，那些獵人的嚇阻戰略得逞，大感心滿意足之餘，已經轉身走開了。

藍波轉頭並微笑祝我：「周日愉快。」

古早的行刑者大概習慣先說聲「砍頭愉快」，然後才把犯人的頭砍掉。

「不，這並不是馬丁先生的房子。」半小時後萊西堅持道，我不相信他。「他把這棟房子送給這位賣家，他是馬丁先生的表弟，然後他想把房子賣了。」

「所以如果我買下這棟房子，尚馬利並不會得到任何一毛錢嘍？」

萊西遲疑了一下，然後才說不，然而他遲疑太久了。

我這時已穿好衣服，坐在先前幫我擋住獵人視線的那張扶手椅上。我先前蹲踞的壁爐裡柴火劈啪燃燒，讓這間小小的客

廳充滿淡淡甜甜的煙味。

我凝視著萊西的眼睛，搖搖頭，這實在是令人難以置信。並不是因為我真的差點就要上當，畢竟尚馬利已經愚弄了農業部的所有人。他是法國政客，早已習慣在一群世界級雙面人中遊走。在這個時間點，幾乎所有法國人都被他們總統在即將開打的伊拉克戰爭上所演出的反戰戲碼給矇在鼓裡，儘管有消息指出，他反戰的動機是法國才剛和海珊簽署石油合約。

我被當成笨蛋耍，這沒什麼好可恥的，而且儘管法國民眾全盤接受他們總統拋出來的說法，我也不會責怪他們。被騙死人不償命的政客欺騙並不是什麼差恥的事，每個人都碰上過。

教我難以置信的是，尚馬利居然會對**我**做這種事。為什麼不直接把這棟房子放到公開市場上賣？價格這麼便宜，最後絕對會有人買下來的，不是嗎？

不是嗎？

「萊西先生，我有個非常重要的問題。」

他稍微調整自己在扶手椅上的姿勢。我察覺到他正努力讓自己顯得很坦誠。一雙張大的眼睛，一顆傾斜的腦袋。

「這棟房子有問題嗎？」我問，「有什麼不可告人的問題，因此正常情況下沒人會買這棟房子？」

「不可告人的問題？」他試著做出巴黎式聳肩，不過他的鄉土氣質太重，做不出那種味道。巴黎式聳肩會讓你的想法顯得很愚蠢可笑，然後就把那個想法打發掉。但他的動作只是試著把你的想法撥開。

「你是律師，」我說，「我現在要問你法律問題。如果你不回答，我就會找其他律師。首先，這椿交易由你同時擔任雙方律師，其實是不正常的，對吧？」

他這回並未聳肩。

「那麼，萊西先生，尚馬利的這棟房子是否有什麼不可告人的問題？」

他的肩膀垂了下來。「好吧，」他說，「可是我不能保證這是可以用來撤回契約的合法理由。」

「什麼理由？」

「在法國，我們對某些事情會有不同的看法。」

「什麼事情？」

「對許多人來說，這可以創造工作機會，帶來嶄新活絡的商業活動。」

「那是什麼東西？」

「新的核能電廠。」

February | Février | 二月

Dimanche	Lundi	Mardi	Mercredi	Jeudi	Vendredi	Samedi
						1
2	3	4	5	6	7	8
9	10	11	12	13	14	15
16	17	18	19	20	21	22
23	24	25	26	27	28	

做愛，不要作戰

隨著美伊戰爭迫近
我的性愛關係也愈發緊張刺激

如果你住在法國，你絕對會學到一件關於愛的事，而且還是相當重要的事。這件事會讓我們這種說英語的人在勾引人的技巧上，顯得無知又可笑。

那就是 *lingerie* 並不是以我們認為的方式發音。

這個字的發音並不是「隆—者—如意」，也不是「隆—者—瑞」，而是「蘭—吉合意」。

法國人根本聽不懂我們英國人唸出來的「女性內衣」，如果你告訴法國女人你要買件「隆—者—如意」送她，她會摸不著頭緒，充其量她會以為你要到 *boulangerie* 買東西送她。親愛的，你情人節的時候想要什麼禮物呢？一條麵包嗎？

愛麗克莎並不是喜歡精美女性內衣的女孩，她比較喜歡裸體，這一點相當合我胃口。

所以當時序進入二月，也就是愛的月份時，我想著到底可以送她什麼情人節禮物。

或許到威尼斯度個浪漫週末假期？

有天深夜，我們依偎在我的床上。艾洛蒂不在家，所以臥室牆的另一頭不會發出怪聲。這時我問她是否去過威尼斯。

「沒有。」

「妳想不想去？」我在她鬢角點上一個最輕微的吻，試著召喚出一點義大利浪漫主義的氣息。

「在這種氣候下我不想思考旅遊的事。」

我的吻顯然還不夠威尼斯，或許應該要再濕潤點，更有運河的感受才對。

「你是說天氣太冷嗎？」

「不是，」她坐起來，離開了我的懷抱。「我指的當然是在這種政治氣氛下。」

沒錯，世界正一步步邁向戰爭。

或者說是世界上某些說英語的國家，正想盡辦法說服聯合國把所有人都送往戰場。

「旅遊太危險了，」她說，「伊拉克發生戰爭，會讓穆斯林認為我們討厭他們，並且在世界各地從事恐怖活動。」

「沒錯，席哈克真遜，沒辦法衝到巴格達說服海珊變成一個好人。」我若有所思地說。

愛麗克莎甩開我的手臂，然後轉身直勾勾地看著倚在枕頭上的我。「你這是在諷刺嗎？」她質問道。

「不是。」

她把這答案視為諷刺的承認。

「我實在不懂你們英國人！」她氣憤地說，「美國人的所作所為只是要保護他們自己的利益，而你們還這麼支持他們。」

這句陳腔濫調我在前幾週已經聽過千百遍，因此我忍不住回嘴。

「那你是說席哈克並不是想保護法國的利益？妳怎麼不說億而富[1]和海珊之間的石油契約？怎麼不說如果海珊政權瓦解的話，美國會想把海珊欠法國這筆好幾十億美元的帳一筆勾消？而且法國也立刻派軍隊前往非洲國家以保護自己的利益，不是嗎？這種忽然爆發的和平主義訴求，我覺得聽起來倒比較像要拿走自己的可頌並且吃了它。」

「可頌？這件事怎麼會跟可頌麵包扯上關係？」

我試著解釋這句話的笑點，可是她打斷我。

「不管怎樣，你就是打從心裡反對法國。」

「什麼？」

「沒錯，就像所有盎格魯薩克遜人一樣。」

1　Elf，一家法國石油公司。

「為什麼法國喜歡稱呼我們所有英語人士為盎格魯薩克遜人？盎格魯薩克遜人是一支全身毛茸茸的金髮部落，頭上戴著長角的頭盔，在黑暗時代入侵了大不列顛群島。我有沒有戴著長角的頭盔呢？」

「精神上，你是，你們都是維京人，都是入侵者。」

「是嘛？不像法國人，在殖民戰爭時殺害了多少阿爾及利亞人，為伊斯蘭和西方國家之間的憎恨起了開端，而且還拼命想留住他們在越南的殖民地，把事情搞得一塌糊塗，並且引發一場二十年的汽油彈內戰，以及好幾部好萊塢史上最難看的電影。聽著，也有最好看的幾部，像是『現代啟示錄』、『七月四日誕生』……」

不過愛麗克莎並不想用笑話來結束我們之間的政治差異。她下了床，穿上牛仔褲和運動鞋，走出臥室，我聽到她從衣架上取下夾克，然後摔上門。

天花板傳來樓上那位傲慢女人的低沉抗議聲。

「太吵了，是不是？」我跳起來，用力踏步衝到走廊，「小小摔個門妳就抱怨個沒完啊？」

我從走廊置物櫃拿出一根掃帚，在公寓裡走來走去，不停敲打天花板，好似我穿著木屐倒掛在天花板上玩跳房子遊戲。

「這樣對妳來說夠安靜了吧？」我一邊捶打，一邊怒吼，「這樣有沒有把妳吵醒？」砰、砰、砰。「妳自己製造噪音就可以，可是聽到別人的噪音就不高興，是不是？」

砰、咚、轟。「妳也想拿走自己的可頌並且吃了它，是不是啊？」

咚、咚、轟。

我知道這麼做很鳥，但是當你的女友就這麼走掉時，卻能讓你在亢奮中獲得一些安慰。

當然我會避開小孩子的房間，即使是盎格魯薩克遜入侵者也是有愛心的。

　　女性內衣並不是法式戀愛語言唯一有趣之處。

　　英文的「rupture」是殘酷但簡單的字眼，意思是疝氣，是胃壁出現劇痛的張裂症狀，只要縫幾針就可以治好的；不過法文中，「*rupture*」的意思還包括情侶分手，而並不是簡單一個手術就可以治好的。坦白說，我並沒有那種腦力去進行顯微手術來挽回愛麗克莎。我打了幾次電話給她，留下安撫的話語，我想我甚至還可能承認，英國和美國人的舉動有點像維京人。不過我同時不斷在想，見鬼了，哪門子的情侶關係會逼你在電話留下這樣的政治語彙呢？最後我收到了分手簡訊：「不要打電話給我，」她寫道，「你無法 persuede 我的。」

　　「Persuede」？這個新字的意思是用軟皮革把人包裹起來嗎？[2] 不，我絕對不會對她做出那種事，那樣子會過於輕佻色情。她對我來說太過嚴肅了，她讓政治原則凌駕於任何一絲人類的情感。

　　我之前從未遇過這種人。我讀大學時，任何人參加政治運動，都是為了可以跟人上床。

　　我回想我和愛麗克莎第一次分手的時候，她說過來自不同文化的兩個人絕對無法生活在一起。她說的似乎沒錯，尤其是當前歷史上的法國人和英國人，更是如此。

　　我還想用另一個方法讓英法關係更加惡化，不過遺憾的是，尚馬利並不在，我沒辦法把他殺了。我不知道他是否只是想跟我保持距離，總之他根本沒到公司上班。

　　「他去拜訪客戶了。」克麗絲汀僅僅這麼回答。

2　愛麗克沙把英文的「persuade」（說服）拼成「persuede」，而「suede」意思是麂皮。

同時我購屋承諾書中的約定時間當然還在繼續接近，就像一箱陳年勃艮地葡萄酒中的不良品。

　　我把那份合約拿去給妮可推薦的律師看，那間律師事務所位於香榭大道另一側的高級大樓裡，入口上方有一具金色盾牌，好似你會在裡面發現待聘的羅馬戰士。

　　我盡最大能力說明我的目的，而那位秘書似乎相當感興趣，直到她聽懂我並不是要她的老闆接手完成這樁交易。於是她告訴我「在這裡等一下」，就把我留在那裡，讓我好好欣賞地毯的厚度，以及掛在牆壁上的十八世紀巴黎風景木雕。法律工作顯然利潤相當高。

　　兩分鐘後，秘書小跑步回來，她的高鞋跟無聲無息地陷入地毯。

　　「不行，真不好意思，我的老闆沒辦法接受這份委託。」她說，並且遺憾地微微笑。她站在那裡，雙手交扣在潔白的上衣前，直到我承認失敗，並且朝門走去。

　　「祝你今日愉快，」她祝福我。想想她才剛搞砸了我一輩子的財務狀況，那句話似乎不太恰當。

　　我的法律問題就只有一種解決方式，也就是英國人傳統上用來解決任何進退兩難情況的方式。這種方法需要小心謹慎的思考和計畫，那就是：去大醉一場吧。

　　那是情人節前的週六，如果想借酒澆愁，以達痛心疾首之效，還有什麼時候比這時更適合的？

　　我到歐博坎跟三位英國男士碰面。我最早是在公司附近的英國酒吧認識他們，然後因為英國與某支中亞業餘球隊在零比零平手的賽局中掙扎，我們於是產生了同仇敵愾的友情。這三個朋友比我平常喝酒的夥伴還要像橄欖球俱樂部的人。他們大放厥詞、粗野不文，不過至少比較喜歡跟別人說笑話和談論足

球，不會因為他們國家元首對中東危機的態度而找人麻煩。他們到這裡替一間電信公司工作，開發某種跟帳單有關的東西，即使在我喝了好幾杯啤酒、腦袋放鬆了之後，還是聽不懂他們做的是什麼。

我到歐博坎路的酒吧時，他們早已在高談闊論。那間酒吧看起來稀鬆平常，可是不知什麼緣故，卻被年輕人視為最熱門的場所，而隔壁那間燈光酷炫的酒吧卻幾乎沒人光顧。

「保羅！剛好輪到你請客了！」

吵鬧大王鮑伯大約在距我兩公尺外的地方喊叫。他是身材高大的金髮男子，甚至比我還要高很多，眉毛幾乎是白色的。他和其他人站在入口和吧台間的尼古丁色牆壁旁邊。

我鑽入煙霧彌漫的人群，然後伸手拿出皮夾。「好啊，你們要喝什麼？」

我跟鮑伯、伊恩、大衛握手。伊恩是約克夏人，年紀輕輕卻已經禿頭；大衛是倫敦人，有張娃娃臉，隨時笑臉迎人。

「大家都是啤酒，外加女士要喝的東西。」鮑伯大喊著說。

「女士？」

鮑伯挪挪身子，背後冒出三位二十幾歲的女孩，她們被這三名英國男人圍在牆邊。

「各位女士，這是保羅，」大衛盛重地宣佈，「保羅，她們叫做……」

他讓女孩自我介紹，顯然是因為他已經忘了她們的名字。

「弗羅倫絲。」一位嬌小但身材婀娜的女孩，有一半的印度血統，絲一般的長髮，和吸引人的肚臍。

「薇薇安。」一位高挑的白人女孩，帶著些微的亞洲人特徵，微笑的雙眼有著干邑白蘭地的顏色。

「瑪莉。」一位深色皮膚的黑人女孩，體格壯碩，不過腰

身纖細，是巴黎典型的混血兒。而她們就跟典型的巴黎女孩一樣，會把身體前傾，讓對方在自己臉頰上親兩下；不過瑪莉例外，她比較像是親對方，而不是讓對方親。

「女孩們，你們對保羅不會有興趣的。」大衛一邊說，目光似乎都放在瑪莉身上。

「對，保羅是男同志，」伊恩向整間酒吧的人宣告，「他住在瑪黑區。」

酒吧裡的英國客竊笑不已，直到瑪莉插嘴。

「不，爆羅，他不伺男同志，窩跟他賞過床。」沒有人比我還要驚訝。

鮑伯對我的難為情爆出一陣狂笑。「別這樣嘛，保羅，告訴我們事情的經過啊。」他要求。

我舉起雙手表示自己不知情。「我……呃……」我頂多就知道這麼多而已。

「你那天造上為捨麼離開了，爆羅？你不是因國紳士嗎？」瑪莉對她兩位女性朋友輕聲說了悄悄話，讓她們捧腹大笑。

我終於曉得了，我恍然大悟地指指她的頭髮。她滿頭黑髮，並非當初刺眼的金色，跟我幾個月前在她床上醒來時的顏色不同。

「他愛了妳又離開了妳，是不是？」大衛把一隻手放在瑪莉強健的前臂上，以示保護之意。

「愛？哈？只有十粉鐘而已，然後他就睡了。」

這時有六顆快速擺動的腦袋在嘲笑我，讓我比平常更想喝個爛醉。

「是的，我真抱歉，瑪莉，那個……我呢……」

「你實在有夠快，你根本認不出我。」

「對啊……嗯……我其實沒好好看過妳的臉。」

這句話讓在場的女士驚訝地倒抽一口氣，而一旁的男士則狂笑不已。

「妳知道我的意思。」

「是嘛？保羅，只在乎辦事的入口在哪裡而已，是不是？」鮑伯喊道。

「只管彎下腰然後咬緊牙根，是不是啊？」大衛補充道。

我認為該去買酒了，於是我擠過人群到吧台邊，同時納悶自己到底是有什麼自殺本能，居然回到上次跟愛麗克莎搞砸關係的地方排解自己的憂愁。

「所有法國男人都有點女性化。」在我端著一盤子的酒杯回來時，鮑伯正大聲說話。男士喝啤酒，弗羅倫絲喝葡萄酒，薇薇安喝琴湯尼，嚇人的是，瑪莉喝雙倍濃度的萊姆酒。

鮑伯的體格夠大，無需在乎酒吧裡二十幾歲的法國人是否聽懂他的話，其中有幾個人穿著名牌設計的歹徒式饒舌裝，看起來就像有暴力傾向，但鮑伯還是繼續沒腦地大聲說話。

「他們有些人還會攜帶手提包。」

「用手提的包包嗎？」瑪莉皺眉，女孩們討論一下鮑伯說的意思。

「沒錯，就是那種小到不行的手提包，上面還有手把和背帶，那種包包的大小只裝得下一張身分證，一塊卡門貝爾乳酪，和一包高盧牌香菸。」

「那主要是老先生在用的，」我發表意見，「出了巴黎，我在鄉下地方看過。」

「啊，沒錯！」弗羅倫絲終於弄懂了我們在說什麼，然後向她朋友解釋那種皮包式手提包。

「對，那是老先省在用的，」瑪莉說，「它並不女性花，而是很老。因國的老男人也有跟我一樣的奶透，可是他們並不像

我一樣女性花。」她用手罩在她 T 恤上，並且朝我這邊抬了抬她的乳房。我有禮貌地把頭轉開，我真的不想再從她的床上醒過來。我很高興看到大衛移到我們之間（不過他身高只到瑪莉的胸部），雙眼跟瑪莉的奶頭對看。

鮑伯一口氣把他的半杯啤酒吞下肚，又開始站上肥皂箱發表即席演說。

「那麼法國男人的名字又如何呢？他們都會用女人的名字，像是米歇爾[3]、和……和……保羅，你老闆叫什麼名字？」

「尚馬利。」

「沒錯，一個叫做瑪莉的男人！難道不奇怪嗎？」

「對啊，」大衛點點頭，「英國男人絕對不會摻雜女生的名字，好比說鮑伯的名字不會是鮑伯珍。」

「鮑伯蘇。」伊恩建議道。他想到體型這麼碩大和多毛的生物使用女人的名字，就覺得荒唐至極並咯咯大笑。不過那些女孩聽到外國人貶損她們國家的男人，感到有點惱怒。

「名茲？哈！像是史恩・康納萊[4]嗎？康納萊是狗屎。」瑪莉抗議道。

「而且窩的前男友，他並不會女性花，」薇薇安說，「那是個大聞題，他隨時都油兩、三個女朋友。」

「沒錯，法國男人啊，他們一看到女人堆他微笑，就想直接賞床，向前衝刺！」弗羅倫絲認命地說。

「沒錯，大夥，當然最重要的事，就是法國女人都遠比法國男人還要女性化。」我說，並且暗示或許各位男士應該要為自己利益著想，改變話題的走向。

雖然我是朝著弗羅倫絲說出我的奉承，不過是瑪莉嘆了口

3　法文名米歇爾（Michel），唸法接近英文中的女性名米雪兒（Michelle）。
4　Sean Connery，其中 Connery 的發音就如法文的狗屎（connerie）。

氣。「啊，終於啊！你們有人說出讓人凱心的話了。」她一把抓住我的手臂，幾乎要把我扭成一團，向我做出恭喜的擁抱。「爆羅，他知道，一點風承話揪能抓住法國女人的心。」

「沒錯，請你也說點好聽的話。」弗羅倫絲挪揄地對伊恩說。

「是的，沒錯，」伊恩終於聽懂我的訊息。「這是真的，法國女人既女性化，又不會太過女性主義，好比說，在工作時，她們似乎不需要指控男人性別歧視，就可以獲得別人的尊敬。你們知道嗎？我們人力資源部裡有這麼一位女人……」

「什麼？桑德琳嗎？」鮑伯問。

「哦！」大衛那充滿慾望的吼聲，說明了關於桑德琳我們所需要知道的事。

「對啊，可是她也不會扭捏。」伊恩繼續說，「而且如果你對她說她很漂亮，她並不會到工業法庭舉發你對她性騷擾，而是會謝謝你，並且問你是否有興趣上時間管理的課程。」

「跟她在一起，我隨時都可以上課。」鮑伯接受大衛和伊恩祝賀式的舉手擊掌，而我則覺得自己像直排輪教練，看著自己的學生又一頭撞上另一根路燈。鮑伯不知道，自己當時的所作所為，絕對會讓他當晚無法把巴黎女孩帶回家。他的短袖上衣露出毛茸茸的肚臍，他那充滿酒氣的大呼小叫，他的談話缺乏任何巴黎女孩會喜歡的交際禮儀（他會稱這種禮儀是女性化的特色）。雖然他的長相夠好看，但是卻像個呆頭呆腦的英國人，無法跟我見過的任何巴黎女人上床。當然，除非他很有錢而且很有名，這樣她們就會全部追著他跑。

實在太令人沮喪了。

「不瞞你說，我想我要走了。」我宣佈道。

不管怎樣，有虎視眈眈的瑪莉在場，醉酒後的風險太高。最好還是趁我耳聰目明的時候回家，以確保我是獨自一人。

「沒錯！我們去別間酒吧，有飲樂，或許可以跳舞！」瑪莉搖擺的臀部幾乎把我撞出窗外。

「沒錯，保羅，快閉嘴，然後把酒喝光，我需要你幫我翻譯幾句搭訕話。」鮑伯的手臂熱絡地拍拍我，又把我帶回現實中。我們一群人走出大門，進入寒冷無菸味的新鮮空氣中，瑪莉的手牢牢鉗住我的屁股，我開始知道蝸牛被放到烤肉架時心裡有什麼滋味。

於是過了九、十個小時後，我終於通體舒暢地靠坐在自己床上，喝著濃咖啡，享受沒有頭痛的感覺。雖然我被子下面那邊確實有點疲軟的感覺，但是想到我那可憐的老二在前晚所經歷的千錘百鍊後，那其實是正常的。我瞧了一下，沒錯，它看起來就跟戴高樂最喜歡的香腸一樣皺皺的，不過軟了許多。

「一塊烤土司還是兩塊？」聲音從廚房傳來。

「兩塊！」

牆壁另一頭傳來奶油塗在土司上的聲音，然後一具赤裸的女體走了進來，手裡端著早餐托盤。托盤把她的身體一分為二的方式相當滑稽，裸露的乳房在上頭，剃過陰毛的部位在下方，看起來就像試圖遮掩自己的嬌羞，但是卻遮不起來。

「土司、大杯的咖啡、水煮蛋。」

「謝謝你，瑪莉。」

沒錯，我跟瑪莉一起過夜，而且是我提議的。

她帶我們去的第二間酒吧，是間俱樂部類型的酒吧，裡頭暗暗的，裝潢模仿殖民地風格。到了那裡後，我覺得為了不讓瑪莉難過，就告訴她她挑錯對象了，並且還向她解釋原因：愛麗克莎、尚馬利、那間鄉間小屋。她並未帶我到舞池跳舞，反而坐下來傾聽我的煩惱。

「哦，那不是問題，」在我稍微提到核能發電廠的事後，她

終於說了話，「不瞞你說，我在贏行工作。」

「贏行？」

「對啊，就是法國信貸。」

「啊，銀行啊，當然啦。」我腦袋裡的燈泡頓時亮了起來，我幾乎可以聽到啪的一聲。「妳在銀行工作？」忽然我的心情飛揚起來，想到有座大門敞開的保險箱會吐出現金，補償我為那間房子所支付的百分之十保證金，可以拿去資助候選人在那場地方選舉擊敗尚馬利，或許還足以在特魯興建一座無污染的風力發電廠。

「沒錯，我可以給你……怎麼說呢？顧問嗎？」

「哦，建議。」原來不是金錢，我的希望頓時洩了氣，就像輪胎被醉漢割破一樣。

「對。」

她告訴我她的建議，而且那聽起來相當可行，於是我開始崇拜起她來。

我還要問最後一件事：「妳明天會參加反戰大遊行嗎？」

「不會，為什麼？你忍為美國人和英國人會因為窩們在巴黎遊行就住手嗎？喔，不好了，巴黎人不想要戰爭，所以我們必須停止！」她把美國軍事策略家根本鳥都不鳥法國民眾對伊拉克戰爭意見的樣子活靈活現地表達出來。

「那麼妳比較贊同妳的席哈克先生還是我的布萊爾先生？」

「哼！又有什麼不同呢？所有政客，都只是顏色不同的狗屎而已。呸！」她把嘴裡怪味道的東西吐出來。

我笑了笑，並且說我知道時間還早（大約十一點），可是她想不想回我家做點**愛**呢？

她想，所以我們就做了。

一到我家，她便立刻把我們兩人的衣服脫了，並且堅持一

起洗澡。我們在那擁擠且吱嘎作響的淋浴間裡，做了一般搓揉香皂泡沫的性感事情，然後在我們把身體沖乾淨後，她向我展示為什麼她想要我們兩人先把身體徹底洗乾淨。瑪莉是個具有想像力的女孩，而且想像力還不只表現在銀行策略上。

我在事後一找到空閒時間（週二的早上八點四十五分），就去找我的銀行經理，我的銀行就跟許多商店一樣，週一休息。

正如瑪莉所建議，我只要向銀行經理解釋為什麼那間小屋不是什麼值得的投資，而且我希望他拒絕核准我的貸款。他向我警告我這麼做必須支付一些手續費，不過當他查過電腦後發現，手續費大概就跟一瓶高級香檳的價格一樣多，我心想，那有什麼了不起的，少開一瓶香檳慶祝就得了。銀行經理檢查購屋承諾書上的拒絕時效尚未屆滿，然後告訴我他會通知賣方律師終止這筆交易。

我們互相微笑並握握手，我在那裡只待十分鐘就離開，恢復了自由之身。

問題就在於，跟尚馬利之間該怎麼辦。臉上掛著勝利的笑容走進辦公室嗎？不行，他會奚落我是神經病。

問他為什麼想背叛我，背叛他這位忠心耿耿的英國手下？

不行，他會奚落我是天真的笨蛋。

乾脆什麼都不說，不要提到我決定不要購買他朋友萊西替我找到的那間房子。

不行，萊西絕對會告訴他我們之間的對話，所以尚馬利會知道是我不願告訴他。

尚馬利從他那神祕的旅途回來後，並未提及這個話題，所以我做了任何有自尊心的巴黎人在僥倖逃離說謊、狡詐的詐騙份子後，都會做的事。

我聳聳肩，什麼也沒說。這就是人生，巴黎生活及其所有

的虛偽，都客氣地、小心翼翼地持續下去。

如果要說有什麼不同的話，那就是我們之間的關係變得稍微好一點。當我見到他時，他比較不會緊迫盯人地跟你稱兄道弟，而且看起來也比較尊敬謀略比他高明的人。

「看起來」這個字眼很重要。

我和瑪莉並未送對方情人節卡片，不過就如她所說，我們並不相愛，我們只是情人而已。我們是彼此的**五七情人**，她解釋說這個字眼指的是在晚上回家見配偶之前，下午五點到七點之間跟你做愛的那個人。雖然說在現在這個年代，由於工作時間比較有彈性，你多少可以在你想要的時候做這檔事，但瑪莉告訴我，這只是法國獨特的性傳統之一。

舉例來說，法國人稱呼離家過夜的行李為「*baise-en-ville*」，意思就是那個包包裝的行李，夠你到巴黎過一個充滿違法性愛的夜晚。

而且在列出通話清單的電話帳單上，只會列出你撥出電話的前幾個數字，這是為了保護已結婚的夫妻不小心在家裡打電話給他們的情人。這倒是千真萬確。

然後還有成人影片。

當然啦，我自己也租過這種怪電影，而且在我稍感寂寞時，曾在網路上瀏覽免費家庭電影，不過在法國這一切都不需要鬼鬼祟祟的。色情雜誌都明目張膽地擺在書報攤的櫥窗作廣告，每間書店都會販售淫穢不堪的漫畫，而且主流電視頻道（也就是六台基本無線電視台中的一台）幾乎每週都會播出有性交和射精畫面的A片。瑪莉收集一堆她從電視上錄下來的影片，這些影片包括A片開始前的「新聞」節目。這種節目通常談到誰又在製作新片，或是哪位A片新星才剛在螢幕初試啼聲，還有長相毛骨悚然的導演的簡介（我們這部分會快轉），加

上六部尚在製作中影片的片段，以及明星在片場的訪問（訪問在變換場景時進行，他們必須持續自慰，以便保持那股勁）。

保持那股勁，就是瑪莉使用A片的方式。因為保險套的作用，經過好幾次的進進出出後，雖然我的精神上願意，可是我的肉體卻已經軟弱。嗯，其實並不軟弱，只是比較提不起勁而已，於是瑪莉會播放錄影帶，讓我們一起看。

如果我欲念消沉，而電視上剛好在播放A片，那麼我們便會直接看電視。在某個週六深夜，我們切到某個頻道正在播放常見A片演員的集體專訪，而螢幕上閃爍著**自由**這個字。所有演員都赤身裸體，他們的發言人在唸出字幕機上的稿子時有人在替他吹喇叭，但卻不會因此而分神。大約有六位法國A片明星悠閒地躺在四根帷柱的床上，女孩露出她們最私密的體環，沒有說話的男孩則是讓他們賺錢的傢伙隨意垂置在大腿上，或是朝上指著自己肚臍。發言人的聲音沉悶單調地持續下去（他比較擅長於在公眾面前性交，而不是公眾演說），然後他們就提出了他們的訴求。這些演員要罷工兩個禮拜，因為法國電視主管機關宣布可能會禁止主流頻道播放A片。

「這真是可怕。」瑪莉說，並且把我的陰莖從她身體拔出來，她之前一直坐在我膝上，隨意用她碩大的臀部按摩我。

發言人宣布，這道對電視A片的禁令意味著法國言論自由已死。臉孔埋在他下半身的那個女人也點頭同意，很顯然她無法用言語自由地表達她的看法。

宣告結束後，螢幕變空白，然後瑪莉把電視關上。她嚴肅地表示，為了表達自己與演員團結一致，所以在罷工這段期間她不會觀看從這個頻道錄下來的影片。

坦白說，我還真鬆了一口氣。

我覺得這些A片相當不性感，而問題就在於，A片跟法國

社會所有層面一樣，都喜歡結黨營私搞小團體，所以你在電視上只會看到同樣一群人，不斷機械式地互相幹來幹去。那些冗長無趣的「演戲」部分看久以後，你就認得出他們的面孔了（法國人要先滔滔不絕地說完話後，才會真正開始進行那段重頭戲）。於是在過了一段時間後，那感覺就像在觀賞你的表兄弟姊妹搞成一團，這在我的國家並不認為能夠挑起性慾。總而言之，我反而還比較希望那些演員穿上衣服，然後製作一部公眾教育片，教導大家如何排隊和對顧客有禮貌，那樣倒是一件新鮮事，而且也很性感。

不管怎樣，瑪莉無需借助A片明星的幫忙，就可以讓男人性致勃勃。某個星期五在我的公寓進行短暫的五七情人後，她帶我到瑪黑區的一間馬丁尼加[5]餐廳。她家人來自法屬西印度群島，她說這間餐廳的家鄉料理就像她媽媽做的菜。

那間餐廳的裝潢相當庸俗，裝飾牆上有艘漁船，顯然正飛越傾斜的海洋，餐廳裡演奏著刺耳的Creole音樂，那是種活躍的超級快拍雷鬼音樂，會竄入你的肩胛骨，讓肩膀跟著搖擺，即使你跟我一樣是不懂節奏的英國白人男孩。

服務生是位年輕的黑人男孩，他走過來並且用各式各樣的淫穢笑話譏笑我跟安地列斯群島的小姐約會。不過他語氣不帶威脅，那似乎是他的玩笑話，是他賺小費的方式。他說，如果我想讓我的女人感到滿意，我應該要吃血腸，一種用血做的辣味小香腸，而如果我們點開胃雞尾酒搭配血腸一起吃的話，我的男子氣概就會挺得跟那只酒杯一樣直一樣高（我只希望我的男子氣概頂端不會插根小紙傘）。

我們肚子裡塞滿了血腸、克理斯多芬焗烤（*gratin de*

5　Martinica，位於西印度群島，為法國殖民地。

christophone，某種骨髓般的蔬菜焗烤)、亞卡香酥塊 (*accras*，一種辣味炸鱈魚塊)、紅豆、飯、豬肉咖哩、炸魚、椰奶冰淇淋。當我準備要回家，讓身體好好躺著消化時，瑪莉居然要我帶她去跳舞。

她帶我穿越瑪黑區到第三區的小中國城。你只要走過幾條街，就會覺得自己走進某種中世紀的上海。在巴黎式建築間林立著中國餐廳，他們的菜單只用中文，而食品店舖販售的東西，除了青島啤酒外，沒有一樣像是食物。手提包量販店裡堆滿了剛用飛機運來的大貨箱，即使在晚上十點，有些量販商還是在那裡清點並卸貨。

在這一切的中央，在某間褪色的琺瑯磚牆後頭，有間非洲加勒比舞廳。裡面就跟熱帶一樣熱，擠滿扭動的人。那裡的音樂類似我在餐廳聽到的那種輕快、曳步的節奏，還有刺耳吉他演奏著衝勁十足的旋律，大家都是兩兩成對地跳舞。就像我和愛麗克莎在酒吧看過的那種搖擺舞，這些成雙成對的舞者未讓一絲光線通過他們之間。衣著瀟灑的黑人把他們羨煞人的緊屁股往女人身上擺動，而女人一點也不覺得受到侵犯，嗯，畢竟擺動的動作跟節拍配合得滴水不漏。女人大約一半黑人，一半白人，而男人幾乎都是非洲裔。

店裡的幾位白種男人，都在跟性感動人的黑人女性跳舞。我腦袋裡那股憤世嫉俗的聲音說，他們那種配對方式大概是一部 BMW 敞篷跑車加持後的結果吧。

我和瑪莉把大衣交給櫃檯，然後她就拖著我到舞池去。

「我不知道這種舞怎麼跳。」我哀求道。

「很簡單，你只要相像自己在跟飲樂做愛就行了。」她說，並繼續把我拖進舞池。

她說的沒錯，你不需要試圖跟著節奏跳動，你只需要把重

心從一隻腳移到另一隻腳就行了：一、二、一、二，並且對著你的舞伴推擠你的骨盆腔。其中舞跳得比較好的人做出較複雜的動作，不過瑪莉那套做愛想像技巧相當有用。

我認為這間舞廳相當讚，而且緊身平口褲還真的是絕佳的選擇，在這間舞廳裡，男孩需要靠內褲的支撐和控制才有辦法跳好舞。

問題就在於，身體的擺動把我那頓辣味十足的晚餐，在平口褲內攪拌成劇烈的熱帶暴風雨。跳了大約兩、三首歌後，我們就亟需找地方坐下來。

瑪莉找了張桌子並點了飲料，然後我就急忙跑去解開我褲帶裡上升的壓力。

我在五分鐘後回來，飲料還在桌上，可是瑪莉已經不見了。

難道她是仙女嗎？我很納悶。

不是，她還在那裡，被一位體態靈活高䠆的黑人小子猛磨蹭，那小子炫耀著他那件銀色襯衫，以及令人羨慕的屁股。

我環顧四周，看看有沒有女人想要讓英國屁股對她衝刺的。

沒有，沒有任何落單女子。而且吧台邊坐了一排男人，等著撲向任何一位可能被她膀胱無力的同伴遺棄的可憐女子，即使是幾秒鐘也行。這似乎是我的錯，因為在這種舞廳裡，你要守衛你的女人，假使你需要去上廁所，也要把她抬著走。

我可以看到瑪莉在回望我，帶著微笑，在她的舞步中盡情享受，並且稍微聳聳肩（用她的眉毛），表示對於別人把她從我手上搶走，她也感到萬般無奈。

我做出沒有女性舞伴的絕望動作，然後她似乎用下巴指了指舞池另一邊的角落。

我往煙霧瀰漫的黑暗中望去，在角落那邊有幾對男女在喝酒或摟吻。沒錯，還有一位落單的女人，她是個黑女孩，長長

的金色髮辮盤繞在頭頂。她一邊茫然地看著舞池，一邊用條紋吸管喝著火紅的雞尾酒，而且她桌上沒有其他杯子。

我盡自己最大能力，在遠距離尋找任何線索，想知道為什麼她會落單。

她的妝化得很濃，漆黑的唇膏，紫色的眼影，胸部看起來像球一樣，完全不像真的，而且還岌岌可危地塞在一件低胸T恤裡，就快把縫線撐破了。她或許是妓女？不過話又說回來，我並不想跟她上床，而且她不過是提供上場跳舞的唯一機會。於是我左閃右避地穿越桌子，走到她身旁。

「妳願意跟我跳舞嗎？」我問。

她吐出吸管，對我上下打量，然後冷淡地點點頭。

「好啊。」

她站起來時，我看到她穿著彈性迷你裙，而且那件裙子就跟上面遮掩那兩大團肉的T恤有同樣的問題，簡直就快被撐破，還露出一半的臀部。要是裙子再短一點，我敢說絕對可以看到在她臀部上「出」和「租」兩個字的刺青。

我心想，算了，已經太遲了。

她伸出手，於是我護送她一路誇張地扭到舞池上，所有在喝酒的男女都抬頭看她走過去。白人男孩邀請黑人妓女跳舞應該不算什麼罕見的事，對吧？

她緊貼在我身上，我們就跟著音樂磨蹭我們的鼠蹊部。瑪莉依舊跟她那位身手矯健的舞伴磨蹭著，我跟她目光對上時，她對我微笑，顯然覺得我能成功找到新舞伴，實在很了不起。

她並非唯一這麼想的人，另外好幾位跳舞的黑人男孩對我點頭微笑，好似在稱讚我（還帶了點高傲的姿態）加入他們的交換舞伴遊戲。我忽然想到，或許這是巴黎著名的那種性伴侶交換俱樂部，如果是的話，我跳完下一支舞就要離開了。我的

原則是，我比較偏好自己選擇炒飯的對象。

在那隻舞結束時，瑪莉掙脫舞伴的懷抱，過來我這裡。「走吧，我們去喝一杯吧。」

我覺得這麼做對我的舞伴很無禮。

「再等一下，我要再跳一支舞。」我斷然說道。

事實上，我覺得我好像比這位妓女還要能夠掌握舞步風格的訣竅，不過她似乎有比較高的期望，並且引導我做出更複雜的舞步。

另外她磨蹭鼠蹊部的動作相當靈巧。

「不行，我們現在就去喝酒。」瑪莉露出歉意的微笑，然後把我從她敵人的手臂上扯走。

「再見了。」我說，我的舞伴僅僅認命地歪著頭，並且以微笑說再見。

「你還沒看出來嗎？」在我看著我的妓女搖臀擺尾走回她的座位時，瑪莉問我。

「看出什麼？」

「你沒感覺嗎？」

「感覺什麼？」

瑪莉為了回答我，便伸手摩擦我的鼠蹊部，而我的鼠蹊部呢，這麼說好了，依舊沉醉在剛才跟迷你裙近距離接觸的樂趣當中。

「我當然感覺到了，」我說，「可是我注意到，妳也不想離開那位男人前後擺動的骨盤腔。」

她大笑道：「你感覺到了，可是你不知道。」

「知道什麼？」

瑪莉注視著那個女孩。「她有老二。」

「不，」我看著那女孩的纖細大腿、扭動的細小臀部，我回

想她臉頰的滑順感受（當然指的是她的臉）[6]。「男人？不可能。」

我回想跳舞的情景，想像瑪莉臉上的微笑，其他舞者臉上的微笑，他們並不是在讚許我的禮儀，或欣賞我的舞步，而是在觀看我被變裝者按摩鼠蹊部的樣子。我這時想到我那位舞伴的鼠蹊部，對女孩來說算是相當突出，不過話又說回來，我對這種磨蹭性器官的跳舞方式，還算是菜鳥。

「是妳叫我去找她的啊。」我控訴道。

「只是開玩笑而已，你這認真又愚蠢的英國男人。」

「好吧，」我自認理虧，「從現在起，唯一能磨蹭我褲子的人就是妳，瑪莉，好嗎？」

她同意而且也沒有把這項規定限制在舞池上，在跳舞休息時，她會繼續用手挑逗我。尤其是當有些非洲裔女人站起來跳一種「直昇機舞」的時候。這是一種傳統舞蹈，女人要身體前彎，抖動她們的臀部，對著她們男人跳直立式膝上舞。瑪莉看到我對這種非洲傳統舞蹈興味十足，於是就用她的手指助長我的興味。

等到我們回到我的公寓時，我絕對不可能立刻去睡覺。

在努力運動了一個小時後，終於漸漸睡去，同時任由瑪莉用指甲在我肚子上游移。

「你看，甚至連英國男人都能學會愛，」她說，「而且整個二月都是愛的月份。」

我心想自己還真幸運，還好當年並非閏年，然後就沉沉睡去，夢到自己變成修女。

6　英文的臉頰（cheek），也可以用來指半邊屁股。

March | Mars | 三月

Dimanche	Lundi	Mardi	Mercredi	Jeudi	Vendredi	Samedi
						1
2	3	4	5	6	7	8
9	10	11	12	13	14	15
16	17	18	19	20	21	22
16	17	25	26	27	28	29
30	31					

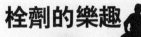

栓劑的樂趣

法國慷慨豪邁的醫療系統
為我的病情平添了野性的樂趣

法國人或許是出了名的表裡不一，但在某些方面他們其實比我們「盎格魯薩克遜人」還要直來直往，例如他們為東西命名的方式。

　　Soutien-gorge 是胸罩，不過字面上的意思是「胸部支撐器」，聽起來就像某種外科器具，用來防止老太太的乳房擦到膝蓋。救火員 *pompier*，就沒英文那麼威武了，這個字基本上是抽水員的意思。三月是 *mars*，跟火星同名，也就是戰神的意思。在這一年，戰神這名稱果然特別貼切。

　　戰爭之月一展開，我覺得也該是取名字的時候了。此時我已經在巴黎工作了六個月，有了菜單樣本、制服原型、徵人廣告，按理來說，茶室應該隨時都可以開張了。

　　不過我們整天就只是在打屁。

　　這種情況原本並不怎麼讓我苦惱，因為我的心神都放在鄉間小屋上。但現在我回到工作上，卻覺得企劃案似乎長了些暗瘡膿疱。

　　症狀是我一直沒辦法把所有人集合到同一間會議室裡，直到三月第一個禮拜的最後一天。

　　「好了，看看這份清單。」我一邊告訴他們，一邊把進度表發下去，上頭用五種顏色將計畫與實際情況間裂開了一大截的情況明確標示出來。

　　馬克、伯納、妮可、史蒂芬妮把他們的咖啡杯移到一旁，研究起打勾和空白的方格。

　　尚馬利把那張表拿在手上，像拿方向盤一樣，然後向後靠在椅子上。我留意到他尚未碰他的咖啡。他才剛從農業部的午餐會議回來，我們的咖啡機大概比不上農業部的水準。

　　馬克抬起頭，看起來像在擔憂，我想他也應該要擔憂。空白方格遠比打勾方格多，至少是二比一。

「你哪裡印則個？」他問我。

「印這個？如果你擔心機密外洩的話，不會有問題，這些是僅有的影本。」

「嗯，看看這個。」他指了指我們員工招募計畫的難堪進度。

「怎麼了？」

「這個很昂藏。」

「昂藏？」

「沒錯，遮種紅色，皮較棕色，不私紅色。」

「或許大家情人節都要印愛心，所以把紅墨水用光了。」

「不，則些新的音表機爛死了。」他開始用法語對尚馬利抱怨，說要把一堆印表機還給供應商，一大堆美國狗屎貨。他的說法與法國國內瀰漫的反美氣氛一個鼻孔出氣，儘管他的履歷中最令人注目的項目，大概是他曾在美國待過。

這種事，就社會學及印表機技術的角度來看會很有趣，但這並不是我召開會議的原因。

「你能說的就只有這件事嗎，顏色不夠亮？」

尚馬利似乎同意馬克的話。他對著表格皺眉頭，好似每個顏色都是深淺不一的紫褐色。

伯納發出一道奇怪的呼氣聲。

「基個。」他發出嘶嘶聲，活像在測試一副新假牙的吹口哨功能。他把表格拿高，指了指頂端，那裡有好幾處打勾，顯示出少數幾件我們確實完成的事項。

「怎樣了？」

「基個什麼？」

「你的意思是？」

「基個什麼？」他在空中模仿打勾的動作。

「那當然是勾勾啊。」

「狗狗？」

「狗狗？」這時換史蒂芬妮試著念出這個字。

「在英國，他們是用打勾來表示肯定。」妮可解釋道，「在數學中，如果答案是對的，老師會打勾，如果不好，會打叉。」

伯納和史蒂芬妮覺得這一點很好玩，還開始離題，問英國人在填寫表格時，若碰上格子會怎麼做，打勾還是畫叉？馬克問他們是否從未注意到某些網站上，當他們確認一些事情時，格子裡會出現勾勾。

「啊，沒錯，非常油趣。」伯納結論道。

此時我已伸手拿起那把想像中的烏茲衝鋒槍，用彈孔在他們的腦袋上畫出打勾的形狀。

「尚馬利？」我求救，他依舊站在那裡，看起來對我們的談話有點頭大。

他沉思了一下才做出反應，然後開始在空中揮動我的表格，看起來他希望那張紙能滔滔不絕。

「這件事呢，正如伯納所說，很有趣。」他宣告，「不過，你知道的，當前線有戰事時，最好還是，嗯，怎麼說呢……避避頭？」

「避避頭？」

「對啊，你知道的，躲起來。」

「你的意思是？」

他看起來比之前還要苦惱，「我是說，法國和英國的關係不好，如果發生了戰爭，誰知道『來杯好喝的英式茶』聽在法國人耳裡會不會吸引人？」他聳聳肩做出沒輒的動作。

「等等，尚馬利，你到底是在說什麼？」

房間裡的每個人都在等他構思出答案。

答案慢慢出現了。

「我要說的是，」他終於說話，「如果布萊爾先生、布希先生和席哈克先生是朋友的話，對我們比較有利。我們要等到答案出現後才能繼續下去，我們必須再觀望看看。保羅，你去度假吧，回英國一、兩週吧。」

　我不敢相信這種事，我要被驅逐了。

　「你是說，你要暫停這計畫，以免萬一有戰爭？這樣不會有點短視嗎？」

　他不理會這些問題，於是我又再丟出幾個問題。

　「如果戰爭爆發你會怎麼做？撤掉整個計畫嗎？你知道第一次波灣戰爭持續多久嗎？大概只夠泡好一壺茶。」

　他只回了苦惱的鬼臉。

　「而且即使發生了戰爭，你認為巴黎人會在乎嗎？春天就快到了，他們還比較關心臉上是否掛了一副入時的太陽眼鏡。」

　馬克、伯納、史蒂芬妮剛好聽得懂這句話，所以都發出「哦」一聲作為抗議。不過尚馬利也不理會他們。

　「如果你回英國的話，」他說，「能不能請你快遞給我一些腸胃藥，我有 *crise de fois*。」

　Crise de fois，肝的危機，在法國是指暴飲暴食後的不適感。因為你太過貪吃，所以你的肝臟就精神崩潰了。

　「用快遞寄給你？」

　「沒錯，在法國，只有到藥局才能買到腸胃藥，而藥劑師宣布今晚要開始罷工，我的藥會不夠用，但我這一陣子必須參加一大堆正式餐會。」他揉揉肚子，「在英國，你可以在超級市場買到很多藥品。」他告訴其他人。

　這天剩下來的時間，我都在聽他們用法語討論藥品零售市場解除管制的優點，而那就足以讓任何人消化不良。

　當然，我也立刻發出電子郵件，通知布萊爾、布希以及海

珊三位先生，新的波灣戰爭會嚴重影響巴黎市中心食品公司英國籍男性員工的失業數字。

不過沒人回覆我，於是我被迫回英國度假，然後相當震驚地發現自己變得相當法國化。

首先，就像那位老美朋友傑克，我忘了最簡單的英文詞彙。看來，詞彙就像奇異筆一樣，一段時間不用就會乾掉。

我到我父母家附近的馬莎百貨，自從我上次在聖誕節來過之後，他們就改變了擺設，於是我找了一位年輕的店員小姐，問她：

「請問哪裡找得到……」

一片空白，大腦的語言處理區蹦出的第一個字是「*slip*」，這個字（發音跟睡覺「sleep」一樣）並不是指襯裙[1]，而是我想要的東西的法文字，而且我經常聽到瑪莉對我說這個字：「爆羅，把你的 *slip* 脫掉。」

褲裙

我想到的下個字是「*culotte*」，而這也是女用產品，瑪莉也經常說這個字，好比說：「爆羅，你知不知道你在跟一個沒穿 *culotte* 的女人說話？」

這時候，那個百貨店員確定我早已陷入精神分裂的狀態，對著我皺眉，似乎認為我可能會忽然倒在她身上。

短褲

我想要說「knickers」，但那也不是我想要的，那個該死的字是什麼呢？

內褲！

「Underpants!」我開心地大叫，那個可憐的女孩向後跳了一碼遠。

「二樓左側。」她緊張地回答，接著便通報警衛，說這裡有位口吃間隔時間超長而且還有內褲癖的男子正朝著升降梯走去。

1　Slip 在英文中也指女用連身襯衣。

即使我想得出詞彙，但我父母也說他們聽出我有點法語腔。

我的老同學說得更直接。「你聽起來像青蛙。」他們說。

在我老家那一帶（自從我好幾年前搬到倫敦後就沒去過了），說話像法國人並不是什麼好事。由於戰爭一觸即發，而法國的反戰立場在我們家鄉小報上被罵到臭頭，以致於有些人一旦懷疑家具上的亮光漆是法國製的，甚至會拿斧頭把家具給砸了。

我的諸位老友雖然比較政治正確，但我還是盡量讓自己聽起來像當地人。

糟糕的是，我根本接不上話。我不知道最近是誰在管理鎮上的足球隊（這算是種背叛罪，所以我被罰要請大家喝一杯）。

當他們聊到比較國際化的話題時，我原本還能應付，直到他們開始認真分析即將爆發的波灣戰爭，其動機是哪些，我開始無法跟上。英國人什麼時候都變成業餘的聯合國武器調查員了？他們都是到哪裡去上進階外交的速成課？討論各個國家操弄的政治遊戲，讓我感到相當疲倦，就像喝醉的法國豬農碰上了長達一星期的板球規則研討會一樣。

我省悟了，巴黎人或許對自己的反戰立場很得意，不過他們並不怎麼分析這場戰爭。嘴上掛著「一切都是為了石油」這種流行的表態，就像穿上露在褲頭外的丁字褲。而我也變得跟他們一樣（當然除了丁字褲以外），我不想要戰爭，但我也不想這輩子都在談論不想要戰爭，我想要用句俏皮話結束戰爭的話題，然後回到比較嚴肅的主題，像是性、度假計畫，以及哪裡有好吃的海鮮。

啊，對了，食物，那是最糟糕的問題，當我媽媽把她常用的沙拉碗放到桌上時（未切的萵苣葉、黃瓜片、芹菜莖），我感到一股無法抗拒的衝動，我想推開美乃滋和沙拉奶油醬，然後

替自己做些油醋醬，不過廚房裡只有大麥醋以及某種不明蔬菜製成的料理油。我盡力運用這些手邊的材料，並帶著那碗醬料回到座位上，然後開始用手指把萵苣葉撕碎。我當時並未察覺自己在做什麼不尋常的事，直到我爸爸問我：「難道巴黎沒有刀叉嗎？」

「有的，可是……」我並未說完我的解釋，這並不是因為我忘記英語怎麼說，而是因為我發現「沒有人會用刀子切萵苣」這句話聽起來有多蠢。

我用刀子切剩下的葉子，並且朝芹菜看了很久。我在法國從未見過人吃芹菜。他們只吃口味強烈的根部，像做涼拌高麗菜絲一樣切成丁。芹菜莖被法國人歸類為只能用來餵牛餵馬的蔬菜，像是蕪菁和防風草。當我一咬下那纖維粗硬的芹菜時，我實在相當同意法國人的看法，這東西哪裡有味道？我的味覺已經被寵壞了，只要食物裡出現一點淡而無味的東西，我就會開始左顧右盼，尋找最靠近的馬，好把食物餵給牠。

還有另外一項難題，一想到要到超級市場買麵包，我就相當感冒。我心裡納悶著，這裡的街角並沒有麵包店，那麼，這許多年來，我和所有英國人是怎麼活過來的？此時我覺得就像基本人權受到侵犯。

我是外國人。

於是我把李塞滿腸胃藥和英國內褲，就朝著食物美味、聊天話題輕鬆的城市出發了。在我穿越英吉利海峽下方時，我想知道法國還要過多久才會決定要把隧道堵起來，以便嚴厲警告一下他們來自地獄的好戰鄰居。

由於我根本沒有工作可做，所以我透過電子郵件跟我的英國朋友繼續聯絡聊天。克里斯，就是被法國銀行解僱的那個朋友，覺得他有義務要寄給我所有在網路上流傳的反法笑話，我

只花了兩到三天時間，就收集了大約一百則笑話、照片、漫畫、歌曲等，有稍微帶點諷刺的觀點，好比說席哈克對戰爭的態度可能是受到他名字結尾「-irac」的影響[2]；也有相當缺乏外交禮儀的笑話，好比用圖畫影射法國總統想要把艾菲爾鐵塔塞到他身體哪個部位裡。

無需贅言，這種東西不能留在印表機上，我很小心。

我隨時留意尚馬利的動向，但我一直沒見到他，唯一讓我知道他還存在的跡證，就是我放在他桌上的腸胃藥已經不見了。

我們的委員會也不再進行了，而且除了妮可和克莉絲汀之外，所有人對待我的樣子，就像我是艘海峽渡船，隨時都會在他們腳下翻覆。

伯納每次見到我，都會跟我握手並露出神祕的微笑，但眾所皆知，海象並沒有能力做出神祕的微笑，所以他看起來就只是像要放屁。史蒂芬妮（用法語）告訴我，她認為法國的資深外交官會在聯合國占上風，壓制「粗魯的盎格魯薩克遜野蠻人」。

「大概是吧。」我（用法語）回答，「盎格魯薩克遜的外交官只會說阿巴合唱團的語言，而且頭上還戴了翅膀[3]。」她看起來相當困惑，我的法語還沒好到足以進行挖苦諷刺。馬克在別人不在場時從未提及戰爭問題，我據此推斷，他私下支持美國，但不敢說出來，他知道那絕對不符合主流意見。

櫃檯小姐瑪麗安雖然也不會提到戰爭，不過她並不需要。每次我進入或離開大樓時，她都會對我怒目而視，她顯然認為我想親自去轟炸伊拉克，或者是因為如今我已經不是尚馬利眼

2　席哈克（Chirac）名字的結尾「-irac」發音和拼法皆類似伊拉克（Iraq）。
3　阿巴合唱團來自瑞典，在歐洲被視為野蠻人代表的維京人也是來自瑞典，而且維京人帽子上裝飾了羽毛。

前的紅人了，所以她只是自然流露出她本性的不友善。她咬牙切齒地告訴我，我不應該沒填寫請假表格就擅自休假，而且她根本認為我還沒有資格休假，因為我任職未滿一年。

「好，」我告訴她，「我會把休假還給妳。」去他的社交禮儀，我心想，這是場戰爭。

克麗絲汀還是像平常一樣友善、美麗，不過大部分時間都在跟未婚夫和媽媽講電話。她打電話給未婚夫是為了向他保證，她每個小時都還是深愛著她**親愛的小貓貓**；打電話給她媽媽是為了跟她爭論婚禮如何安排，而且根據我的推測，那場婚禮再過一年就要舉辦了。那場婚禮計畫得比我們的連鎖茶室還要周全完善。

妮可是同事中唯一還會跟我進行有意義談話的人，我知道有部分原因是她想讓英語保持一定水準，不過我對此沒有意見。我們開始經常一起吃午餐。天氣愈來愈好，有時還好到可以坐在露天餐桌上。公司附近有些小餐館會在露天餐桌間放高架暖氣，所以如果出太陽的話，那感覺就像仲夏一樣，站起來時要小心，以免把頭伸進瓦斯火焰裡。

同時妮可也隨時告訴我最新資訊，讓我知道每況愈下的英法關係是如何影響我的計畫。只要政府間發生了點小爭執，我的茶室就會變得愈來愈不可能開花結果，就如同山坡上的葡萄藤，新芽逐次被一連串暴風雨摧毀。法國媒體反覆播報激動的英國媒體每一句反席哈克的標題，因此你會認為，一般而言，英國人絕對不會被巴黎人選為本月最受歡迎的人。不過出了公司後，這話題甚少出現。

當我買法國麵包時，我那糟糕的腔調就像有面英國米字旗在我頭上飄揚一樣，不過麵包店唯一對我發表的意見是：「一共七十分錢，謝謝。」

每當我經過麥當勞或肯德基時，裡面總是擠滿了人。難道那些顧客真的認為快樂兒童餐是法國原創的嗎？

　　如果要說巴黎的氣氛有點低落的話，其實跟國際政治沒什麼關係，而是因為藥劑師罷工。

　　正如我那本值得信賴的旅遊指南所說：「巴黎大約每十公尺就有一間藥局，店面會掛個閃著綠光的十字，好呼叫法國人進去，讓自己服用過量的藥。而且有首老歌就這麼說，你絕對不會看到騎單車的藥劑師，因為藥局執照很昂貴，貴到跟莫內的畫一樣可以漫天喊價。」

　　這時候藥局店面都鎖在鐵網之後，而且每個孤苦伶仃又黯淡無光的綠色十字下方都站著一群打噴嚏呻吟的藥局上癮者祈禱著奇蹟出現。

　　當時我還不知道自己即將加入他們的行列。諷刺的是，影響我健康的第一擊，發生在一群醫生飛回巴黎的時候，其中一人還是瑪莉的男朋友。

　　「男朋友？」我不可置信地問，她在電話裡宣布我們要有所改變，不會再赤身裸體共度春宵了。「妳有男朋友？」

　　「對啊，他之前不在把黎。」

　　這個女人在過去這個月來，全心全力跟我窮究各種人類所知的性愛方式，這時居然覺得她要忠於另一位男人？

　　「他是做什麼的？修士？太監？」只有這種情況才能說明她那無止境的性慾吧？

　　「不是，他使醫生。」她解釋說她男朋友是法國醫療慈善機構「無國界醫生」的成員，原本派駐在巴格達。他們之前收到警告，說英國和美國的炸彈無法分辨法國醫生和伊拉克軍隊。他們聽出了絃外之音，就撤離了伊拉克。

　　我心裡蹦出各式各樣的問題，例如那位醫生的性能力、瑪

莉隨意付出及收回愛情的能力，還有我的角色是否只是某種原寸的人工陰莖？不過這些問題似乎不怎麼值得追問。

「你遮我公寓留了些保險套，要不要我寄回給你？」她問。

「不用了，妳留著吧，妳可能用得到。妳很難預料妳男朋友何時會突然出門，留妳孤身一人度過下午。」

「呃？」

「妳留著吧，我不會需要了。」

「你真麼不打顛話給弗羅倫絲呢？她很喜換你。」瑪莉提議。弗羅倫絲就是我酒吧中見過的那位有一半印度血統的朋友。「喔已經高訴她，你現在已經適合法國女人了。」

「**那**是什麼意思？不瞞妳說，英國女人也是很喜歡性愛的。或許只是因為妳自己一晚要炒四次飯，而且還夜夜要。」

瑪莉笑道：「你遮生氣。打電話給弗羅倫絲吧，她會安撫你的。」

「妳的意思是，她的男朋友這個禮拜不在家，所以她需要人服務嗎？」

我掛斷電話，並低聲咒罵法國女人病入膏肓。唯一可能讓情況更糟的是艾洛蒂忽然從美國趕回來，抗議地主國對法國的敵意。不過話又說回來，認識艾洛蒂的人都知道，只要有充足的毒品和男模特兒，她要住哪裡都可以。

被瑪莉給甩了，結果之一就是，在戰爭終於爆發那天，我過得非常平靜安穩。我睡了整整八小時，雖然有時半夢半醒，不過在翻身時，我發現不會有手（甚至更糟的是嘴巴）搔動我下體部位把我吵醒，這會使我鬆了一大口氣，又立刻恢復到沒有夢的熟睡狀態。

我那天早上躺在床上，花了好幾分鐘才從記者興奮的瘋言亂語和好幾發炸彈的音效之中清醒過來，然後沉醉在這樣一個

事實之中：至少世界上還有這麼一個地方，也就是我的床鋪，是沒有戰爭的地區。

我覺得，雖然性很美好，但那就跟香檳一樣，如果你被迫每餐都要喝四杯香檳，你會開始幻想一杯水的滋味。

要等到我站在蓮蓬頭下淋浴，以熱水的強力水柱按摩、讓我僵硬的肌肉稍稍回春之後（我愚蠢的肌肉正在抱怨缺乏夜間運動），我大腦才接收到新聞訊息。

戰爭？

我把水關掉，站著讓身體滴水。冷空氣逐漸透入隔間，我抖了起來。

戰爭。

大家都知道戰爭即將發生（或許在首夜空襲中升天的人除外），可是那依舊讓人震驚。

而且戰爭也等於對我宣判死刑。不過我也必須承認，比起腦袋被碉堡剋星炸彈給轟到，或是坦克車裡被丟了顆手榴彈，我的情況根本不算什麼。但那畢竟也是種打擊。

我從容不迫地上班，對瑪麗安說出最愉快的「日安」，她用哼一聲來回答我，讓我覺得很有希望。因為如果她已經準備好我的解僱通知，她就會對我露出迷人的灰色笑容。

我上樓到克麗絲汀的辦公室，直截了當地問她。

「然後呢？」

「然後怎樣？」她從桌上那一大盒花花的面紙盒裡抽出一張面紙，擤擤鼻涕。「哦，戰爭啊？沒錯，那些小朋友真可憐。」她搖搖頭，並且中斷我們的對話，打電話給她媽媽，問她是否有備用咳嗽藥，並且確認中東戰事不會影響供應商提供結婚禮服所需的絲料。

我把手提包丟到我桌上，然後打電話給妮可。

「然後呢？」我問她。

「你是誰？」她當然認不出我說法語的聲音，人的聲音在說不同語言時會改變很多。

「保羅。」

「啊，保羅啊，你好，這詹爭還真是可怕，是不是？」

「是的，妳說的沒錯，戰爭很可怕，妳認為……呃……」這雖然聽起來有點荒謬，可是也沒有別的措詞了。「你認為戰爭會對我們的茶室造成什麼影響？」

「啊，沒錯。」她想了一下，然後說：「我不知道，你必須跟尚馬利談。」

「可是他並不在這裡，他從來不出現。」

「沒錯，那麼我想，你就照舊繼續下去吧。」

我想了想這種照舊繼續下去的點子，鎮日無所事事、寫電子郵件給朋友、閱讀反法的笑話、喝咖啡，雖然聽起來並不是什麼不愉快的未來，可是在我心目中也不算是個職業。

尚馬利那天並未出現，隔天也沒來，再隔天也沒來。當時就跟一九三九年的那場假戰爭一樣，法國人繼續過正常日子，然後幾個月後敵人來了，把他們全部擊垮。

要判斷別人對茶室的看法是很困難的，主要是因為如果你根本沒見到他們，就很難判斷他們會有什麼想法。

不過這句話並非完全正確。我確實還有見到我那支「小組」的組員。我在咖啡機旁遇到伯納，當時他正在閱讀他跟同事借來的肌肉鬆弛霜說明書；史蒂芬妮忽然出現，問我倫敦的情況如何（她依舊眷戀她跟尚馬利那段出差旅行的美好回憶），並問我是否有止痛藥；馬克過來找我，想要用他的尼古丁貼片跟我交換殺黴乳膏，我不敢問他要這種藥做什麼。如果我同事可以用來代表法國所有人，那麼藥劑師大罷工倒是為法國人喚醒了

許多已經忘得差不多的病痛,並且逐漸把整個國家帶向共同的死亡終點。

終於,有天下午尚馬利走進公司,看來相當愉快,好似他才剛在戰爭爆發前買了卡拉希尼科夫衝鋒槍的股票。他從我敞開的辦公室看到我,便馬上止步,意思意思敲一下門,走了進來。我把當時正在看的反法漫畫關掉,然後站起來,像男人一樣面對這一切。

他跟我握手,並歡愉快地說了聲「你好」。

「你還好嗎?」我問。他不知道我在說什麼,所以我摸摸我的肚子。自從我被迫休假後,就沒有再看過他了。

「啊,對了,很好,謝謝你,你還有沒有更多消化藥?」

「抱歉,沒有。」

「沒關係,我很感謝你。」我想知道他對英國的感激之情是否會擴及到讓我的企畫案繼續進行下去。

「那麼⋯⋯你對戰爭有什麼結論呢?」

「戰爭啊,沒錯⋯⋯讓我把我的東西放下後,我們再來談。」他舉起他的公事包,「五分鐘後到我的辦公室。」

聽起來不太妙。

過了五又半分鐘後(跟法國人碰面,絕對不要準時),我敲了他的辦公室門,發現他正在倒咖啡,而且克麗絲汀也在。

「保羅,坐下。」他說,然後把一只白色杯子和小碟子往我這邊推。

我看都不看那只杯子一眼就坐了下來,微笑暗示「要說就快說吧」。

他滔滔不絕地提到戰爭、政治、全球市場的浮動價格、資方的國民年金負擔額,以及他上腹部的情況(嗯,他可能沒提到這點,不過我這時已經沒在聽了,只想等最後的重點)。

「所以呢，」他總結道，「我的建議是你繼續做到你合約結束，或者至少做到戰爭結束，這期間你就擔任我們的英語老師。」他微微一笑，彷彿自己是魔術師，剛從自己的咖啡杯裡變出一隻大蜥蜴。

「你說什麼？」

「這樣會對我們很棒。我們已經請一些人去上英語課，現在他們可以來找你上課，當然你的薪水不變。」

我心想，當然我還要繼續付艾洛蒂的公寓租金。

我當時根本沒想到我們原本談好的工作內容並不包含教英語。我心裡唯一的不滿，就是想到我必須在瑪麗安對著我摧殘不規則動詞變化時，我還要親切友善地對待她。更糟糕的是，我必須跟她進行**會話**。

「不要，」我說，「我不要。」

「花點時間考慮看看。」尚馬利說。可是我愈這麼想，瑪麗安的灰色牙齒就愈清楚浮現在我腦海。

我下班時穿越景色美麗的路線回家。巴黎的美景路線非常適合用來沉思存在的問題。

從香榭大道到瑪黑區，有一條路線會帶你經過市區最美麗的景色，一路上幾乎沒有車。你可以漫步其中，浪漫地想著自己是否即將遇到生命中的摯愛，或是要從那座橋上跳河。

我從阿爾瑪橋那裡往河邊走去。那位殖民士兵的鬆垮褲子依舊保持乾爽，然後我又沿著塞納河畔朝著傷兵橋走過去。從街道往下走，古老石子路沿路的河堤上還留著生鏽的鐵環，那是前人沿著河流用來拴住作業船隻用的。我經過巴黎遊船，之後大部分停泊在河岸的船隻都是改裝過的平底船，而上面唯一載運的貨物是花園家具和大型盆栽植物。

陽光從我後方透過亞歷山大三世橋上的黃金葉片射入我眼

睛。我一直不明白為什麼沒有人要去偷黃金。很顯然那是真正的黃金葉片，而且看起來就像是插在橋中央的海神皇冠上，只要用小刀一戳就可以偷走。或許我應該去買把小刀，當然還要等藥房重新開張才行。

當你朝著那潺潺流水走去，很容易就會開始想像，有艘船會靠岸，然後全世界最美麗、最聰明、最不政治化、性需求量最適切的女孩會邀請你一起夜間遊船。

儘管如此，我只看到一名流浪漢在橋下陰濕處用厚紙板架設他的棲身之所。

到了協和廣場，我過馬路到杜樂麗花園，然後穿越那片綠樹成蔭的花園，往羅浮宮中間的玻璃金字塔走去。

我在這裡歇個腳，想喝點東西，俯瞰金字塔的咖啡館才剛開放它的露天平台，我點了杯很烈的雞尾酒來犒賞自己。其他桌的觀光客都把腦袋埋在旅遊指南裡。我心想，有種類型的觀光客似乎從來不會去看他們參觀的東西，他們比較喜歡查閱下一處他們也不會看的景點要怎麼去。要是有個跳康康舞的裸體舞者搭著熱氣球從他們面前飛過，除了我以外，沒人會注意到。

不過我也意識到，這些都是廢男的牢騷。不久我就會成為那種坐在巴黎咖啡館的人，把自己的抱怨打到筆記型電腦裡，然後期待有人過來詢問：「你在寫什麼？」然而大家其實都避之唯恐不及，擔心你會想要解說自己的大作。

我走過羅浮宮雙「翼」間的金字塔，穿過空蕩蕩且風大的卡利庭院，然後到街上去。在薩瑪麗丹百貨公司越過些許障礙，過了河，我再度回到河堤，朝著亞斯特里克斯家族率先建造巴黎城的島嶼前進。視線所及，沒有現代建築可以把你帶離中世紀的氣氛。

我找到一張長凳，然後就坐在那裡，朝上游的聖母院看

去，直到天黑。

戰爭時我到底要做什麼？這句話聽起來有點矯揉造作，但卻是不折不扣的問題。我的工作實際上已經消失，即使戰爭很快就結束，尚馬利也不可能重新恢復茶室的計畫，因為那樣進度根本就是大幅落後。巴黎已經沒什麼可以讓我留戀的了，我在這裡沒有女人，只有幾位偶爾會一起喝酒的朋友，他們也不算什麼心靈上的好友。此外我那間公寓的房租，還是付給所有人類中我最不想支付的對象。

坦白說，我根本是深陷屎中。

大概是因為我在河邊坐了一個小時，才讓我染上感冒的。嗯，我說的感冒，其實比較像瘧疾和肺結核的混種，再加上肺炎最痛苦的症狀。我的體溫在一夜之間飆升，肺部似乎成了痰的大工廠。

如果我身在英國，我就會克盡愛國的職責，避免拿我那微不足道的疾病去浪費醫生的時間（有哪位普通科醫生想聽我抱怨輕微的瘧疾性肺結核呢）。我會到藥局去，為自己買點檸檬味的熱東西。不過這裡的藥局當然還在罷工，所以我必須去看醫生。

在巴黎這裡，看醫生並不表示你要去當地醫學中心。醫生就在平常的公寓裡執業，而且還會在大樓外用小小的黃銅招牌列出他們的姓名、專長、電話號碼。一旦你注意到這一點，你會發現到處都有醫生。我出了公寓，只要咳個嗽，就會看到小兒科、整骨科、皮膚科、牙科、婦產科的招牌，甚至連放射科都有，而且這些只是我看得懂的招牌而已。我想到這裡就覺得奇怪，在一棟普通的公寓裡，住在你隔壁的人可能整天都在照X光，或是鎮日注視著女人的雙腿中間。你得跟生病或發瘋的人共用電梯和樓梯，而一樓大廳的社區垃圾桶可能會裝滿老牙

齒和割下的疣。這些似乎不怎麼有益健康。

大多數的招牌都會註明你必須事先預約，不過我最後找到一位內科醫生，根據他公布的看診時間，此時他正在看診。當時是早上剛過十點，他看病看到十二點，然後下午兩點再繼續。

他叫做尚菲力浦·迪歐佛宇，在利弗里路的一棟百年大樓裡營業。

我把上了亮光漆的沉重大門推開，穿越破舊的大廳，爬上鋪了地毯的階梯到三樓，一路上不斷咳嗽和喘氣。那裡雖然有升降梯，可是看起來又小又不穩，我怕自己會卡在裡面，而且在救援人員把我救出去之前，面紙就用完了。

公寓門口也有黃銅招牌，還有一個標誌叫我按電鈴，然後進門。我照著做，進入白牆公寓裡空無一物的門廊。那裡沒有任何接待人員的蹤跡，木板走廊向左延伸，我面前的門寫著那是**等候室**。我往等候室向前跨一步，地板大聲發出嘎嘎吱吱的聲音。除了外頭交通的嗡嗡聲外，那是我唯一聽得到的聲音。我有點期待會看到一間充滿骷髏的等候室，而到這裡看病的人就這樣坐在空無一物的公寓裡直到死亡。

不過情況並非如此。我把等候室的門打開後，四、五個活人轉身打量我，看我有沒有傳染性症狀。他們都坐在扶手椅上，而扶手椅則沿著牆邊擺放，面向一座深灰色大理石壁爐及其上方一面滾金邊的鏡子。我置身一間外觀普通的巴黎客廳。我可能是走到一場特別無趣的派對中。

其中一、兩人在我進門時低聲說了「日安」，於是我也對他們這麼說。那裡有兩位不發一語的老太太坐在最靠近壁爐的牆邊，有名青少女正在更換隨身聽裡的光碟片，還有一個母親用嬰兒車帶著她衣服穿太多的嬰兒。那個嬰兒滿臉通紅，看起來像要爆炸了。那種症狀到底是因為便秘、發燒，或是體內充滿

炸藥，我並不想知道。

　　我覺得在這裡候診，就跟在英國一樣無聊，只不過這裡的
雜誌比較好看。法國這裡有相當新的《Elle》雜誌，裡面有非常
精采的照片，告訴妳要如何維持最漂亮的臀型，以及如何自助
按摩讓雙峰更尖挺。雖然在雜誌裡雕塑臀部和按摩乳房的女孩
根本無需煩惱，不過我並不會叫她們住手。

　　我坐好，然後發現我聽得到醫生模糊的說話聲從背後牆壁
穿透過來。但願他正在努力說服病人出去，讓下一位病人進來。

　　剛開始的半個小時，我還能安於這安靜的環境（偶爾冒出
一聲噴嚏和痛苦的哀嚎），坐在那裡忍受痛苦。

　　不過等到現在，就只有那位青少女進了診療室，而且我聽
到她在對醫生吐露所有的煩惱。

　　照這種速度看來，我會一直困在這裡，直到醫生用完午
餐，或再多加幾個小時，而且在那之前，我全身會濺滿爆炸嬰
兒的屍塊。我一直希望嬰兒母親幫那可憐的小東西脫掉那件南
極專用睡袋，不過她跟我一樣，實在相當沉醉於《Elle》之中。
我認為她大概在看烹飪的部分吧：如何把嬰兒醃漬在他自身的
汗水裡。

　　我想知道法國的插隊制度在這裡是否適用，因為這種制度
在其他生活層面都用得到。我心想，或許當那位女孩出來時，
我應該要蠻橫地衝進手術房，就好像那是我與生俱來的權利，
就像有些人會擠到你前面上車。

　　不過醫生出來了，他跟那位青少女握握手，並且把頭伸進
候診室叫道：「布維耶太太」。

　　我做出結論：所以他們還是有順序的，而且他知道某些人

的名字。我希望那並不是因為他們事先就掛了號。

　　布維耶太太就是那位母親，而且她到這裡顯然是為了檢查嬰兒是否煮熟了，因為他們只進去十分鐘就出來了。接著那兩位怪異的老太太一起進去，依舊不發一語，彷彿在回想她們到底有什麼毛病。

　　我把雜誌放下，專心聽醫生說話，專心聆聽任何有關道別的字眼。這時還有兩人排我後面，一個是接近老年的中年男子，眼神飄忽不定，戴著軟帽，衣著品質不錯但稍微磨損，看起來就像超級大插隊家。他坐著，身體前傾，雙手放在膝蓋上，可能是準備好隨時一躍而起，但也可能是因為他有嚴重痔瘡。他一進入候診室便大聲嚷道：「各位先生、各位女士。」（向房間裡所有人問好的一種方式），語氣就像在宣布他的到來，而不像在跟我們問好，而且他連雜誌都沒瞄一眼。我認為他這種人絕對不會有所顧忌，他會直接插隊到瀕死的英國人前面，因為他認為他的痔瘡比我近乎致命的呼吸道疾病還要重要。

　　醫生陪那兩位老太太走出門，然後轉身面向候診室。插隊先生大聲叫：「日安，醫生。」然後醫生點頭說你好。我心想，他要出招了，我被排到午餐時間去了。我做了深呼吸，然後從椅子上向前衝刺，醫生嚇得冒出一句納悶的「先生？」

　　我應該要事先準備好一段簡短的演講辭。我在思索要怎麼說：「雖然你不認識我，但是我需要你拯救我的性命？」

　　最後我終於說出「日安」，然後他微微笑，帶我進入辦公室，顯然並未因為在候診室看到陌生人而退避三舍。

　　「我很冷。」我用法語解釋，「不。」我修正自己的話。事實上，我已經盡量用腦袋記下一些關鍵詞彙，像是 *tousser*、*poumons en feu*、*atchoum*。

咳嗽

肺部灼痛｜打噴嚏

　　醫生轉身面向一台全新的平面螢幕麥金塔，打斷我的話，

詢問我的姓名、住址、生日、社會福利碼等等。我竟然忘記：在法國，行政工作比健康重要。

我已經從經驗學習到要隨時攜帶所有證件，於是我們只花了大約十幾分鐘就建好我的檔案，而此時我幾乎就要用完面紙了。在他打字的時候，我覺得他看起來根本不像醫生。英國醫生比他更嚇人。他穿著牛仔褲和軟呢斜紋夾克，有健康陽光的外表和蓬亂的頭髮，看起來和藹可親，沒有被英國健保制度崩解的結構給壓得喘不過氣來。他就像是青年旅館經理。

我形容了（或者說表演了）我的症狀。他替我秤重、聽了我胸腔內的撕紙聲、把一根壓舌棒塞到我嘴裡直到我快要嘔吐，然後宣布要量我的體溫。他拿出一根狀似釘槍的體溫計。

我曾經聽說法國醫生會把體溫計插在身體的什麼地方。瑪莉告訴過我一則薩德侯爵的故事，故事中有個可憐的男人被人用手槍強姦，那時候這則故事並未引起我的性慾，而現在更是如此。我並不想見識薩德的變態幻想如何污染法國醫學界。

「不行。」我說，並且把我屁股用力往診療椅的軟墊上壓緊。「我體溫並不高。」

「我們必須檢查你有沒有發燒。」醫生說，手上的槍枝指著天花板，就像某位決鬥者想要趕快完成殺人的程序。

「會很快嗎？」我問。

「是的，只要按一下，它就會顯示溫度。」他向我露出別擔心的微笑，而且那根體溫槍看起來其實並不長。

「好吧，如果很快的話就沒關係。」我調整身體的重心，以便把內褲拉下來。不過我還來不及拉下鬆緊帶，他就把那支槍插到我耳朵裡並按了一下。

「嗯，三十八・九度，很燙。」

我放心地笑了笑。

「不是，你發燒了。」他說，並納悶為何我聽到這壞消息還這麼開心。肛溫計的歲月似乎早已是過往雲煙了。

醫生轉身回到電腦上，鍵入我的處方資料。

處方還真叫人訝異。如我先前所說，我感冒時通常不會去麻煩醫生，要等到完全失聲，或是要靠全身麻醉才有辦法吞嚥時，才會去找醫生。而即便如此，我也會預期醫生開給我的處方籤，頂多只是茶和阿斯匹靈。

這位法國醫生有點不一樣，首先他問我家裡有什麼藥。

「什麼都沒有，只有一些阿斯匹靈。」我回答。

他看來有點不耐煩，並且在螢幕上展開一系列他認為我家裡藥櫃應該要有的藥品名單。我對每種藥都搖搖頭。

「我知道了。」他說，並且為了彌補我多年來的疏忽，列出了一張購物清單，內容包括了抗生素、止痛藥、噴劑、薄荷膏棒，還有足以治好一整群支氣管炎長頸鹿的吸入劑。「你願意使用栓劑嗎？」

「栓劑？我不知道，大不大？」不過我也不知道什麼是「大的」栓劑，或是栓劑是否有不同的大小。在這之前，我都是過著溫室花朵般的生活，從未把**任何**無生命物體塞入我身體後方的通道裡。

醫生伸出他的右手食指，比出兩個指節的長度。

「或許我會試試看。」我說。我是說，我一有機會就會試著把栓劑放到垃圾桶。

他把栓劑加到我的處方籤上，並且列印出來給我。

看著這張冗長的名單，我了解為何城裡每間藥局外頭都聚集了愁雲慘霧的暴民。如果你把我的遭遇乘以醫學界所知的疾病數量，再乘以法國人口，然後再以病痛的相對嚴重性對其做因數分解，你就會得到一個藥物上癮的國度。

「我要去哪裡買這些東西？」我問。

「你必須到緊急藥房去。有一、兩間藥房會開門專賣緊急用藥。」

「我情況很緊急嗎？」我滿懷希望地問。

「是的，你有處方籤。」

感激之情像一劑解熱陣痛劑在我血管裡流竄。醫生給我一張紙，上面寫了三個地址。

「去其中一間吧，這些是僅有還在營業的地方。你必須排隊排很久，可能在拿到藥以前就已經痊癒了。」他對自己的爛笑話笑了笑，還說了什麼健康的身體有的沒有的。「你在巴黎工作？」

「是的。」我說了謊。

「你要不要開醫生證明？」

他解釋這是種病假單。我說好，請給我，任何可以遠離英語教學惡夢的藉口都行。

我起身要走，忽然間換醫生變得一副生重病的模樣。

「你必須，呃，付錢。」他說，臉紅了起來。他並未使用「*payer*」這個字，而是使用比較正式的「*régler*」，意思是「結清帳單」。

付錢

「啊，對喔，」我又坐了下來，「多少錢呢？」

他畏縮了一下，好似這麼直截了當是不禮貌的，然後把身體往前靠，翻開他之前給我的那份診療單。他已經在上面寫了問診費用，大概等於一般咖啡館裡五、六杯啤酒的價格。

「當然，其中大部分費用可以由社會福利負擔，你有沒有互助？」

「互助什麼？」[4]

「公司健康保險。」

「哦，大概有吧。」

「那麼，他們就會幫你支付其他部分，這樣你就能收到百分之百的退款。」

我心想，這是稍微複雜但是相當棒的系統。真遺憾，他們並未把同樣的體系應用在啤酒上。

我越過塞納河，朝著最鄰近的緊急藥房走去（或者說拖著疼痛、顫抖的身體走）。途中我經過一間叫做「上帝之家」的醫院。作為一家醫院，這名字不怎麼鼓舞人，比較像是通往來世的中途站。這間醫院的名字跟它的地點有很大的關係，因為它俯瞰著聖母院。

不過醫院外面的情況就比較有希望一點。醫院主要出入口的公布欄說，你可以打電話跟任何你想得到的科別掛號。在英國，要看一名比醫院廁所清潔工專業一點的員工都要等上六個月，所以這種情況對我而言，就像看到世界十大名模的私人電話清單。我拿出電話，輸入肺科、耳鼻喉科的號碼。另外，為了以防萬一，還加入檢驗室的電話，以免我需要去做腦部掃描。凡事還是小心為妙。

我腳步沉重地跨過塞納河的第二支流，到了聖傑曼大道上靠近醫學院的一間大藥局。我感覺得到自己距離目的地愈來愈近，因為即使在鬧轟轟的擁擠車陣中，我還是聽得到病人的哀嚎聲。

4　法國的公司保險稱為「*assurance mutuelle*」，英文直譯為「mutual insurance」（互助保險）。

嗯，那有可能只是誇張的說法，或者是當我看到排隊隊伍時想要發出的哀嚎聲。至少有一百個人，男女老少、扶老攜幼、或立或臥，沿著人行道往聖米歇爾大道排，而且還有像我這樣的殘障人士在人行道上和馬路上快步或蹣跚而行，朝著隊伍邁去。我火速衝上前，占到一個位置，喘口氣後，便試著算出要在這裡站幾個小時。我算了算，離天黑大約只剩五個小時，我早該帶張床墊或帳棚來的。

　　這就跟大多數法國人的隊伍一樣，有二到三人的寬度，如果有可能前進的話，你會一次前進個幾公釐，讓鼻子和腳趾剛好位於比你晚來卻又站在你旁邊的那個人前面。這種排隊方式多少讓隊伍有點向前的動力，因為一旦你和你前面的人之間出現一個分子的空氣，你會立刻往前填補這道空隙。

　　我後面的人是位運動型的高大男人，穿著牛仔褲和連帽運動外套。他開始聊了起來。

　　「你有沒有處方籤？」他帶著懷疑的口氣問我。就像在只限五件以下商品的收銀檯排隊結帳時，有人看不到你購物籃中的所有物品而提出的質疑。

　　「是的。」我從口袋拿出處方籤。

　　「啊，你有什麼毛病？」

　　我吸了口鼻涕，「感冒。」我說。說完馬上後悔自己太沒志氣，應該要說我有「霍亂」，這樣就可以清除前方的隊伍。「你呢？」我問。

　　「*Fonkle.*」

　　我等了一下，覺得他是先清清喉嚨，才要回答，可是他並未再說話。

　　「*Fonkle?*」我盡可能覆述他說的字。

　　「是的。」

經過他口沫橫飛的描述，再加上精采的手部動作，甚至還有更栩栩如生的抽搐動作後，我推斷他的鼠蹊部長了瘡（furoncle）。

「哦，」我同情地說道，「上帝發明了平口褲還真是件好事，是吧？」

於是我們的對話結束了。

下一個跟我說話的人，是有錢的中年職業婦女，她問我，等我排到前面時，是否願意替她拿些藥。

她說等我排到藥房幾公尺外時，可以打電話給她。

「妳沒有處方籤嗎？」我問。

「有，可是我不能等。」

「為什麼？妳很緊急嗎？」

「為什麼？這排隊伍**長得要命**。」她一提到要排隊，就露出滿臉病容了。

「呃，妳必須等，這裡是排隊的隊伍。」在我旁邊／後面的男人說。

「我會付你十歐元。」女人說。

「拿出妳的處方籤我看看。」男人說，然後向後退幾公釐，算是達成交易。

就我目光所及，有好幾個人正在進行這樣的交易，而且有許多怒氣沖沖的人提高音量，指責那些罪人。只是那一點用也沒有，付錢插隊的繼續插隊，罵人的人繼續罵人。自怨自艾的隊伍蝸步向前進，然後責怪上帝、責怪國家、責怪天氣，責怪其他人要為他們的不幸負責。如果你真的想把話說得露骨點，你可以說那就是法國社會的縮影。

當我終於抵達藥局時，大約是下午兩點。

窩在鐵窗裡工作的，是一位披白袍的藥劑師。她是相當時髦且美麗的金髮女孩，戴著珍珠、穿著俐落的上衣，最上面兩、三顆釦子沒釦，讓陷入痛苦的男人精神為之一振。她戴著徽章，那告訴我她在罷工。

她相當親切，毫不匆忙，這多少解釋了為何隊伍這麼長。她離開了幾分鐘，裝配出我那堆成小山的彩色藥盒。

「這些我全部都要吃嗎？」當她終於又出現時，我問道。我根本不知道自己是否有力氣把這些藥扛回家。

她解釋說她必須給我兩盒各六劑的抗生素，因為處方籤說我需要八劑，如此一來我得丟掉將近一半的藥。她說不用擔心，因為一切都是由社會福利支付。

「或是由我的**互助**所支付？」我問道，擺出內行人的模樣。

「沒錯。」

看來這種醫療系統也把大規模的浪費列入預算中。

她問我知不知道要怎麼使用這些東西，同時手指在栓劑上方轉圈圈。我向她保證我會想出辦法的，我只希望我的法語夠好，可以告訴她我們英國人分得出屁眼、手肘和嘴巴。

當我終於回到家時，我花了一個下午，閱讀所有盒子上的說明。等我完成所有擦揉、噴氣、吞嚥、吸氣的動作後，天都已經黑了。我必須承認我也做了點插入的動作。我只是為了好玩，拿來試試大小而已。栓劑的說明書還翻譯成英文，並且保證我「栓劑的作用能淨化呼吸道，並且不會侵害消化系統」。不過我只覺得相當不舒服，就像快要拉在褲子裡，然後栓劑的蒸氣沿著體內的服務電梯朝肺部前進，這時我有種溫暖的融化感受。隔天早上當我上廁所時，就像泥漿爆發一樣。我知道某些對肛門有癖好的人會認為這相當吸引人，但這並不是什麼值得

跟家人誇耀的事。

當我回去工作時（或者至少是回到辦公室），為了某種理由戴著頸部支撐器的瑪麗安對著我微笑。那麼她是聽到消息啦。我把病假條用力放到接待櫃檯上，並且不理睬她嘮叨著說只有幾點到幾點才是人力資源時間。

「今日愉快。」我祝福她，並且朝電梯走去。

在我請假期間，我有時間閱讀我的工作契約，並且在網路上查閱了法國的勞動法規。我發現如果定期契約遭提前解除，你會有相當高的補償金，而且還有許多規定提到員工只需執行工作內容所列出的項目。

所以我不需要教英語，我要去談判，讓自己脫離這裡，並帶著足夠的現金，好在巴黎遊手好閒，直到我決定不再好吃懶做為止。

我跟尚馬利約好面談時間。當我抵達時，他坐在自己的辦公室，而且門還開開的。他穿著白色絲質襯衫和紅領帶，看起來相當具有節慶氣氛。

「啊，保羅。」他看到我時大叫一聲，隨後臉上立即嚴肅了起來，我想那是他偉大企業家的表情。

我進入他的辦公室。

「希望你已經復原了。」他說，表情依舊肅穆。

「我復原了，謝謝你。你呢？」

「也復原了。坐下。」

「我先去把我的大衣掛好……」我朝自己的辦公室指了指。

「不用，請你先坐下。」

我坐下，納悶為何要這麼急迫，難道英國和美國入侵法國了嗎？我當天早上還沒聽新聞，難道我要被送去收容所了？

「有個問題。」尚馬利說，看起來真像是在為總統電視演講

做彩排，談論國人有必要拿出勇氣面對盎格魯薩克遜敵人。

尤其他又端坐在那塊褒揚他在牛肉產業表現傑出的徽章正下方。

「沒錯，尚馬利，所以我們才坐在這裡討論。」

「可是我要說的是新的問題。」

「啊？」

「恐怕我們必須開除你。」

「開除我？可是，是你終止計畫的。」

「我們是為了嚴重過失而開除你。」

「嚴重過失？」

「沒錯，我們是這麼說的。」

「什麼嚴重過失？我才剛把病假條交給瑪麗安，我並沒有……」

「不是，跟你請假沒有關係，而是這個。」

他把桌上的一疊紙往我這邊推過來，我看看最頂端那張紙就明白發生了什麼事。

「你一直在偷看我的電子信箱。」我說，那些紙張上印的都是我收到的反法笑話。我都很小心處理，並未列印出來。

「偷看？並沒有，你的信件都儲存在公司的電腦系統。」

那麼偷看的人應該是馬克嘍。

「可是你不能因為有人收到幾則笑話就開除他啊。」

「幾則笑話？」他伸出手，張開食指和拇指，顯示出那疊紙的厚度。

「只因為有人寫了嘲弄法國的笑話，你就可以開除我？那樣根本是極權主義。」

「哦，不是。」尚馬利刻薄地笑，「並不是因為嘲諷法國的笑話，完全不是。重點是**時間**，你用來閱讀這些笑話的時間，

有好幾個小時哩！電子郵件並不是讓人私自享樂用的，而是用來工作的。」

　　當然他說的這一切都是再虛偽也不過。公司的每個人，包括尚馬利在內，每天都花好幾個小時在咖啡休息時間、抽菸休息時間、長長的午餐休息時間、打電話給褓母的休息時間、為下個週末訂火車票或飛機票的休息時間，還有最近才盛行的二手阿斯匹靈交易的休息時間。不過所有最高明的虛偽手段都是如此，真相並不重要，他已經抓到我的把柄。我知道，他也知道，接下來需要討論的只剩下價錢而已。

　　「我可以向勞工局申訴。」我說。

　　「你要在巴黎待得夠久，才等得到判決。」

　　「我的電子郵件，並不是公司裡最有意思的。」

　　「你這是什麼意思？」

　　「我是說，我有一天剛好到史蒂芬妮的辦公室，而她沒有關上電子信箱。」

　　「啊。」他露出沉思的表情。「我確定她早已把她的舊郵件都丟到那⋯⋯英語怎麼說⋯⋯桶桶裡了？」雖然他的英語出了錯，但是依舊一副冷靜的模樣。

　　「或許她把那些資料列印出來，還隨便放，讓別人看到。」

　　聽到這裡，尚馬利的眼神朝克麗絲汀的門瞄了瞄。

　　我們可以透過玻璃看到她還在講電話。

　　他語氣轉為緩和：「那麼誰會對這些郵件有興趣呢？」我猜他是想問，有興趣的是他老婆還是農業部？還是其他人？就我所知道，他和史蒂芬妮之間的來往可能不只是性愛和違法進口牛肉而已。我做出了巴黎式的聳肩：這不是我能說的，那不是我的問題。如同往常一樣，聳肩動作很有效。

　　「很好。」尚馬利說，「那麼我會忘記這些笑話。你已經

為公司盡了全力，所以我們會給你全部的……怎麼說呢……
dédommagement。」

賠償金

「Compensation.」

「給你賠償金，並基於經濟因素提早解除合約，好嗎？」

「還要讓我免費住在艾洛蒂的公寓。」

「啊，呣賽啦，你太過分了！」

要是他看起來不像憤怒到要殺人的模樣，他其實還滿好笑
的。我試著探探他的底線有多深，而他的反應卻像我未經過他
的同意，就擅自把栓劑塞到他屁股裡，臉色忽然變得跟他領帶
一樣紅，而且幾乎看得出太陽穴的脈動。

「尚馬利，我告訴你怎麼做好了，你再給我一點終止契約
的紅利，然後我把錢給你，就當作房租。」

他隔著桌子朝我靠近，嘴裡咕噥著髒話。他最常說的似乎
是「*petit merdeux*」。

猴死賽囝仔

他依舊用法語告訴我，叫我去他媽的睡帳棚，要我月底前
搬出他的公寓。

「怎麼？要不然你會向房地產部門舉發我嗎？」

這句話讓他太陽穴跳得更厲害，也讓他發出動物般含糊不
清的低沉嘶吼。

我拿出我的電話，因為我已經在上面輸入了所有專科醫生
的電話。尚馬利看起來好像急需心臟科醫生。

Dimanche	Lundi	Mardi	Mercredi	Jeudi	Vendredi	Samedi
		1	2	3	4	5
6	7	8	9	10	11	12
13	14	15	16	17	18	19
20	21	22	23	24	25	26
27	28	29	30			

April | Avril | 四月

自由、平等、別擋路

我發現，法國人其實還挺喜愛英國人的
尤其是我這種會散發男性魅力的品種

在四月一日這天，你會了解法國人為什麼景仰英國人的幽默感：因為我們有幽默感。

不，那樣說對某些非常風趣的法國人有欠公平。像是有位叫柯路許[1]的喜劇演員，他曾經騎摩托車撞上一輛聯結卡車。不過這並不是笑話，這場車禍讓他身亡，但現在我希望他沒死。我的法文程度剛好可以看得懂他以前的短劇，而且我認為，法國當前就是需要這種人：可以大肆嘲諷政客。不只是嘲諷執政黨，也不只是狡詰的譏諷，而是用真正下流低級的言語，拆穿這一堆頭腦簡單的人。他曾在一九八一年參加總統大選，成為藍白屎國[2]的總統候選人，傳言他退選的原因，是因為有祕密組織告訴他，如果繼續參選的話，他不會活太久。他絕對會想出如何好好嘲諷我在法國的第一個愚人節。法國人在愚人節就只會把魚互相貼到背上，不過他們不是貼真正的魚，要不然就真的好玩了。某人肩膀上出現一隻不停擺動的大比目魚，實在相當逗趣。

我靠窗坐在我家附近的同志咖啡館（那裡早上跟巴黎異性戀咖啡館沒什麼兩樣，只不過男服務生臉上還會有前一晚殘留的化妝品），看著一群小學生互相推擠，想把紙魚黏到彼此的外套上。

「為什麼是魚呢？」服務生送來我要求的報紙時，我問他。

「有何不可呢？」他答道。這答案也有道理，畢竟法國所有東西都是由中央統籌，當然愚人節笑話也是。

法國報紙雖然也會有愚弄性的新聞，不過通常都跟魚有關。所以當我在頭版新聞看到記者要罷工，我幾乎可以確定那

1　Coluche，本名為 Michel Gérard Joseph Colucci，生於一九四四，死於一九八六年，為法國著名喜劇演員。
2　法國國旗顏色為藍白紅，紅色象徵人民，這裡以屎取代紅色。

不是愚人節笑話。

　　記者說他們之所以拒絕工作，是因為即將舉辦的地方選舉太無聊了。這點我感同身受。這時伊拉克戰爭幾乎就要結束（也快被遺忘了），記者必定感到相當震驚，因為他們必須撰寫選舉報導，分析誰會贏得屎味卡門貝爾村的村長，而那裡只住了三隻山羊和一位全身是毛的老太太。不過，至少因為罷工而蒙受更多損失的是地方選舉，大家仍一如往常地爭論哪個政黨願意花較多的錢為村裡建造山羊的遊樂場。前一年的總統大選中，有位極右派的法西斯候選人差點當選，當時大家真的預期會有數目多到令人難堪的地區投票給法西斯的地方代表。

　　記者並未真的以「競選活動過於無聊」這種句子來表達他們的抗議。報紙引述一位記者工會官員的話，提到他們之所以罷工，是為了「抗議各個政黨並未提出如何才能解決國家所面臨的重要議題，像是經濟衰退、福利改革、失業、法國在伊拉克戰爭後的國際地位。」

　　不過我自己就曾親身領教，選舉活動可能會無聊透頂到讓人麻木。當時是一個廣播節目在訪問一名政客，而且那場訪問的中心思想，就我所能推斷不外是「政客先生，謝謝你來上我們的節目」，以及「這些政策真是好極了」，同時還隱含著「嘿，有數百萬人在聽我的節目，所以我們說話要盡量虛張聲勢，這樣人家才會覺得我們充滿智慧。」

　　在媒體罷工前最後一次出刊的報紙中，我讀到一則分析各黨政見的文章。沒錯，一些我認為很重要的議題，他們並未提出解決方案。

　　共產黨保證會讓公務員在三十五歲退休；社會主義黨什麼政見都未提出，因為他們無法選出一位願意提出政見的領袖；中間偏右的政黨（約有十個）都保證雇主不必再付薪水給員工，

而且還享有豁免，凡死亡人數不到十萬人的工業污染，檢方都不追究。

極右黨提出的政見比較不切實際。他們每逢週五晚上都要在各地的市民廣場舉辦「火烤外來移民大會」；農村政黨也有類似的想法，他們保證會修改瀕臨絕種動物的法令，讓獵人可以射殺嘟嘟鳥、獨角獸、人魚，和美國觀光客。柯路許絕對會把這種情況稱為是「自由、平等、狗屎」，而我有點希望記者能堅守工作崗位，繼續撰寫這種報導，因為我在工作權受到褫奪期間有很多時間閱讀。

我很快就培養出還算愜意的虛擲時光作息模式。我並不知道為什麼「*far niente*」是義大利文，因為這個字再適合巴黎不過。我的作息如下：到咖啡館吃早餐（並垂涎三尺地注視路過的女人），閒晃到藝術展場（並垂涎三尺地注視年輕女觀光客及兼差保全人員的美術系學生），到咖啡館吃午餐（參考前述之「早餐」），看電影（並對著女主角流口水），跟英國朋友到酒吧喝酒（高聲討論女人，把她們都嚇跑了）。

無所事事

唯一會干擾我作息的就只有天氣，天氣玩的那套把戲實在讓人沮喪。早上的天氣可能會相當晴朗溫暖，你可以看到女孩大衣下穿著輕薄透明的夏日服飾，不過到了午餐時刻，天氣可能會變多雲或是下起雨來，那些透明的衣服根本就透不出來。雖然我感冒已經好了，可是依舊渾身難受。巴黎已經進入春天，而我終於脫離夜夜四次郎的喜悅並未持續太久。

我跟我的老朋友美國人傑克碰面，跟他討論我的困境。他依舊在進行他那項國際性的性計畫。我們不只原諒對方在書店的那次「滾蛋」事件，他這時還相當感激我，因為他在下一場聚會中，有機會以政治正確的方式，表達出他對於我缺乏女性文學素養的憤怒，其中一位含苞待放的女性作家因此跟他上了

床。接著這又帶給他靈感，寫出另一首詩（「她來自紐西蘭」）。幸好他沒打算要唸給我聽。

我們在盧森堡公園碰面，那是位在拉丁區南邊高級區域的大型市民公園。公園裡有座圓形划船池，到了週末就會有小孩子到這裡租玩具遊艇，而且也有少數幾處可以讓人行走的草地。這天是週間早上，陽光輕灑上草坪裡蹣跚學步的小孩，還有在一旁照料的母親和褓姆。

我和傑克坐在公園外的小咖啡館裡。咖啡館在一座小亭子下方，有一個露天平台，淡綠色金屬椅則擺放在花臺上的高大七葉樹下。那天樹葉才剛抽出嫩芽，顏色幾近黃色，在微風中翩然起舞。

我們離街道上的車輛很遠，也相當自在，不過會有鴿子大便掉到頭上的危險。只是這對傑克來說並沒有什麼關係，他幾乎骯髒到非人的地步。眼睛完全被髒污下垂的頭髮遮住，那件舊西裝外套，這時看起來就像被一隻法國豬嚼爛過，而且豬還在他渾身上下大小便。要是沒有我這時髦瀟灑的人在一旁，他在咖啡館大概沒人會理他。

我們省去了戰爭相關話題（「總是人民在受苦受難」、「為什麼這麼多人會相信政客說的話」），直接進入重點。我告訴他我跟尚馬利和瑪莉之間的最新狀況，並且問他這個顯然願意，不對，應該說渴望跟任何沒有睪丸而且達到法定年齡的人類上床的男人我該怎麼辦。

傑克大笑，並且朝兩隻邁著蹣跚步伐前來乞食（或是乞討豬大便）的跛腳鴿揮動他的腳。「啊，你很缺乏。」他說。

過去幾個月來，他的英語早已分崩離析到讓人難以辨識，不過我現在已經懂得夠多他的法式英語，所以可以理解他在說什麼。

「沒錯。」我同意道，並試著回想，除了我做的夢，以及跟同事說再見時毫無意義的臉頰觸碰之外，我上次跟女性有肢體接觸是什麼時候。

「你之前是怎麼辦到的？就是，呃，你怎麼找到那位拍照女朋友的啊？」

「攝影師。」我有時候就是會忍不住糾正他。「她是兼職服務生。」

「對啦，這就是你的對策。」

「最好是，不過我現在似乎都不會固定去同一家酒吧了。那些酒吧女服務生隨時都有人在搭訕，要是你褲子口袋沒露出朋馳跑車的鑰匙頭，她們連理都不會理你。就算是在英國酒吧，那裡的女服務生也都有法國男友了。」

「沒錯，這真是有問題。」

我們啜飲咖啡，看著陽光透過葉片輕灑下來，並納悶那些時速兩哩又滿身是汗的慢跑者為什麼不待在家裡，反而在那邊拖著腳，揚起漫天塵埃給我們吸。

「此外，傑克，你要的跟我不一樣。你只是想跟她們性交而已，對不對？這會讓情況簡單多了。」

「當然不是啦，老兄。不瞞你說，有時候我得布一下局，像是告訴她我愛她諸如此類的蠢話。我可能要先花上好幾個**禮拜**的時間，才會等到結果。」

「可是傑克，我想要的結果不只是那樣。」

「哦，你還想把自己安裝到她的公寓裡，是不是？」

「是的。不對，我是說，我是真的想**認識**某人。」

「認識某人？哦，老兄，那你就必須成為英語老師。你會認識美麗的女人，而且她們都被迫要跟你聊天……聊上整整一個小時。」

「教英語？門都沒有。」我忽然想到瑪麗安的灰牙齒，因而打了個冷顫。

「不要遲疑，保羅，你知道我今天早上要在這邊那邊幫一位相當美麗的女人上課。」他透過樹木朝公園外那條大街抬抬下巴。「那裡是間保險社團，她是你喜歡的型。辦公室小姐，時髦，對我來說太漂亮了。你知道我在說什麼嗎？而且她只是眾多美女之一。」

我搖搖頭，轉頭看那位老服務生，他大約六十歲，滿頭灰髮，穿著黑色背心。當時他正在端咖啡和可頌麵包給一位身穿昂貴奶油色皮草的中年婦女。他暫停下來跟她調情一下，她笑了笑。

我心想，為何不找份服務生的工作呢？只要不教英語就行。

「在巴黎你必須像髮絲般前進。」傑克宣布。要是我聽得懂的話，這句話絕對會是具有深刻智慧的觀察。

「就是隨波逐流，」他解釋道，「看看那些人。」

他指指划船池。水上並沒有模型遊艇，不過卻有許多人在陽光下散步或慢跑。

「他們怎樣？」

「看到他們走路的方式嗎？」傑克揮動他的右手，意思是把自己當車子繞著圓環開然後向右轉出去。我知道他的意思了，幾乎每個人的動作都像是在繞著圓環跑，從其中一條步道跑出來或是往階梯走下來，然後向右繞著水池跑。

「就跟在地鐵站一樣，」他說，「大家都當自己是在車子上。如果你想靠左爬樓梯，他們會覺得你瘋了。他們都隨波逐流，靠右邊走。政治也是一樣，政治領袖都是從同一間學校畢業，他們並不想改變法國。他們都只想做一件事，那就是讓法國成為地球的首都。就是這樣嘍。」

「那麼這和教英語有什麼關係？」

「啊，那是最近最大的潮流，不管政客說什麼話，所有法國人都想學英語。你看看我，這一年來一直努力要讓公司開除我，雖然我還是會去上課，沒錯，可是我會污辱笨蛋學生，而且衣服還隨便穿。」

「你為什麼想要被開除？」

「失業救濟金大約是你最後一份薪水的七成，你知道嗎？不過他們從未開除我，他們需要我，因為每個法國人都想學英語。就是因為這樣，你才應該去教英語。」

「可是我又沒有教學資格。」

傑克轟然大笑，讓他和艾菲爾鐵塔之間的鴿子都嚇得飛了起來。

■　■

「希薇，妳昨天晚上吃什麼？」

垃圾

「我做了一些crap來吃。」

可麗餅

「你是指 *crêpes* 嗎？一種煎餅。」

「沒錯，是煎餅。」

最困難的部分就是要保持鎮靜。

「好，菲力浦，如果你沒有餐具的話，你要對服務生說什麼？」

幹人

「呃，不好意思，我需要刀子和fuck[3]。」

這實在相當殘忍，而且我的法語也不會比他們的英語好到哪去，但是有時候你就是會忍不住笑出來。

3　叉子的英文是fork。

「Five p.m.，我正在工作。」 晚上五點

「很好。」

「Seven p.m.，我正坐在電車上。」 晚上七點

「不錯。」

「Nine，我聽廣播。」 九點

「那是a.m.還是p.m.？」 上午｜下午

「都不是，是FM。」

有時候，尤其是在從事角色扮演時，你不禁會納悶，自己究竟在這裡搞什麼鬼？

「先生，如果你不開發票，我們會聯絡我們的驢子。」

「你的驢子？」

「沒錯，我們的驢子。」

「你們的那頭驢子？」

「哦，我們會聯絡我們那頭驢子。」

「不是，你指的是律師。」

「什麼？再說一次。」

「聽好，我唸給你聽，律……師……」

「是的，驢子。」

「好吧，那你就去聯絡你的驢子吧。」

■　▪

不過整體而言，傑克說的沒錯。至少，這幾個禮拜以來，教英語都還挺有趣的，有點像在參觀一堆你並不特別想買的房子，你可以不停追問細節，讓你徹底了解他人的生活，又不需要做出任何情感承諾。

傑克的學校很高興能夠聘用我，而且是高興到在我上門應

徵那天就派我去教課，特別是因為我曾經有過「真正的」工作，並不像許多窩囊廢在戴上領帶後，就變成巴黎的英語老師了。

學校的老闆叫做安德莉雅，是作風強硬的五十歲德國人，身材瘦小、西裝筆挺，很懂得把握商機。她說著一口流利的英語以及更加流利的法語，戴著大鑽石耳環，曬成褐色的額頭上有深深的皺紋。這身模樣的組合，意味著語言學校產業是個同時充滿樂趣和痛苦之處。

當安德莉雅把我那天下午要去上課的公司地址交給我時，我居留證的影本都還溫溫的。

「可是我要教什麼呢？」我問。

「就去，然後跟他們說話。介紹一下你自己，問他們做什麼工作，告訴他們你過去在做什麼，並且記下他們犯的錯誤。在課堂最後二十分鐘，你就開始分析他們的錯誤，要是他們一直講話講到最後，那你就說你下次再分析他們的錯誤。這樣聽起來相當專業，而且也會用去更多時間。然後你不要忘了叫他們在出席表上簽名，那樣我們才知道要向他們收多少錢。」

安德莉雅看著我，一副我這時早應該離開辦公室的表情。教師訓練課程似乎已經結束了。

我並沒有美麗的女學生。有個學生是疲倦的上班族母親，她在香榭大道上一間銀行的櫃檯工作，需要用到英語，不過她比較喜歡談論晚餐煮什麼（因此才會有先前的「垃圾」對話）。有三名工程師要到中國販售電信訊號天線，害怕會感染SARS。我教他們不要說出「I don't hope to catch it」這種句

我希望不要得到SARS

子[4]，但我再怎麼努力，也無法讓他們唸出正確的「律師」發音，不過他們似乎已經相當滿意。我到一家大飯店去教英語，那裡的經理（名叫菲力浦，也就是說「刀子和幹人」的那位）想要調職到美國，所以需要說服他的總公司他可以用英語應付員工和顧客。我扮演他的服務生、總公司的來訪者，以及他的美國祕書（這讓人有點擔心），然後就結束了。我請他們在出席表上簽完名，就走了。

如果我已經沒有東西可以教，我會拿出那天的英文報紙，然後我們談論上面的東西。我試著要他們談談法國的記者罷工，可是不清楚這件事或是不在乎這件事的人，數量多到令人訝異。他們並不會每天看報紙，頂多是看看地鐵站的免費報。那些免費地鐵報並未罷工，因為工會並不把他們視為新聞業。此外也沒有人懷念電視新聞，因為觀眾常常還沒看完就會想到租來的影片快要到期了，於是就立刻放電影來看。就我的學生而言，缺乏正式新聞並不算是新聞，他們還比較喜愛閱讀關於貝克漢髮型的報導。我並未在出席表上的「討論主題」欄填上這個話題，我們每次都是「研究當代設計，並延伸談論英國文化。」

那樣子的課程，再多少加入一點練習本和錄音帶，就是在巴黎教英語可以做的事。你就是必須接受自己是世界上酬勞最低的聊天秀主持人。

傑克說的沒錯，這一切之所以會不費吹灰之力，都是因為他們幾乎都極渴望學習英語。他們雖然把全世界的不幸（從非洲的種族大滅絕到咖啡的價格）都怪罪到美國身上，但並不會因此不想學美國的語言。伊拉克戰爭？什麼伊拉克戰爭？……

4　英文中，「hope」前面不會加上否定用法，而會寫「I hope not to…」或「I hope that I don't…」

美法和英法的關係惡化？誰在乎？……他們會不會想到一間正統的英國茶室用午餐？當然會，請告訴我在哪裡？（沒錯，尚馬利，到底在哪裡？）

我還是會留意尚馬利的一舉一動。我靠著網路和妮可得知尚馬利最新的政治發展。我每個禮拜還是會和妮可吃一次午餐，不過我這時會非常小心，可別在吃完午餐後要她在出席表上簽名。

她說尚馬利比以前花更多時間到特魯去。史蒂芬妮有時候會帶工作到那裡去給他做（邊工作邊玩耍吧，我想）。根據史蒂芬妮告訴妮可的話，尚馬利拜訪了他選區內的所有農夫，而且還在市集日跟大家握手，跟每個攤販買東西。妮可還說，要是尚馬利在巴黎，就會有國家級政治人物來跟他見面，其中包括（妮可這時小聲說）某位政黨領袖，就是曾經主張奧許維茲集中營（如果它確實存在的話）不過是地中海俱樂部前身的那位。[5]

「不可能。」我雖然滿嘴半生不熟的鮪魚排，但還是要反駁，「我知道尚馬利只要認為有錢可賺，也願意把他死去的曾祖母租給別人做應召女郎，但我想他並不是納粹分子。」

「不是，他不是納粹，不是**真正的**納粹。你不懂在法國……英語怎麼說呢？」妮可在空中揮揮叉子。「……在法國，身為法西斯分子會得到多少尊敬，那只是種對過去的緬懷。」

「我並不知道妳對政治這麼了解，妮可。」我感到有點失望地說。在我嚴重的性愛空窗期，我甚至還考慮過是否要問她想不想學點比較親密的英語詞彙。像是「哦……」或是「啊……」還有「就是那樣，不要停，保羅，你這停不下來的性愛機器。」可是如果她對政治有興趣的話，那就敬謝不敏了。我已經跟愛

5　奧許維茲（Auschwitz）集中營是第二次世界大戰德國納粹設置的集中營。地中海俱樂部（Club Med）是全球連鎖渡假海濱飯店集團。

麗克莎經歷過那種事，只要我說錯一個字，高潮馬上變低潮。

「並不怎麼了解，並不會，」她說，「只是我家人來自法國西南邊靠近卡卡頌的地方，傳統上我們算是供產黨。」

「真的嗎？」忽然間她又變得比較性感。我總是認為共產黨女人都是長腿金髮的農場志工，在乾草堆上對喬叔叔獻上自己的全部6。不過即使透過我那雙性飢渴的雙眼，妮可也依舊不是長腿金髮美女。

「不過話又說回來，這跟你想像的不一樣，我的老公並不了解這回事。我的家人並不想殺死資本主義，他們只是農業合作社的成員，而這個合作社是供產黨的，那是傳統。我的爸爸曾經是供產黨反康軍，對抗納粹，他協助煤國人。」

她變得更加性感了。她是反抗軍的女兒？而我是位逃亡的英國機師，被迫躲在她的床底下。然後有天晚上，當她爸爸外出去炸鐵軌時，她說：「今晚不需要躲在床底下了。」然後我就教她如何發出英語的哦和啊。

「……而尚馬利有很大、很大的爭治野心。」

「呃，什麼？再說一次？」她硬生生把我從一九四四年拉回現代。

「尚馬利，他並不只想當小鎮的長官。」

「鎮長。」

「對，是鎮長，謝謝你。那座核能中心⋯」

「發電廠。」

「這座核能中心發電廠，是很腫要的地方問題，如果他能在這地區油有足夠的爭治力，這座電廠是肯停會興建的。他肯停會受人尊敬，被施為是⋯⋯英語怎麼說？*un homme*

6　喬叔叔（Uncle Joe）是西方媒體對史達林（Joseph Stalin）的暱稱。

d'influence？」

「有影響力的男人。」

「謝謝你。這有助於他的爭治生涯，而且，哈……」她發出帶有哲學意味的笑聲。「他也肯停會從中厚取金錢利益。」

「那他現在會成功？」這場選舉變得愈來愈不無聊了，我為自己點了盤柳橙巧克力軟糖作為甜點，以資慶祝。

「妮可，我之前沒有告訴妳，我已經開始教英語了。」

「啊，在學校裡教嗎？」

「對啊，教授正式課程，我想知道妳是否有興趣學習……」

　　四月中旬，有天早上我剛好有空，就到那間同志咖啡館看報紙。我在快中午的時候回家，想用我剛買的棍子麵包做點簡單的三明治來吃，不過我的前門似乎卡住了。

　　我用我的鑰匙試了三次（正常的方法，就是上下顛倒，並且發出挫折的呼喊聲，再搭配踢門的動作），但門就是打不開。「哦，我知道了，是議會想開個遲來的愚人節玩笑，換掉所有HLM門牌號碼，讓我們都試著進入錯誤的公寓。」我自言自語道，愈說愈覺得荒謬，畢竟，就算像我這種沒讀過牛津或劍橋的人，也能記得自己住在哪一層樓。

　　「或者是因為我內褲散發出的野性體溫，把我的鑰匙給融化了。」

　　我覺得這也非常不可能發生。這時我注意到，最可信的解釋，就是門上的鎖已經不是一個小時前的鎖。有人把我的鎖給換了。

　　我的電話響起，上面顯示陌生的號碼。

　　「日安，先生。」彬彬有禮的男性聲音說道，接著那聲音客

氣地解釋，如果我想進入公寓取回個人物品，可以那天下午四點回來拿東西。

「你是誰？」

「你並不是公寓的合法居住者，所以你沒有權利住在這裡。」那聲音說。我覺得他只是在閃避我的問題。

「你是不是HLM部門的人？」

「你想不想在四點回來拿東西？」同樣，沒有正面回答我的問題。

「是的。」我說，並試著當乖乖的模範生。

「那就四點見了。」那聲音說，「今日愉快。」

只要有人再祝我**今日愉快**，我就會把他的聲帶扯爛。我也納悶到底發生了什麼事。

如果有疑問，就問你的門房。這些葡萄牙女人知道世界各地發生的各種事情。如果海珊試著躲在巴黎，他項上人頭的賞金，絕對會被她們拿去幫葡萄牙波爾圖市裡的所有房子建造新車庫。

我到德柯絲塔太太的住處找她。她跟她老公（大概比她高兩英呎）一起住在大樓前門附近的套房公寓。還有一台我見過最大的電視。夫妻倆的三個青少年兒子會到這裡吃飯，可是睡在別處的某棟大樓裡。我早上偶爾會看到其中一個兒子穿著睡衣就從街上衝進來。

德柯絲塔太太打開掛了門簾的玻璃門，有淡淡的鱈魚味飄了出來。她穿著長袖黑色上衣和黑色筒襪，未梳理的頭髮豎了起來，黑色波浪一道接一道。她看起來有點像隻雞，包括雞胸和雞冠。她一看到我就立刻跳回屋內。

看來我一定是低等賤民。

不過不是，她又走了出來，一副狼狼慌張的模樣。頭髮已經用頭巾綁好，跟我道歉說她還沒把郵件分發出去，接著把滿手的信件通通塞給我，最上面那封信的收件者是霍姆・林格涅茲博士。

「不，不是。」我說，「我是說，是的，謝謝妳把信交給我，可是我是為別的事情來找妳的。我……」

該死，要怎麼表達我的門鎖未經過我同意就被換掉了？

「我的門不要我的鑰匙。」我嘗試去表達。我拿出鑰匙，並且模仿有人忽然發現不管怎麼努力，那把鑰匙已經不再是鑰匙的動作。

「啊，對！」她腦袋裡的齒輪開始轉動了，各種發生過的事情一一浮現出來。「今天早上兩個男人來，他們做出很大的砰砰和轟轟！」現在輪到她進行模仿秀了。「我上樓，他們破壞門，我問他們誰，他們說，妳閉嘴，我們只是換鎖，然後我們走。然後他們換鎖，然後走了，噗！他們不是幫你嗎？」

「不是。」

「不，你不會做出噪音，跟其他人不一樣。」她抬頭看我，露出讚許的笑容。有這麼一位保護者真好，即使是像德柯絲塔太太這麼圓滾滾的小人物也足以讓人開心。

「他們是HLM部門的人嗎？」

「不是。其中一個是一般的個人鎖匠，另外一個很壯……」她鼓起她桶狀的胸腔，擠出她的二頭肌，「非常有型，就像……」她思考正確的字眼，「就像保鑣一樣。」她對自己點點頭，「鎖匠像保鑣，真怪。」她皺起眉頭。

「太怪了。」我同意道，並且告訴她我剛接到的電話。

過了十分鐘後，我手上纏著一件葡萄牙國家足球隊顏色

（綠色、紅色，以及汗漬）的舊長袖運動衫。我閉起眼睛，同時一面禱告，希望當我再次睜開眼睛時，我的手指不會爛得像覆盆子莓果醬。

這是因為德柯絲塔先生正拿著一把大鐵槌，瞄準我手中架在新鎖上的鑿子，對我揮過來。

一陣震耳欲聾、讓人骨頭散落的重擊聲響起，然後那道門緩緩打開，我們進門四處窺探。

一切都跟我先前出門時一模一樣，廚房裡有三天未洗的碗盤，臥室裡點綴著亂丟的襪子和內褲。艾洛蒂的房間上了鎖，以免我寂寞難耐，到她臥室裡嗅聞她的內衣褲。

德柯絲塔太太東瞧西瞧，尋找八卦題材，然後宣布我們必須快點搬東西。

「可是我才不要離開，」我抗議，「我要再換一個新鎖，留在這裡。」

「不行，你沒看過那個高大男人。那個保鑣。」她提醒我，然後再擺一次鼓胸的動作。

幾乎不會說法語的德柯絲塔先生點頭，贊同她老婆的話，然後以他慣用的喉音對她說了些話。

「他說他們四點會很生氣，你必須走。」

「去哪裡？」

他們很快討論了一下，然後德柯絲塔太太拍拍我的手臂。「我們幫你找間公寓，保鑣不會找到你。」

德柯絲塔先生去拿了幾個箱子給我裝書和光碟，而我則開始打包我的行李箱。德柯絲塔太太留在這裡看我打包。

「是那女孩，艾洛蒂搞的吧。」她恨恨地提到她的名字，對這名老是弄髒樓梯平台的女魔頭氣得要命。

「不是，她人在美國，是她爸搞的。」這似乎是最有可能的

解釋。換鎖和打電話給我這種一氣呵成的計謀，一看就是尚馬利的正字標記。有人等到我出門後，破壞我的門，然後再等到我回來時，打電話給我。這計畫滴水不漏，就跟尚馬利的領口一樣緊。我唯一想不透的就是，他為何要在我身上費神。選舉就快到了，他絕對會有更急迫的事情需要處理。

「可是這並不是他的公寓，我要到市政府去告他！」德柯絲塔太太相當憤怒。

「不行。」我停下手邊收拾髒襪子的動作，警告她別妄想跟尚馬利槓上，「妳會丟掉工作，但他並不會失去掉這間公寓。**這**是我的勝利了。」我告訴她，「我們把門撬開，我拿走我的東西，這樣就夠了。」

雖然我並沒有很多私人物品，不過等到我把所有東西都堆到門房的住處時，裡面已經幾乎沒有空間可以裝氧氣了。

我坐在行李箱上，腿上放了一只裝滿衣服的垃圾袋，手裡拿著一杯咖啡，思索著自己跌得有多深。我顛峰時期是個擁有鄉間小屋、跟老闆女兒上床的窩囊行銷主管，這時候卻成了無家可歸的邊緣人，懷裡除了一袋自己的髒內褲外，什麼都沒有，絕對無法躋身《富比士》的成功企業故事之列。我在巴黎力圖做到的每件該死的事都搞砸了。這都多虧了尚馬利，當然還有那場戰爭。爸爸，你在戰爭時做了什麼事？我被鎖在自己公寓外面。四月愚人真是沒錯，狗娘養的四月。

「妳今天不用工作嗎？」我問德柯絲塔太太，她焦慮地看著我，分擔我的憂愁。

「不用，我們晚上才工作。」

「妳不想睡覺嗎？」

「我們四點做完工作，在孩子上學前睡覺。或許下午再睡一下。」

「德柯絲塔先生到哪裡去了？」

「他去開他的車。他要帶你去新公寓，跟他的朋友住。」

「朋友？」

德柯絲塔先生回來了，我們很快就把他那輛外表新穎的雷諾轎車裝滿東西。那輛車跟尚馬利的董事長座車其實沒太大差別。門房這一家子沒花什麼錢在住宅上，不過倒是挺懂得如何花錢買法國消費產品。

他開車載我經過瑪黑區外的兩、三條街，進入一間有點殘破不堪的中世紀建築，車子停在鋪滿石子的大庭院裡。入口是斑駁的馬門，如果要前往住房，要先爬上一段通往拱門的小石階。當他把毛玻璃門打開，映入眼簾的是一間冷冰冰的廚房。

廚房裡有具超大冰箱和長長的餐桌，餐桌一端擺著電視。那台電視在它一生中的某個時刻曾經被白色油漆噴濺過，只有螢幕是乾淨的。第二個房間是暗暗的臥室，兩邊牆上各靠著一張雙層床鋪。窗簾垂下，而房間裡有體溫和男人胳肢窩的味道。

德柯絲塔先生要我別出聲。我看得出其中兩張床鋪上有隆起的黑暗身影，其中一個發出輕微的鼻息，好似一邊睡覺一邊嚼著軟骨。

我們把車上的東西拿下來，輕手輕腳地把我的東西迅速塞到臥室裡，跟地板上已經擺得滿滿的行李箱和置物箱擠在一塊。那地方看起來像流浪漢的避難所。

我們來回兩次才把我的東西搬完，然後德柯絲塔先生就跟我道別。

「你在這裡很好，拿去鑰匙，再見。」

我謝謝他，跟他握握手，然後廚房裡就只剩下我一人。陪

伴我的是四張塑膠摺椅和庸俗的聖母瑪麗亞掛鐘。

　　我到底應該怎麼辦？我思索著。等到其中一個睡美人醒過來，再向他介紹自己是天外飛來的新房客？還是要回去找德柯絲塔太太，問她這裡的租金到底怎麼算以及可以待多久？或者是直接前往火車站，離開這他媽的法國？

　　因為我不是輕易放棄的人，所以我決定前往火車站，替自己預訂兩週後的車票。我想我應該需要這麼長的時間才能把我的髒衣物消毒完畢，然後把我不想運回家的東西丟掉或送人。

　　但何處是兒家？絕對不是我爸媽的家，我心想。除了那裡，任何的地方都行。

　　「混帳尚馬利。」我對著無辜的聖母發牢騷。如果我被趕回英國找媽媽，那就表示尚馬利贏得了勝利。

　　我希望在我兩週後離開時，我會有辦法送他一些狗屎，以示道別之意。在他身上留點自己的記號，那感覺會很爽。

　　我那天下午下課休息時，孤獨地坐在咖啡館充滿菸味的角落。忽然我的電話響起，我認出那是門鎖破壞者的電話號碼。

　　當時已經是四點十五分。當然他們遲到了，是故意要讓那名英國人等吧。

　　「喂？」我用充滿雄性的聲音回答，這時我已經有個揮舞大鐵槌的人做靠山。

　　「你把門弄壞了？」

　　「哪個門？」

　　「你的門。」

　　「我沒有門。」

　　「你必須為門鎖付錢。」

「哪個門鎖?」我想到我的學生無法在場聽我們對話,實在太遺憾了,不然這可是相當不錯的範例,學習如何提出開放式問題。我們可以進行這種對話好幾個小時。哪個門鎖?哪間公寓?哪罐洗髮精?哪位比利時哲學家?

打電話的人想必是那名保鑣,他最後終於把持不住,說出了我的舊地址。

「噢,沒錯,我知道那個地址。我建議你把帳單寄給住在那裡的人,尚馬利‧馬丁先生,寫法是尚……」

「猴死賽囝仔。」那聲音中斷了我的話,讓我回想到上次跟尚馬利見面時,他最愛用來形容我的話。他們顯然討論過我。

因為那聲音依舊語帶威脅地繼續怒吼,所以我把電話掛了,並提醒自己要換號碼。只要再過兩個禮拜,他們就永遠找不到我了。

我的三個新室友都是很友善的人。其中兩個叫做佩德羅和路意斯,晚上跟德柯絲塔先生一起做清潔工作。另外一個叫做維斯科,在經過他的一番解釋之後,我終於了解到,他是某種撐竿跳打擊器樂手,白天替鷹架公司工作。他們都是傳統工人,平常會搔搔跨下和隨便打嗝的那種人,但卻不會輕視我這種手無縛雞之力的人。他們年紀跟我差不多或是比我大一點,到這裡一次打拚個幾個月,把賺到的所有錢都寄回家,並接納我這個同是離鄉背井的人。

第一天晚上,我帶著幾瓶葡萄酒回到**我們**的家,他們正在下廚,那可能是其中兩人的午餐和另外一人的晚餐,煮的基本上是炸魚和薯片。根據我接下來的觀察,他們除了各自的早餐外,幾乎每餐都吃這種東西。他們邀請我跟他們一起享用我在

那裡的第一次午餐／晚餐，而我必須壓抑拒絕的慾望。煎鍋內外都結了硬硬的油塊，根本看不出煎鍋本來的顏色。炸薯片機是種密閉式的泡泡型器具，在油炸薯片時根本看不到薯片，機器的蓋子打開，裡面似乎裝了跟十年前剛出廠時同樣的引擎油。

食物本身味道還可以，尤其是跟我的葡萄酒一起入喉時更好。雖然我們除了「ça va」以及幾位足球明星的名字外，幾乎沒有共通的語言，但是我們靠著乾杯和有線頻道重播的葡萄牙語配音《海灘遊俠》，很快就打成了一片。潘蜜拉・安德森的嘴唇根本跟她的聲音搭不起來，不過話又說回來，在原版英語影集裡也是一樣搭不起來。我以前根本不會去注意對白。

我睡在維斯科對面，就是左側的下舖。那張床先前似乎是大肚子的灰熊在睡，因為彈簧已經深陷下去。我發現自從學校的地理參觀之旅後（男孩房間都會舉辦整夜的放屁比賽），除了喝醉酒在臥室地板上昏睡之外，我就再也沒有跟其他男人睡在同一間房間了。維斯科的屁絕對可以出國比賽，而我因為不想讓他心理不平衡，所以總是在倒頭睡覺前（或者說在被熏昏前）勉強擠出個晚安屁，以示氣味相投。

住在那間公寓裡，就像住在一輛長程火車的車廂，擠到不行，你隨時都會踩到別人或他們的行李。如果再早幾個月，我絕對會因此意志消沉，不過現在，因為再過幾天我就不會再跟巴黎有任何瓜葛，所以住在這裡，就跟從亞洲轉機回來時在休息室休息差不多。我現在只需要認清事實──在離開巴黎前似乎沒什麼機會再跟更多的巴黎美眉搭訕。帶女人回到跟別人共用的難民營，絕對能讓慾火最強烈的性感帶瞬間急凍。

在離開巴黎前的最後一週，老闆安德莉雅派我到大型電腦

硬體公司教授五天的課程。授課老師一共有兩位，分別帶不同的團體。年輕的業務經理是由一個叫做卡拉的佛羅里達州女孩授課，她主要的教學執照，就是曬成棕色的臀部，以及把身體靠在桌邊散發致命誘惑的技巧。她的出席表總是塞滿了簽名和電話號碼，而她也不是傻瓜，所以就靠著那雙美腿要求務實的安德莉雅替她加薪。此外，她的工作時間有一半是在為學校做行銷，只要安德莉雅認為迷你裙對生意有幫助，就會找她去。由於這裡是巴黎，所以通常都很有幫助。

我的那群學生，則是一些不介意沒被卡拉教到（或是沒卯足勁擠進她的課）的人，再加上幾個想要向真正的英國商務人士（或者說前商務人士）學習商用英語的人。雖然這表示我的工作會比較多，但是我挖出了一些我擬的茶室報告，拿裡面的關鍵詞彙當教材。

他們當然都認為茶室是個好主意，要不是我一天得專心教七小時的課並因此而累得像條狗，不然這絕對會讓我怒火中燒。我就像那幾個葡萄牙小夥子，做牛做馬賺錢寄回家。這種整天教課的工作，每分錢真的都是掙來的，而且確實遠比在辦公室工作辛苦多了。你站在全班十個學生面前教課的同時，是無法寫電子郵件給朋友的。嗯……至少要有技巧一點。

我和卡拉一起去公司餐廳用餐，而且通常都不會跟學生一起去。因為學生幾乎都會利用跟老師吃午餐的時間練習折騰人的閒聊。

一天中午，我和卡拉一起用餐時，有人羞怯地打斷了我們的談話。

「保羅？是你嗎？」

我抬頭看到一張和藹的女性臉孔對我微笑。我見過那張臉，但是無法立即想起名字。

「弗羅倫絲，瑪麗的朋友。」她用法語跟我說。她是那位有一半印度血統的女孩，瑪麗曾想湊合我們，不過我從未打電話給她。她看起來很漂亮，不過跟以前不太一樣。在酒吧裡她把長長的黑髮放下來，而且她當時還穿著低腰緊身牛仔褲。這時她綁著馬尾，身上是端莊的卡其上衣和牛仔裙。

「喔，對，妳好。妳在這裡工作嗎？」我問。

「是的。」她朝卡拉看過去，我介紹她們互相認識。弗羅倫絲和卡拉互望，表情好像在說：「她有沒有跟他上過床？」不過並不帶較勁的意味（真遺憾），只是想弄清楚狀況。

「妳要不要跟我們一起吃呢？」卡拉建議。弗羅倫絲坐了下來，就坐在她旁邊，我的對面。

「我們這禮拜都在這裡教英語。」我解釋道。

「我們在同一家語言學校工作。」

「啊，你現在是英語老師？你為什麼離開之前的工作呢？」

「哦，說來話長。」我根本不想提這檔事。

「那麼英國男和美國女是到這裡替布萊爾先生和布希先生做政治宣傳的嘍？」

卡拉笑道：「是啊，沒錯。這裡所有人都討厭我，因為他們把我視為大美國帝國主義威權的象徵。」她發出一陣猛烈的帝國主義式吼聲，那足以讓公司上下所有男人一口氣報名十年的英語課程。

「而且保羅看起來像詹姆士·龐德。」弗羅倫絲說。

「嗯，如果你指的是史恩·康納萊的話，我確實覺得自己跟他一樣老。」

「嘿，你們要不要喝咖啡？」卡拉問道，並且指指她身後餐廳角落的咖啡吧台。午餐後那裡總有一堆人等著要喝咖啡，不過卡拉通常有辦法讓自己排到隊伍最前面。

「喔，好主意。妳要不要跟我們一起去？」我問弗羅倫絲。

「不，你們兩人留在這裡，我帶咖啡過來。」卡拉說。

在卡拉去拿咖啡時，弗羅倫絲談了她在電腦公司的工作。她在會計部門上班，雖然並不有趣，但是目前並不想找別的事情。我發現條件超優的法國人通常都會有這種態度。如果你的公司經營得不錯，你被開除的機率根本就是零，於是你就會待在那裡，感到無趣、感到停滯不前，可是也感到安全。就像你被困在荒島上，可是你有補給充足的康寶濃湯。

我開始希望卡拉能快點回來，救我脫離這種可悲的故事。我已經在許多英語課程中聽過多種版本了。

弗羅倫絲好像能讀取我的心思，忽然露出了挑逗的微笑。「你為什麼沒有打電話給我呢？」她問。

「哦，不瞞妳說⋯⋯」

「你有別的女人了？」她轉頭看向卡拉。卡拉正在吧檯跟一群年輕男子聊天，或者說是被迫跟他們聊天。那群男人的舌頭都已經垂到胸口了。

「卡拉嗎？不是，她只是同事，而且她已經有男朋友了。」

「那就是別人嘍？」

「並沒有，一直都沒有別人。」我坦承道，語氣比我預期的還要鬱悶。

沒錯，我根本沒有找妮可試試看。我並未問她要不要上做愛英語的家教課，而是問她是否有興趣請VD牛肉找我們學校為公司上課。安德莉雅答應我，只要我介紹一筆生意，就能獲得一成佣金。妮可認為我是在拙劣地暗示，我想向她索取用英語聊天的費用，於是有點生氣。我從她的話中推斷，如果我建議把我們兩人每週在餐廳的談話轉移陣地到她的臥室，她還比較不會生氣，不過這時也已經太遲了。她當時太傷心也太脆

弱，不能用來作為暫時消除慾火的工具。事後我獨自一人在床上看著雜誌，告訴自己，我偶爾也可以當一個討厭又沒良心的王八蛋。當時我還有自己的臥室。

弗羅倫絲笑了出來，可能是因為我所說的話，或是我看起來的模樣。她笑得很大聲，很愉快。

「有什麼好笑的？」

我注意到她有漂亮的牙齒，沒有補牙的填充物。

「沒事。」她說，不過依舊笑個不停。

「嘿，妳有沒有發現？」我問她。

她轉頭看看其他桌子。由於大家都要回去工作了，所以人愈來愈少。她轉頭看看卡拉會不會回來。她不會回來了。

「什麼？」

「妳在說法語，而我在說英語。那樣不是很奇怪嗎？」

「我有注意到。」她微笑道。

「我以前沒有跟別人做過這種事，通常都是我說英語，然後忍受別人糟糕的腔調。」

「像是瑪莉嗎？」

「對啊，就像瑪莉。」我們一起大笑，「不然就是我要說法語，然後詞不達意。」

「那你想說什麼呢？」弗羅倫絲問。我心裡想，那是女人會問的典型問題，尤其是她眼睛還伴隨著挑逗的目光。黑漆、誘人，我這麼感覺。忽然間我並不怎麼希望卡拉回來了。

「這句話會聽起來老套到不行。」我說。

「什麼話？」

「妳摸起來**像絲一樣**。」

「為什麼那樣會老套？」

「哦，妳知道的，就像絲綢一樣。」

「是啊，沒錯，這種話老掉牙了。」弗羅倫絲笑了笑，並吻了我的手。我的手當時繞過她赤裸的肩膀，垂到她同樣赤裸的左乳房上。「可是我並不是絲綢，那是因為我每個禮拜都用幾千公升的乳霜和乳液來滋潤身體。」

「嗯，真的，妳確實聞起來有乳液的味道。」她的背有椰子味。我心想，我已經被沖上孤島，可是並沒有無趣的康寶濃湯。

在她的大床上，她轉身面向我。

「我通常不會第一天就帶男人回家，」她說，「你曉得這一點吧？」

我點頭並環顧四周，看看她到底帶我到什麼樣的地方。在我們跳上床之前，我並沒有充分的時間欣賞這個地方，要不是弗羅倫絲自己真的混了印度血統，那房間看起來還真是裝飾過度，像是民族風室內設計師的展示間。亮紅色的壁簾和喀什米爾窗簾，都是住在旁迪切里的親戚寄來的。旁迪切里是印度南部的古老法國屬地。

「嗯，我想，通常妳至少會先讓男人請妳吃晚餐吧。」我們下班後馬上見面，一起前往她位於第二十區、靠近拉雪茲墓園的公寓。我們六點半就已經躺到床上了。

為抗議我這句詆毀的話，她試圖要打我，不過我抓住她，並且把她拉近自己身體以避開她的拳頭。我想那就是我想要做的事情吧。

「**妳的**男朋友什麼時候從伊拉克回來啊？」我問道，語氣半真半假。

「笨蛋，我沒有男朋友，而且我呢，我並不是玩具而已，對吧？你並不是因為別無選擇才跟我上床吧？」

「這個問題妳應該在衣服脫掉前就提出來。」

這句話帶來更多掙扎，更多擁抱，然後我瘋狂地在地板上的包裝盒裡搜尋新的保險套。那是我們在過來這裡的路上，在她家附近的藥局買的。

當我張開眼睛時，天已經黑了。我發現她在幾吋外的枕頭上凝視著我，我也凝視著她，跟她對望良久。這通常會讓我很不自在。

這種情況促使我提出大膽的建議。

「弗羅倫絲，不然這樣吧，我們這週末去做愛滋病檢驗。」

她把身體從枕頭上撐起，靠過來親了我一下。

畢竟，在這個年代，這已經是男人對女人所能說出最浪漫的話了。

我們的檢驗都是陰性，不過把檢驗結果撕開時的那種精神折磨，大概要讓我們心臟病發了。我們必須去做做愛，才有辦法平靜下來。

嗯，平靜其實並不適合用來形容當時的情況。我後來發現，弗羅倫絲在她的空閒時刻會去教授某種叫做皮拉提斯的課，她說那是種結合瑜珈和伸展體操的運動。她把所有技巧都應用到臥室裡，所以跟她在床上玩了幾個小時後，你身體有些你不知道會痛的地方便開始痛起來。然後你又往性愛極樂世界邁進了幾步。

我把我的火車票撕掉（其實是去退錢回來），並且把我的東西搬到她的公寓。佩德羅、路意斯、維斯科隨意說了點簡短的

道別話，然後我們祝彼此好運（我想是吧）。那間小住房確實是游牧者在巴黎沙漠中闖蕩掙扎時的綠洲。

相較之下，弗羅倫絲的公寓幾乎寬敞到有點令人不齒。那是一間三房的樓中樓，占據現代化大樓最頂端的兩層，可以俯瞰外頭那片墓園。上面那層樓外圍有圈陽台。在天氣好的日子，你起床後可以裸體坐在陽台上，在巴黎的屋頂甩甩腳跟（或是任何你想甩動的部位）。

憤世嫉俗的人會說我只是在占人便宜，利用這種包性又包住的全新美好交易。我對這種人的回覆，就是請德柯絲塔先生賞他一記大鐵鎚，然後我會讓他在一團血肉模糊中死亡，並祝他「今日愉快」。

記者在某個週六結束了罷工，不過選戰活動還是跟往常一樣沉悶無趣地沒完沒了。就如同法國的許多罷工，記者罷工也沒有達到任何效果。停止工作確實只是某種民族藝術的展現：為了罷工而罷工。

那天早上，我和弗羅倫絲坐在墓園的長凳上，那片墓園雖然叫做墓園，但其實一點都不陰森。拉雪茲墓園既明亮又透氣，就像一座迷你城市，格子狀的步道系統把墳墓分割成好幾塊區域，而且其中許多墳墓看起來就像房屋模型。不過這座綠色城市很安靜，成排的老樹，沒有壅塞的車陣，非常適合在春天第一個帶有夏日氣息的早晨慵懶地打發時間。

我們坐在長凳上，兩人之間放著兩杯咖啡和一袋可頌。我當時在看英文的音樂雜誌，而弗羅倫絲則買了這幾個禮拜以來的第一份報紙。（一版頭條：**記者罷工結束**。我想，這倒是還滿明顯的）。

墓園裡人很多，有些人帶著花來致意的，有些人是觀光客，來尋找王爾德、蕭邦，和吉姆·莫里森[7]的墳墓。

「你看，那不是你以前的老闆嗎？」弗羅倫絲說。

我抬頭看到一群墓園觀光客走來。他們都很年輕，頭髮蓋到臉上，穿著鬆垮的牛仔褲，身上的小帆布包不停拍打他們的臀部。若要分辨他們是男是女，只能說女孩的肚臍露得比較多。他們拿著墓園地圖，瞇眼對照著路標。

「除非他有穿肚臍環。」

「不是啦，是**這裡**。」她把報紙塞給我看。

報紙內頁有張尚馬利的相片，他旁邊是一群面目猙獰的農夫代表。圖說寫道農夫到巴黎來，要拿爛草莓填滿艾菲爾鐵塔對岸的托卡德羅噴泉。這並不是現代藝術，這些草莓都是他們在全國各地好幾處路障攔截下來的西班牙草莓。那篇短文說明道：那些農夫抗議市場上充斥著便宜的西班牙草莓，扼殺了法國農產品。雖然文中並未提到四月中旬並不是法國草莓的產季，但是這一點似乎不會讓農夫或尚馬利感到困擾。

尚馬利站在那裡，以農夫擁護者之姿保證他在未來某個不確定的時間，於取得某種有影響力的不明地位時，會盡他最大之力，禁止進口所有外國食物，尤其是西班牙投機商人和「盎格魯薩克遜入侵者」的農產品。

他看起來像完美的法國政客，穿著別緻到無懈可擊的西裝，硬挺的襯衫和領帶，還有令人受不了的誇大笑容。真是**自由、平等、虛榮**。農夫站在他身旁，一副現行犯的模樣，好似他們才剛謀殺了所有政治對手，單單留下純潔無瑕的尚馬利。

那群打扮得像法國吉姆·莫里森複製人的觀光客中，有一

7　Jim Morrison，一九六〇年代末期搖滾樂團 The Doors 的主唱。

人走到我們跟前。

「請問……？」他開始說話。

「在那裡，右手邊。」弗羅倫絲告訴他。

「謝謝你，女士。」他禮貌地回答，然後那群人就成群結隊走了。其中一個人開始唱：「乘著暴風的騎士……」

「他是白痴。」我說，「我是指尚馬利。他怎麼能說要禁止外國食品進口？難道法國要開始種椰子嗎？」

「法國其實產椰子。」弗羅倫絲說。

「什麼，難道是種在大型核能電廠的地下溫室嗎？」

「不，我說的法國包括一些加勒比海和太平洋上的島嶼。」

「殖民地嗎？」

「不是，有些是法國的一部分，它們是法國的省份，就像多爾多涅省一樣。所以法國也產椰子、香蕉、芒果。而且為了對他公平一點，即使我同意他是白痴一個，但他是說法國**以及**其海外領土**以及**西非的傳統友邦，在食物上可以自給自足。你知道的，我們跟英國不一樣，法國並不接受自己失去帝國的地位。我們嘴裡反對全球化，但事實上我們從未停止全球化。」

「哦。」那麼這個男人確實有套具有說服力的計畫嘍。我必須承認他很厲害，他在英國牛肉事件所搞的把戲，證明了他根本不鳥法國農民的死活，而他那一望無際的虛偽程度，則散發出某種對等的美感。

不過尚馬利的選戰策略當然也是有破綻的吧？

「那魚子醬呢？伊朗或俄國才有，不是嗎？」

「我想法國現在也有鱘魚養殖場。」弗羅倫絲說，「當然他的計畫是絕對不會發生的，不過卻是相當有趣。那計畫顯示，法國以前挑選殖民地是為了取得當地的食物。事實上，除了某些特定產品，例如俄國伏特加或加拿大楓糖漿，在他的計畫中

唯一得不到的東西，我想就是茶。」

「當然是茶啦，很合理。」

「沒錯，茶主要來自英國的舊殖民地，不是嗎？有些茶是在我們的前殖民地越南生產，但還是不夠。」

「所以艾洛蒂說的沒錯，茶也可以是種毒品。」

「艾洛蒂？」

「她是我老闆的女兒。」弗羅倫絲看起來很好奇，不過她絕對不會知道更多關於艾洛蒂的事情。「我是說，如果尚馬利當上總統，絕對會禁止大家喝茶，而且喝茶的罪刑還會比大麻嚴重。大家會製作茶葉標章，英國會變得像阿姆斯特丹，法國毒蟲可以到英國喝正山小種茶，喝到神智不清。」

「或許吧，可是我會有我的祕密供應管道。」

「為什麼？」

「我叔叔住在印度，他是貿易商，他可以寄茶給我。」

May				Mai		五月
Dimanche	Lundi	Mardi	Mercredi	Jeudi	Vendredi	Samedi
				1	2	3
4	5	6	7	8	9	10
11	12	13	14	15	16	17
18	19	20	21	22	23	24
25	26	27	28	29	30	31

一九六八年及其他種種

經過了無數假期、節日，和一定會有的罷工
如果你在五月一日之前還沒把年度工作做完
那你就要帶賽了

一九六八年五月，法國學生把巴黎街道上的鋪路圓石撬起來，不停往警方的封鎖線丟去，直到戴高樂的超級保守政府垮台才結束。法國人會告訴你，一九六八年的五月深深改變了法國，不過我個人其實看不出什麼改變的跡象。就像傑克所說的，他們依舊追隨過時的潮流，那些丟石頭的學生成了目前的超級保守老闆。當權派依舊是當權派，甚至還有一個跟戴高樂差不多的總統在位。唯一真正的改變似乎是，大多數的圓石路面如今都變成了柏油路。

不過五月可說是法國月曆中很重要的月份，因為如果法國的一年始於九月，那麼就結束於五月。

國定假日有五月一日（節日名稱還真有反諷意味：**勞動節**。就像是說你在**葡萄酒節**除了喝葡萄酒之外，什麼都可以做）、五月八日（一九四五年的歐戰勝利日）、五月二十九日（耶穌升天節）。因為這些日子都在星期四，所以大家都會在週五請假，放個連休四天的週末，他們把這叫做「搭橋」。如果再加上法國的每週三十五小時工時制度，那就意味著我和弗羅倫絲在五月可以盡情享受躺在床上的樂趣。

六月也沒什麼時間可以工作，除了同樣在週一有個國定假日外，大多數人都必須在月底前把他們當年度的年休用完，所以他們都會在最主要的暑假開始前休一個多禮拜的假。

不管怎麼說，因為七月就快到了，所以工作也沒什麼意義了，一切都等到九月的返鄉時節再說吧。

在法國，基本上如果你在四月三十日前還沒完成你打算做的事情，你就算是**深陷屎坑**。

一副這堆休假還不夠的樣子，就在這個五月，勞動節一

過，老師就罷工了。雖然他們每年有將近四個月的假期，但是他們不能搭橋，所以感覺權利受到剝奪。於是弗羅倫絲的辦公室就擠滿了小孩子，他們用影印機影印他們的臉，拿釘書機釘自己手指，因此大家工作完成得比平常更少。

而且基於罷工似乎是某種法國民俗歌曲，所以大家決定同聲唱和：郵局員工、商店員工、卡車司機、演員、生蠔開撬工、乳酪熟化工、服務生背心裁縫師傅、棍子麵包加長師傅、香腸縮皺師傅，以及任何你叫得出的法國產業。警察在崗位堅守一段時間，向一些抗議示威者發射催淚瓦斯之後，也跟著罷工。

你可能會認為，這種氣候並不適合開創全新的冒險，不過我卻反其道而行。

我在五月初辭掉教英語的工作，反正我大多數的學生都因為無止境的週末而取消上課。於是我向德國老闆安德莉雅說再見（她還問我是否有任何朋友／小孩／寵物可能想要成為英語老師），然後去拜訪老炮友瑪莉。當時是銀行行員罷工前的那個禮拜。

瑪莉的男朋友不在，不過弗羅倫絲向我保證我不會有危險。只是，為了安全起見，我跟瑪莉約在她的辦公室見面，那裡有面玻璃牆面對街道，如果發生了任何難以應付的事，絕對會被路過的人群瞧得一清二楚。

不過我有點想太多。根據弗羅倫絲告訴我的話，瑪莉只把我視為某種性啟蒙教案。英國男人過於 *coincé*，就像我跟她第一次見面後，就偷偷逃跑了，所以她想幫我通一通。而這時我已經是一條頂天立地通體舒暢的男子漢，所以瑪莉替我感到高興，就像法國工人聽到他兒子完成了生平第一次罷工一樣。

我以前見過瑪莉穿著上班服的模樣，也見過她把上班服脫掉的時候，不過在她辦公室裡，以客戶跟財務顧問的身分面對

正直，
不過字面意思
是「堵住」

面跟她坐著，實在令人感到相當奇怪。而且更加奇怪的是，我的財務顧問跟我談成交易時，還在我嘴唇上印上一個深深的吻，就連法國銀行也通常不會提供這種服務。

她給了我十二個月的貸款，不用任何擔保品。

「要是我沒辦法還錢呢？」

她聳聳肩。「不要問愚蠢的問題，你會還的。你是善良的英國男孩，而且還是我的朋友。」

在巴黎，有朋友者，事竟成。她告訴我在罷工一結束，我就會拿到錢。

我需要這筆錢的原因，當然是為了要開茶室。有了弗羅倫絲可以拿到便宜茶葉的管道，開茶室這條路忽然變得豁然開朗。既然已經擺脫了那群我拚命想擺脫的超級無效率團隊，為何不著手進行這可行的計畫呢？

我和弗羅倫絲一起坐下來，衡量經濟效益。多虧她的會計知識，她馬上就做出一套相當有說服力的商業計畫。她覺得她可以在一年內辭掉無聊的工作，跟我一起開茶室。有位抱鐵飯碗的法國人願意為茶室放棄她的工作，這真是最大的鼓勵，這點子絕對會成功。

我唯一的潛在障礙是尚馬利。我本來打算使用他的研究和測試，他會不會用什麼禁止跟前雇主競業的條款來阻止我？或者嚴格說來，是現在的雇主……名義上我其實還是在替他工作。

我這時已經相當清楚，他之所以放棄開茶室的念頭，是為了他的政治生涯。他已經取得右派和農夫黨的保證，而如果他每一步都走對的話，他會前途一片大好。所以他才會中途收手，結束他的「盎格魯薩克遜」食物計畫。

不過他也真不幸，如果我把他進口英國牛肉的事情全揭發出來（有電子郵件為證），不但能讓他生意做不下去，還可以終

結他的政治生涯。

他跟史蒂芬妮在辦公桌上的風流韻事，即使說出去也沒有意義，因為通姦的指控只會增加他的選票。舉例來說，法國總統密特朗死後，因為私生女參加他的喪禮，反而讓大家更尊敬他。沒有情婦的法國政客就像沒有手槍的警長，別人會認為他沒有攻擊火力。

同樣地，指控尚馬利鎮長會因為他選區內要興建核能發電廠而獲得金錢利益，也沒有什麼意義。因為這種指控就像在「爆料」妓女靠著性行為賺錢。這種事情大家都心知肚明。

不過我知道，如果我朝他丟塊英國牛肉，那他絕對甩不掉。

選舉在五月的第三個星期日舉辦，所以我沒剩下幾天了，我得趁他翅膀還沒長得夠硬，向他施壓。

我在選舉前一個禮拜打電話到他辦公室，並且說服克麗絲汀把電話轉給他。她說她大概會因為這麼做而招來一頓臭罵，但是她願意冒險，「因為我對她總是如此彬彬有禮」。原來不跟女孩上床終究也有好處。

「什麼事？」尚馬利對我咆哮。

「我需要跟你談談。」

「我不需要跟你談。」

「或許吧，可是我需要跟你談談。」

幸運的是，他並未再說一次「我不需要跟你談」，不然我們就得繼續沒完沒了，直到有一方餓死。

「說吧。」他說，並且把紙張弄得沙沙作響，表示他不一定要聽我說話。

我不想在電話中公然威脅說我要敲詐。嗯，其實我是很

想，不過我想尚馬利會反唇相譏，罵我乳臭未乾，然後叫我滾開。所以我並未提到英國牛肉，只是跟他表明，我週一或最遲週二早上一定要跟他見面。

我們達成協議，週三晚上七點在他位於努伊的公寓見面。

「我那天晚上有晚餐的邀約。」他告訴我，並再三強調他並不是邀請我去享用晚餐的。

「我也是。」我告訴他。我要跟弗羅倫絲和瑪莉到一間便宜的南印度餐廳慶祝我們全新出發，除非尚馬利在那之前先把我從他家陽台丟出去。

　

在那個星期三，全面的罷工抵達高潮，整座巴黎城陷入某種骯髒、憤怒、塞車、停電、沒有新鮮麵包的混亂狀態，而且每個人都說這比一九六八年五月還要糟糕。

就在此時，在他們的混亂程度打破了先前的紀錄後，所有罷工者都回到工作崗位，好把剩下的年休額度用完。

尚馬利的老婆出來應門，她看起來就跟以往一樣完美。髮根是否染了色，是的；肌膚是否曬得恰到好處，是的；是否戴上當季的Dior手環，是的；乳房是否以正好朝南八度的角度挺起，左右皆是。

她跟我握手，並且帶我到客廳。她不跟我寒暄，也沒有對我露出熟識的微笑。除非她一直在打肉毒桿菌，不然就是我最近被他們家裡列為不存在的人。

客廳就跟往常一樣優美宜人，俯瞰著布隆尼森林的絕佳景色。（有多少間位於首都的頂樓公寓會有一望無際的樹海？）不過客廳本身跟我上次來的時候倒是有處明顯不同。壁爐上方的大理石爐台上放了座引人注目的瑪麗安泥製胸像。那並不是尚

馬利公司的那位櫃檯小姐，即使她全身覆滿泥巴，也沒有人會想讓她在壁爐上注視著他們，真是可憐的女孩。這位瑪麗安是法國革命英雌，可說是法國的山姆大叔。由於這裡是法國，所以他們挑了半裸的女人作為象徵，而不是滿臉鬍子的老先生（那看起來會像在為炸雞做廣告）。

我的雙眼沒受過審美訓練，但也看得出尚馬利那座胸像雕刻精美。「瑪麗安」這名字是手寫的彎曲古體字，你甚至可以在雕刻家把愛國乳溝塑造得臻至完美之處看到手指的痕跡。這是獨一無二的骨董藝術作品，尚馬利在他嶄新的政治生涯裡投入了大量金錢。

如果我是會耍狠的勒索者，就會把瑪麗安胸像從壁爐上拿起，一旦尚馬利無法滿足我的要求，便威脅要把它丟到地上，象徵性地粉碎他的未來生涯。不過我只要近距離欣賞這座胸像就心滿意足了，我還冒著會在上面留下微小指紋的風險，摸了其中一側尖挺異常的乳頭。

「你並不是第一個這麼做的人。」尚馬利說，他嚇了我一跳，差點把他的雕像推下壁爐。他從我身後的房間走出來，穿著寶藍色的襯衫，沒套上西裝，也沒打上領帶。「如果你仔細看，大家觸摸她乳房的地方會有些微的，怎麼說呢，暗點。我想他們都比較喜歡右邊。[1]」他為自己剛說出的政治隱喻而笑了出來。跟之前在電話裡相比，他這時似乎高興許多。我忽然想到，他有可能已經請他那位破壞門鎖的保鑣好友，在我們談話結束後為我準備一場有趣的暴力死法。

他站著不動，等我越過房間朝他走去，然後跟我簡單握手。氣氛跟上次簡直有天壤之別。上次來的時候，我覺得他幾

1　暗示右派。

乎要拿出收養文件宣布我是他唯一的兒子和繼承人。

我們坐在房間中央的黃金扶手骨董椅上，彼此相對，同時他從褲子口袋拿出大大的袖釦。在我們說話時，他就一邊捲起袖口。他這是在扮演冷漠先生。

「我猜你找了別人去住那間公寓嘍？」我開口打破僵局。

他聳聳肩，這局依舊是僵的。

「尚馬利，我只是好奇而已，你為什麼要這麼費事呢？我可是有付房租呢。」

他深深吸了一口氣，試著打起精神跟我說話。「有時候朋友會需要用到公寓。」他說。

「我知道了。」那麼，我想這一切都是為政治服務，互謀其利罷了。或許是那位保鑣要自己住，國家陣線黨黨員需要隨時有人保護，因為法國廣大的阿拉伯裔人口對這些種族歧視的政客並不怎麼友善。

「告訴我，我何德何能，讓你來拜訪我呢？」他問。

「我需要你幫忙。」

「哦！」他大笑，不敢相信我竟這麼厚顏，就像我同事在我膽敢抨擊法國茶包的品質後對我發出的大笑樣。

「兩個忙。」我說。

「啊？」他不再笑了，然後又再度沉醉在他袖釦的世界裡。

「什麼忙呢？」

「我要開一間英國茶室。」

「喝！是誰讓你有這種點子的？」他搖搖頭，好似他對我的背叛感到很失望，不過並不驚訝。「而這又干我什麼事？」

我想我瞄到他眼裡的一絲焦慮。

「我並不是要錢，我有錢。」我說。

「是的，我的錢。我付你一年的薪水，而你一事無成。」

不知道怎麼回事，他的表情結合了他對我忘恩負義的憤怒，以及我並非前來討錢的釋懷。

　　「是你自己選擇要讓茶室的計畫無疾而終，尚馬利，是你終止計畫的。」

　　「是戰爭終止計畫的。」他露出憂傷的表情，無疑是在練習未來有機會在政治場合露面時怎麼拍照。

　　「不管怎樣，我已經借到足夠的錢來開茶室，我所缺的是場地，所以我想向你租用其中一個店面，租金當然比照市價。」

　　「那些地方都被鞋店用掉了。」他扣完第一個袖釦，接著扣第二個。

　　「我想租的地方目前是空的。」他一定心裡有數。「我要簽一年的約，並且可以選擇在約滿後買下該不動產。當然也是比照市價。」

　　我看得出尚馬利腦袋裡的計算機正在計算加減乘除，結果讓他嘴邊泛起短暫的微笑。他認為我是在買空我自己。

　　「你會付錢給我？要跟我買？」他高興地問。這次他眼裡沒有焦慮，反而相當歡樂。「即便我們之間已經發生了這麼多事情？」他把袖釦扣完了，往後靠在扶手椅上，對現在的談話興致勃勃。

　　「沒錯，你買了最適合開英國茶室的地點，而這個地方還是空的。所以這麼做很合理。」

　　「沒有人會知道我把我的財產租給英國茶室嗎？」

　　「我不會跟任何人說。」

　　「這麼做對你並沒有好處。」他仔細瞧著我，看看我是否透露出奸詐的跡象，然後聳聳肩。「如果那裡是空的，或許你可以租。」

　　「好，謝謝你。」

「我說或許而已。」

「好，那麼還有第二個忙。」

「啊？」

「我要名字。」

「名字？」

「My Tea Is Rich。尚馬利，你說的沒錯，我問過的每個法國人都覺得那是很棒的名字。」

尚馬利放聲大笑，大聲到他老婆還把頭探進門內，確定我並沒有對尚馬利施以搔癢酷刑。

「你想買這個你討厭的名字？我的名字？」

「我知道，我知道。」我說，並試著打斷他這令人惱火的自滿。「幾個月來，我就只會把其他組員當作敵人，並試圖否決這個名字。不過我錯了。我原本並不知道你們法國人都認為『my tailor is rich』是最好笑的英文句子，現在我想要拿來用。」

「那你要拿什麼跟我換？」

「什麼都沒有。」

最後殘存的一絲笑聲消失了。「那麼免談。」

「法律上來說，我不必付錢，伯納並未註冊這個名字。」

「什麼？不會吧……」

「沒錯，我跟你警告過他。當約翰·藍儂在寫『I Am the Walrus』時，心裡想的是伯納。」

「什麼？」

「抱歉，只有我才聽得懂。」

「是啊，又是你們的英式幽默。」他尖刻地笑道。「你知道的，我絕不會承認我這麼說──」他向我靠過來，一副滿懷陰謀的模樣，活像他不能讓他的雕像聽到這個祕密。「有時候我真希望可以用盎格魯薩克遜的方式做事。沒有用的人，就把他

開除掉。」他指節折得啪啪作響，「這樣簡單多了、美妙多了。」

我把他從白日夢中拉回現實。「就像是你把我開除一樣？」

他只是哼了一聲，好似我說的是老掉牙的笑話。

「要不然，就這麼說好了，因為有些法國產品很貴，所以你偷偷購買比較便宜的英國貨？」

他對我射出警告的眼神，用精神感應的方式提醒我，他可是有相當可怕的手下，能讓葡萄牙裔的門房不敢作聲。

「這件事我只會在這裡提，不會洩漏出去，」我補充道，「因為我想要確定你會幫我這兩個忙。我需要你同意。」

尚馬利只是坐在那裡注視著我，像國王一樣計較著到底是要嘲笑這位弄臣，還是直接把他的頭給砍掉。

「我需要確定你會讓我租用那個地點，而且不會反對我去註冊那個名字。然後我就可以跟銀行完成交易。」

尚馬利有整整十秒鐘的時間，肌肉一動也不動。然後他忽然舉起雙手，好似戰敗一樣。

「那麼我們就達成協議了，是不是？」我伸出手要跟他握手以示交易完成。

他把手放下，猶豫不決地把棕色大手伸出來，袖口掛著子彈似的黃金袖釦。我握緊著他軟弱無力的手。

「很好，」我說，「那我明天早上九點會把細節傳真到你辦公室，然後請快遞在十一點去拿回已經簽好名的租賃合約。」

尚馬利的手一緊，把我拉過去。我心裡納悶著，難道我們要以瑪莉風格的接吻方式來表示交易完成？

不過他靠過來的距離，只足以讓我看到他眼睛上的血管，並近距離觀察他的頭髮。頭髮已經染了色，並抹上油，緊緊向後伏貼，跟他雕像上的頭髮很像，不過顏色不太像泥土，反而比較像原油外洩。

「我們這就互不相欠了吧？」他低聲道，我察覺他的呼氣帶有些微的酒味。

我把頭別開。「我想法國和英國絕對不會互不相欠的，」我說，「可是我們通常會設法維持熱絡的工作關係。」

「喝！」他發出一聲嘲笑，依舊握著我的手。

我們坐在相等的寶座上對望著，血肉相連，我忽然覺得自己好像跟他串在同一條鎖鏈上，這條鏈子由法國生意人和政客所構成，他們通常是官商勾結，一旦互捅，只會兩敗俱傷。尚馬利會贏得選舉，而我則有證據證明他是徹頭徹尾的虛偽。不過如果他幫我一、兩個忙的話，我就什麼都不會說。我想我早已進入某種腐敗圈了吧，不過感覺還挺自然的，這一向是法國人的做事方式。

「我們是友善的敵人，」我說，「自從拿破崙以來，英法兩國的關係一直都是如此，不是嗎？」

「應該是自從你們燒了聖女貞德以來。」他咕嚷道。

他把我的手放開。我站了起來。

「晚上愉快。」我祝福他，「哦，對了，還祝你好屎運。」

我讓他準備去用他的晚餐。

順道一提，我並不是要侮辱他。當你在迎向任何一項挑戰前，好比說考試、戲劇表演，或是選舉（我想啦），法國人都會**互祝好屎運**。

你瞧，**屎事**就是會發生，而且還能帶來幸運。只要不是我踩到都沒關係。

巴黎，賽啦！

作　　者　史蒂芬·克拉克
譯　　者　林嘉倫

校　　訂　葛諾珀、李育琴
責任編輯　宋宜真
副總編輯　賴淑玲
內文排版　黃暐鵬

社　　長　郭重興
發行人兼
出版總監　曾大福
出 版 者　繆思出版有限公司
發　　行　遠足文化事業股份有限公司
　　　　　231 台北縣新店市中正路506號4樓
　　　　　電話　(02)2218-1417　傳真　(02)2218-8057
　　　　　劃撥帳號　19504465　戶名　遠足文化事業有限公司
印　　製　成陽印刷股份有限公司　電話(02)2265-1491
法律顧問　華洋國際專利商標事務所　蘇文生律師
定　　價　280元
初版一刷　2009年1月

國家圖書館出版品預行編目資料

巴黎，賽啦！／史蒂芬·克拉克
（Stephen Clarke）著，林嘉倫譯.
　–初版.–臺北縣新店市：
　繆思出版：遠足文化發行，2009.01
　面；公分
　譯自：A Year in the Merde
　ISBN 978-986-6665-17-2（平裝）

873.57　　　　　　　　97023173